眷 属

瞿玉洁 著

上海文艺出版社
Shanghai Literature & Art Publishing House

图书在版编目（CIP）数据

眷属 / 瞿玉洁著. -- 上海 ：上海文艺出版社，
2024. -- ISBN 978-7-5321-9089-8

Ⅰ. I247.5

中国国家版本馆 CIP 数据核字第 20247WD361 号

责任编辑　徐如麒　毛静彦
特约编审　姚海洪
出版策划　唐根华
装帧设计　金雪斌

书　　　名　眷属
作　　　者　瞿玉洁　著
出　　　版　上海世纪出版集团　上海文艺出版社出版
地　　　址：上海市闵行区号景路 159 弄 A 座 2 楼 201101
发　　　行：上海文艺出版社发行中心发行
　　　　　　上海市闵行区号景路159弄 A 座 2 楼 www.ewen.co
经　　　销　全国新华书店
排　　　版　上海雯学文化传媒有限公司
印刷 装订　三河市中晟雅豪印务有限公司
开　　　本　889 毫米×1194 毫米　1/32
字　　　数　225,000
印　　　张　9
版　　　次　2024 年 8 月第 1 版　2024 年 8 月第 1 次印刷
书　　　号　978-7-5321-9089-8 / I・7149
定　　　价　79.80 元

敬启读者　如有印装质量问题，请与承印厂联系调换:13121110935

一

近乡心怯。正好是云齐的心境。

云齐怀揣硕士证书，从英国回到丰城，缱绻的心里怀着深深的怯意，他心爱的江荟可好。匆忙出国，阔别的六年里，他频频寄给江荟的信，对江荟的爱意，如石沉大海，没有得到一丝回应。

他出国的初衷，是通过自己对命运的一搏，积攒能力给予江荟一个美好的幸福的未来生活，属于他们俩的幸福。

出虹桥机场，云齐招了一辆大众出租车，直奔丰城县招待所，江荟工作的地方。也是云齐工作过的单位。他和江荟相知相恋相爱的乐园。

丰城县招待所的围墙外围罩着安全网，一栋四层的新建筑正在拆除外墙的脚手架。云齐绕过工地，找到招待所一隅的简陋活动房，穿着深蓝色保安服的保安，看到他走近活动房，连忙朝着云齐喊：

"嗨，不要靠近，这里是建筑工地。"

保安指着门卫室边上的一条水泥大道，继续喊道："住招待所，走那条道。"

"郑师傅，是我，云齐。"云齐走向保安。

"小齐留学回来了。"

郑师傅跟云齐寒暄没几句，进屋，从门卫室的屋角拎出一只沾满灰尘的编织袋，放到云齐脚下："你寄回来的信，主任让我收着。"

"江荟没取走？"云齐很奇怪，他以为江荟收到了他的信如摸到他的心，就是不肯热情回应他，刻意地冷淡他，这是女孩子的矫情，结果，江荟没有收到，信，都在编织袋里。

"保安不送信件了？"

"送啊，江荟早就离开了，没法送。"

"她换了工作？"云齐一喜。

"辞职的，你出国没多久就离开了。"郑师傅看到云齐失落的表情，叹了口气。"听说，我听说，有人来招待所闹，逼她离开。"郑师傅说话很小心，毕竟背后说人长短不是好品行，"我也是听说，具体情况要问领导。"

云齐想不出，江荟会跟谁结下如此深仇大恨，要逼她走，断她一家人的生计活路，江荟到底遭遇了什么，云齐脸色凝重，心中担忧。

郑师傅看出云齐的情绪变化，连忙称："我按照主任吩咐，寄给江荟的信件，都收着，不许丢。"

"我去找主任询问。"云齐要往招待所里面走，被郑师傅拦住了。

"小齐，主任不在这里工作了。"

云齐胸口有点堵，一下子失去了心中的方向，他茫然地站在招待所门口，江荟能去哪儿，他能在哪里找到她。

马路口的街心小花坛，成了大马路的十字路口，对面的蔬菜基地成了拔地而起的高楼，江荟最喜欢在晚霞里，沿着马路看蔬菜地里的菜蔬，牵着他的手在田埂上走一走，眼前，连见证他们爱情的事物不复存在，他真的后悔，一切变化太快。

在英国过了语言关，云齐发现大半年过去，江荟对于他的殷殷祝福，深深爱意不作回答。是她没有收到他的信，不会，门卫的收发工作非常负责，信件应该送到江荟手里的。

是她感到被冷待，委屈，不肯回信。

云齐反省，自己的不告而别伤了江荟热爱他的心，说好的深爱，信任，相伴一生，因为他六年留学生涯而夭折，云齐的内心是痛苦的，他抵住了国外的诱惑，心里只有一个念头，学成归来，给心爱的姑娘一个更加美好的未来。

未来。云齐一路上念着这两个字，心里是不踏实的，悬空的，他问自己，如果……怎么办？

云齐初心不改，收到大学录取通知，他把自己的打算，全盘托出，一封长信，倾注了全部爱意，然后，托付了心愿后，他更加扎实地投入学业，一步一步实现他的留学目标，他深信，对江荟的爱如康河的涟漪不断激滟着，他更坚信，自己给江荟的山盟海誓不是空中楼阁，他付诸行动，践行对未来的设想，把江荟的默然，当做她在远方的默默关注，是鞭策，是期待。

云齐美好的设想，因为江荟的沉默而变得紧促，变成快马加鞭，开始他的人生第一回坚强的拼搏，不断推进实现自我目标的速度，他只是一只暂时远离江荟的风筝，线交给江荟牵着，他永远是深爱江荟的云齐。

坐在出租车上，云齐心有旁骛，无意欣赏一路上的美好景色，无心领略丰城发生的巨大变化，他归心似箭，目光始终朝前看，希望早一点见到江荟，看到招待所熟悉的楼舍，云齐微微一笑，心轻松了。

面对一堆信件，云齐像一只失群的孤雁失去了方向，他茫然四顾，丰城不大，可云齐却失去了江荟的方向，江荟，你在哪里？

云齐翻出最厚的一封信，丰城县邮局的邮戳已经模糊，云齐抹去上面的灰尘，1983 年 2 月 27 日，那天是元宵节，江荟连他寄出去的第一封信都没收，果然如郑师傅所言，他出国没多久江荟就离开了招待所，不知江荟身在所处，境况如何，云齐更加担忧江荟的生活，须尽快找到她。

他问郑师傅借了一辆自行车，去找他的朋友施展。

他带江荟去过的丰城电影院门口，两人看过的电影《庐山恋》的宣传广告，早已经换成许鞍华导演的电影《书剑恩仇录》，达式常扮演的乾隆帝，张多福扮演的陈家洛，刘佳扮演的霍青桐，海报上三人帅气，靓丽。

云齐曾邀江荟休假了一同去庐山，把电影里张瑜走过的每一个美妙景点都走一遍，一起感受真实的庐山美。

江荟没同意，她的想法很朴实，在电影里都看到了好山好水好风光，也是一种精神享受，没必要跑一趟，她觉得，摄影师的镜头比她的眼光高级多了。

"《牧马人》我们就不看电影只看书，然后去看草原，如何？"

对于云齐的这个建议，江荟欣然接受，她读许灵均和秀芝相濡以沫的爱情，读得几番潸然泪下，她被人间有这样的爱情所感动，同意一定去"风吹草低见牛羊"的大草原。

宽广的大草原草木茂盛，牛羊肥硕，依然在等待他和江荟，可答应要去大草原的江荟在哪儿？

他和江荟谈恋爱，去得最多的地方是新华书店，看书，一待就是半天，他们一段又一段安逸静好的时光，江荟沉浸式的阅读，云齐则四处转悠，转一圈回去，剥一颗大白兔糖，投喂江荟，看她像靠岸的小舟，轻轻荡漾在书的海洋，云齐也如含着一粒大白兔奶糖，甜到心里，云齐希望一辈子这样，陪她读书，照顾她，老婆孩子热炕头，他笑话自己离不开江荟，也偷偷地肯定自己，这辈子，他只要和江荟在一起。

没有江荟的只字片语，云齐靠回忆来支撑自己，他们的爱恋，回忆他们分别的情景，那日，江荟要休假回家，他送江荟到汽车站，陪她候车，落日的余晖染红了天空，色彩饱满而丰富，是冬天里极少出现的美丽景象，云齐把这景象视作好兆头。

"荟儿，你看，多美。"

江荟朝着夕阳望去，回头调皮地问云齐，"你知道，'晓看天色暮看云'的后面一句吗？"

云齐摇头。江荟读书，他陪着为主，不专心读，江荟读到有趣自然会跟他分享，这句话他第一次听说，也很好奇，央求江荟宣布答案，他会记住"晓看天色暮看云"以及后面一句。

江荟定定地看着云齐，看得云齐沐浴夕阳的脸发烫，然后才轻声道出，"行也思君，坐也思君。"说完，江荟的脸也涂了满脸霞光。

世间还有这么深情的表白？云齐心潮澎湃，他眼里的江荟，正光彩夺目，他的心中，炽热的爱在燃烧，他不舍得江荟回家，拉着江荟的手，重提老话，"择日不如撞日，今天我爸也在家休息，带你去见公婆吧。"要带她离开汽车站。

江荟摇头，认真地对云齐说："说好的，等我成了招待所的编制员工，再见家长，你又变卦。"

云齐不说话了，附在云齐的耳畔，轻声说："荟儿，我想早一点把亲事定下来，不然，你总不让我上你家做事。"

江荟轻轻地把云齐的脸推开，她揉了揉自己的脸上云齐留下的热气："让你做事的时候，你不要嫌麻烦。"

"不会。"云齐深情看着江荟，忍不住说了一句："我担心呢。"

江荟眉头一挑，眼神里流露出意味深长："我是女生都不担心，你担心什么？"

云齐眨了几下眼睛，甜蜜地盯着江荟，嘱咐她："正因为我是男的，天塌了，由我来顶，任何结果，我要承担。"

江荟甜甜一笑，轻轻地抽出被云齐紧握的手："公交车来了。"江荟上车，坐到车尾的座位上，隔着窗户向云齐挥手告别，浓情蜜意，相视的笑脸，渐渐远去，留在心里。

利用一切时间，云齐博览群书时，看到了另一句话，"昼赏微云夜观星，醒亦念卿，寐亦念卿。"他心中一动，他很想立刻告诉江荟，他在国外，昼赏微云夜观星，醒亦念江荟，寐亦念江荟。

施展对云齐拎着行李箱，风尘仆仆来见他很意外，兴奋地上前拥抱了六年未见的好兄弟，好奇问："留学归来，准备来检察院？"

"你认识江荟吗？"云齐很着急。

施展摇头，云齐不是来见他，而是请他帮忙找人，听名字，是个女人，云齐儒雅俊朗的脸上的焦虑不堪令施展也奇怪，问云齐："她也在检察院？"脑子里已经把跟江荟两个字读音相近的人，迅速搜索了一遍，熟人，当事人，委托人，亲友中都没有叫江荟的。

"六年前在县招待所工作。"云齐补充。

是云齐的旧同事，六年没有联系，回来就要急着找，却找不到，这个念头在施展脑子里一闪，他似乎意识到，云齐那么用心找的江荟，一定不是旧同事那么简单，与他有着密切的关系，为何六年不联系，施展的问号一个接着一个冒出来，他连忙问："哪里人？哪儿毕业的？"

"水墩镇，应该没有上大学，高中跟我们同届。"

"现在不在招待所？她离开没有跟你打招呼？"施展低头问，又自我解释："没有必要跟你道别。"

"是我出国没有跟她道别。"

施展很不解："为何不说？"

"决定很仓促，没来得及。"

"你就不会写封信留给她，让她知道你的去向，知道你的打算、心意，瞧你办的事。"

施展从云齐的神情来判断，云齐对心中至关重要的江荟什么也没有做，就出国了，姑娘赌气离开招待所，也不让你知道去向，或许，人家姑娘以为云齐不会回国，毕竟，他的同学朋友，出国了没有回来的不在少数。云齐还是诚实的，回来扑了个空，乱了方寸，他怎么就不懂，一个转身会是一辈子的不相见这个道理。

这姑娘不傻，爱云齐，她是认真的，世事多变，分隔六年的爱情是愈加醇厚，还是淡薄消弭，胜算都在姑娘手里。施展替云齐捏了把汗，又忍不住旁敲侧问，调侃他：

"你出国跟躲债似的，生怕别人知道，你不会是趁着天黑风急，连夜坐火车离开的吧，你喜欢人家姑娘，人家姑娘也真诚待你，你怎么能拍拍身上的灰尘轻松一走，你对姑娘不是深爱吧？"

云齐老实回答，我们很相爱，是奔着结婚去的。

"谁信？对心爱之人连个联系方式都不留，去向也不说，你不会是趁机抛弃她，在英国没有遇到喜欢的，才再续前缘。云齐，你学坏了。"

"我，像吗？"云齐看着施展眼中的轻蔑，拍拍自己的胸，"人不见，怪我没错，这里疼着呢，快帮我想办法。"

"现在知道疼了，有你这样做人的吗？真不厚道。"

施展朝云齐摇头，书呆子，怨不得姑娘把你晾在国外，转眼一想，若真爱，那么久不给他任何的回复，江荟不会是欲擒故纵，要不，是个聪明绝顶的姑娘，不在一棵不老实的树上吊着，也是个果敢的姑娘，勇于失去。

施展拍了一下云齐的肩膀："走，带你去找董颖，她也是水墩镇人。"

董颖像看珍稀动物一样，绕着云齐仔仔细细上下打量了一番，英式的棉服，牛仔裤衬托下，俊朗，挺拔，稳健，一双白色运动鞋，一个黑色双肩包，清新的书生气，儒雅。

董颖在心里把赞美的词都堆砌在云齐身上，施展没有说谎，是个翩翩帅公子，又有了一张金光闪闪的留洋招牌，惹人喜爱，云齐的一双眼睛，有着董颖熟悉的神韵，似乎在哪儿见过。

"颖颖，你认识江荟吗？分水墩人，跟你同届。"

施展见董颖对初次见面的云齐像欣赏大熊猫似的打量，很没修养没礼貌，连忙打岔。

"认识，怎么，她是你的嫌疑人？"

董颖瞟了施展一眼，语气不善，脸色也不好看，带着不屑一顾，你是检察院的，来找的不是嫌疑人，就是证人，董颖眼里，施展嘴里说起任何人的名字就像是他的检察对象，她不喜欢施展以这般口吻提江荟的名字。

董颖看到云齐神情特别专注，听到她提江荟，两只耳朵都竖起来了，她在心里也冒出无数个问号，他是谁？他为何要找江荟？一个陌生的男人对江荟满怀期待的热切，令董颖对他的热情立刻冷落下来，问施展，这人跟江荟有关？

"董医生，我和江荟是恋人，我们很相爱，也曾是同事。"云齐找人心切，不知道这样说合不合适，可向别人打听自己的恋人去向，怎么说，都觉得理亏心虚，朝施展那边求救，希望好友能帮他。

"云齐六年前出国，没有跟江荟请示。现在江荟辞职不见，他寄回来的信，一封没收。"

董颖听了施展简短精炼的话语，冷了脸，摆出一副不好惹的样子，瞟了云齐一眼，说出的话，更冷。

"你出国，是偷渡，是躲债，不能让人知道，那么见不得人，明摆着欺负人。"

施展对云齐展颜一笑都是嘲讽，对董颖竖起大拇指，"英雄所见略同。"朝云齐双手一摊，看你办的事，多伤人心。

董颖的一句话就把云齐要问的话顶回去了，噎得他瞪着眼睛不知道如何应答，硬着头皮跟董颖认错，"没有跟荟儿说明，是我的错，她不搭理我，也是我咎由自取，我爱她，很担心她，一定要找到她。"

董颖垂着眼皮，不看云齐，对感情不用心的男人，过了多年假装深情，要旧情复燃，她第一次见到，对不用心的人惩戒是轻的，应该避而不见，而江荟不同，她被云齐冷落，抛弃，对于这样的男人，碰到董颖，这关不好过。

她替江荟出口气，教训教训再说。

011

"出国六年没混到个情人，才想起曾经被人爱过，想找回那个爱你的人，既然深爱，你怎么不找人看着她，保护她？江荟聪明活泼，人见人疼爱，一定在原地等候失望，不然，不会离开，留学的硕士，你算算，人生有几个六年，女孩子有几个六年值得你消耗。"

董颖没有说出那句更难听的，云齐与施展都懂的俚语，云齐的脸上一阵红，一阵白。

"那批出国的手续要去北京办理，提前一个礼拜上北京，出门仓促了，也是太信任荟儿，太相信自己。"云齐解释，说话底气明显不足，在董颖面前，在施展面前，他像个罪人，浑身长嘴也解释不清，对江荟的承诺也是写在信上，没有落实在行动上，口说无凭，江荟又没看到，不作数。

"你何时办的出国？"

"1983 年 1 月。"

董颖仔细想了想，那个时候，她高考复读，也曾被父母建议她出国留学，不要高考，同样可以拿个学位证书，被她拒绝了，她复读，志在高考，承载着两个人的梦想，她和江荟共同的医学梦，她不肯半途而废。

鉴于云齐说的情况没有撒谎，董颖稍微原谅了云齐，她深深地叹了一口气，眼睛看着屋里的某个点。

"你回来晚了。"

"晚了"二字令云齐心中一凛，一下子又紧张了，瞪大了眼睛，董颖的弦外之音是江荟出事了？她出什么事情了？他感到自己的心脏乱蹦乱跳，快要从嘴里跳出来。

施展也大惊失色，他看到云齐的脸色发白，挺拔的个子如遭受狂风暴雨的小树，站不稳脚，他连忙上前扶住云齐，朝着董颖好声好气地埋怨。

"你这样会吓死人的，董医生，体谅体谅人家刚从欧洲回来，路途奔波，归心似箭，见不到心上人正着急着。"

"现在着急了，当初干啥去了。"董颖朝着施展横了一眼，问云齐："你了解江荟吗？你知道她差点丧命。"

董颖有些哽咽，嗓子被堵住了，她低下头，端起杯子喝水，不搭理家中的两位面面相觑的俊男，她陷入了回忆。

"荟儿到底怎么了？董医生，你说出来，我挺得住。"云齐清楚江荟家的情况，也知道江荟的责任，才心急如焚，看到董颖说起江荟难受的样子，才明白董颖比他更了解江荟，云齐只有耐心等待董颖的情绪转缓过来，揭晓答案。

"三年前，江荟跟朋友去温州做生意了。"

"三年前？去温州，可有地址？"云齐的急切一点也不加掩饰，人在是最好的消息，见到人是最大的幸福，他立刻决定要去温州。

董颖没动，也没说在哪儿。

"在温州出事了？"施展拉着董颖的手，求饶似的看她，示意她快点把真相说出来，听到这一阵紧似一阵的紧急情况，他也有点吃不消。

董颖继续垂着眼皮，不动，沉浸在回忆里，她的内心拒绝云齐找江荟，江荟现在能赚钱，有能力给家人安稳的生活，那个云齐，没有必要去打扰她。

"董医生，告诉我，江荟现在在哪儿？她好不好？我必须见到她。"

"她赚钱养家，好着呢，已经过去六年，你何必去打扰她的平静生活。"

"颖颖，眼见为实，你体谅一下云齐，他在国外拼搏，为的是给江荟更好的生活，大目标没错，行事方式不完美，相信云齐的诚意，要跟江荟分享他的未来，他的努力里包含着江荟的美好未来，六年苦相思，你懂的呀。"

施展有点醒悟，董颖说当医生是两个人的梦想，另一个大概指江荟，说起江荟，她的情绪和态度发生的变化太令他意外，江荟在董颖心里有分量有位置，却从不在他面前提及，他还不知道，董颖心里藏着一个大活人，幸好，是个姑娘。轮到施展对董颖又是挤眉又是弄眼，十分讨好。

意识到董颖是云齐找到江荟的唯一线索，云齐郑重地对董颖表示："董医生，我必须看到荟儿，她过得好，我保证绝对不会打扰她。我爱她，希望她过得幸福。"

云齐话一出口，胸口尖锐的疼痛，他有种要失去江荟的预感，六年里即使没有收到江荟的只字片语，他能笃定了学业，他坚信，江荟是懂他理解他的，而此时，可以获得江荟的消息，云齐反而感到非常的不安，他向董颖作揖致谢，以最诚挚的态度，恳请董颖说出江荟的地址。

董颖终于看清，云齐一双深沉的眼睛，像谁了。

她也有三年没有见到江荟母子，书信来往，全凭江荟一个人说了算，她说好，自己相信她好，她从不说不好，董颖突然间想到，江荟去温州的三年，除了信中谈论几句她的生意经，关于她的生活，母子俩的处境，一字未提。其实，她对江荟这三年的情况也不了解。

面对云齐的焦灼，董颖自责自己太相信江荟，该早一点去探望她，真切地了解她在温州过得怎么样，做生意难不难，过日子好不好，董颖的心莫名地紧张起来，云齐要去探查一番，正好可以了解江荟的真实生活，若她过得不幸福，她不能让江荟继续留在温州。她和施展一起去带她母子回来。

董颖抽出一张纸，写下"浙江省温州市永嘉县李家村李山"，递给云齐，"李山救过阿荟的命，是个本分厚道的人，在分水墩镇做了十年豆腐生意，口碑不错，我和阿荟三年里来往的信件物品，都是寄往这个地址。"

云齐点头，道谢，在施展"重色轻友"的埋怨声下，丢下行李箱，背着双肩包匆忙离开，从招待所，到董颖家，他看到的听到的一切关于江荟的点滴，令他惊心动魄，他要去找江荟。刻不容缓。

荟儿，你不能出事。

坐上开往温州的火车太慢，云齐巴不得绿皮火车的两侧，立刻长出翅膀，带着他飞到永嘉，飞到李家村，飞到江荟面前。

李家是一栋两层的小楼。屋前是一条小溪，因为寒冷，细细的薄薄的水，在山石的小起伏里安静地流淌。屋后有一大片竹林，翠竹依依，沿着山势，郁郁葱葱，起伏绵延，云齐如站在画家笔下的江南水墨里，在黑瓦白墙前站定，云齐忐忑的心，稍稍有了些安慰。

这是江荟喜欢的环境，她喜欢住在屋后有竹，屋前有水的房子里。

门前屋檐下，有个头发灰白的老头在修理竹筐。云齐上前询问："大叔，这里是李山家吗？"

老头抬起灰白的脑袋，带着微笑的眼，和蔼地看着云齐，几秒后老头脸上露出的笑容不见了，而是一脸的不悦，他不说话，点点头，便继续翻动手里的竹篾，修他面前的竹筐。

"大叔，李山在家吗？"

老头点点头，指着屋内。

云齐向老头作揖致谢，快步走到门口，伸头往里一探。屋里静悄悄的没有人。云齐退回到老头身边，问："大叔，李山不在家？"

"西墙壁挂着。"

听到老头带怨带怒的话，云齐一愣，哪有人挂在墙上的，他突然意识到不妙，他快步再次走到李家门口，西墙上，一张青年男子的憨厚微笑的黑白照片上，披着黑纱。李山已经不在人世。

云齐的心猛的被一只大手揪住，痛，立刻传遍他的全身。

"江荟在哪里？"

老头摇头，灰白的头发如一丛枯萎的衰草，在冬日的寒风里晃动。

云齐的心里，一片灰白。

二

江荟带着儿子小义上山祭奠李山回来，踏进李家门槛，发现屋内的气氛特别压抑，李爸又手捧水烟枪，面对着墙上李山的黑白照片，正"噗，噗，噗"抽得欢，屋子里烟雾缭绕，他还往水烟枪明明暗暗的烟斗里，填上烟丝，狠命地抽。

江荟买行李箱后的早上，她如往常一样，早起磨豆腐做早饭开始新的一天。她端着托盘，端着四碗豆花和喷香的鸡蛋饼来到堂屋，招呼李爸、李妈和儿子小义吃早饭。

很意外，李氏五个族人，在族长阿公的带领下，围坐在李家八仙桌旁低声商量什么，见她进来，都沉下脸闭紧嘴不说话。

江荟连忙把豆花端到族长面前，"阿公，喝豆花。"招呼其他的叔伯四人，都趁热吃，说豆花还有，说完，她拿起托盘转身再去端豆花。

老族长狠声说不用了，提起拐杖往地上狠狠戳了几下，不知道是生气，还是要从大地上吸取一些力量，才能有足够的力气举起拐杖，他颤颤巍巍地把桌上的豆花碗全部扫到地上，拐杖直指江荟的鼻子，教训江荟，李氏老祖宗三百年前立下的规矩，女人不经商，不抛头露面，被你破了，李氏家族的尊严被你毁了，李山的脸被你丢尽了，拐杖移指门外，要江荟带着你的小野种滚出李家，滚得越远越好。

"江荟，你是个丧门星，你给李家带来了灾难，你怎么来的，就怎么走，李家的一切，你不许带走一针一线。"有个族人伯伯也朝江荟不友好地开腔。

江荟看着低头寡言的李爸和李妈。

李爸年轻时家穷四壁，入赘进的李家门，凭着一手祖传的做豆腐手艺，笼络了李家村的老小，也凭着他在李家留下了儿子李山，才得以不受欺负。江荟母子留下守孝三年，李家族人也没有闲言碎语，见江荟要离开，族人结伙，提前来争夺李家的家产。她和李爸李妈的和睦相处的日常，他们没看见，她和两位老人起早贪黑的辛勤干活，他们看不见，他们只清楚，李家有钱了，要掠夺一切。

李爸和李妈陆陆续续在饭桌上，跟江荟提起过小义，小义，就是他们的希望。即使他们知道小义不是他们的亲孙子，他们如亲孙子般疼爱，江荟且能让别有用心的人得逞。

还没等江荟做出反应，有人把她的行李箱摔在她脚边，里面的东西撒了一地，她装钱的牛皮纸信封，"啪踏"掉在一只大脚旁边，被大脚机智地踩住。

江荟弯腰去抽牛皮纸，用尽吃奶的力也抽不出来，她抬头求那个族人伯伯高抬贵脚，那是她的辛苦钱。可族人伯伯抬起来的贵脚，很快又踩了下去，踩在江荟拿着牛皮纸信封的手上，碾压，旋转。

十指连心，江荟疼得钻心，朝那个人吼道："你还是人吗？"

只见李爸"腾"的从坐着的长凳上站起来，不顾坐在另一头的李妈，失去重心跌在地上，他举起凳子，要朝族人伯伯砸去，"我砸死你个无赖，欺负女人。"族长见状，举起拐杖打在李爸身上。

李妈爬起来把族长的拐杖夺走，扔到了门外："谁敢动我老头，我闺女，我跟他拼命。"挡在李爸跟前。其他两个族人把长凳子从李爸手中拿下，"别伤了自家人。"另一个人把踩在江荟手上的男人拉开，劝李爸李妈："有话好说。好好商量。"

李爸拉了拉衣服，指着门外喊："滚，滚出去。"

这样被欺负，李爸没有颓废地拿出水烟袋，抽上几口。

江荟清晰地记得，李爸上次深陷于水烟枪，百事不管，要死要活，是三年前，她带着一岁半的儿子，接受李山邀约，随他来到永嘉，到家第三天，李山复发羊癫疯死在自家的豆腐坊。

李家盼了十年的儿子终于回家团聚，却生生面临与儿子的诀别，李爸无法接受团聚即永别的残酷现实，无法面对十年思念，换来一场白发人送黑发人的悲惨，送儿子上山后，他捧着水烟枪，蜷缩在豆腐坊，背靠着石磨，仿佛世界只有黑暗一片，他白天连着黑夜地抽，水烟枪的烟雾笼罩自己，包裹自己，把他与人世间隔绝，他只是一缕烟雾。

李妈扑进豆腐坊，要从李爸手里抢走水烟枪，水烟枪没抢走，手背上烫出个水泡，她哀嚎一顿，哭得竹影摇曳不定，见李爸继续"吧嗒吧嗒"抽水烟，又拿根绳子来到豆腐坊，往小梁上一拴，"你要抽死在儿子面前，我先上吊了。"李爸颓然放下水烟枪，趴在石磨上，老泪纵横，肩膀抽动厉害，"儿呀，不该叫你回家。"

触目伤怀，江荟唏嘘不已，后悔自己不该答应李山到永嘉，若她不来，李山或许也不会回来过年，他在水墩镇平平安安的日子会继续下去，李山的死不是她害的，但多少跟她有关，她深知失去的绝望，心亦如沉入了谷底般，难受得窒息，留下来面对李山父母的丧子之痛，还是离开这个伤心地，回到自己从前的生活轨迹，身无长物，难以报答李山的救命之恩。

江荟陷入走投无路。

她二十年人生中第一次出门，她本来是有着自己的打算，结果，想靠山山倒，绝望和悲伤的情绪又一次环绕着江荟，推彼及己，她不能眼睁睁目睹李山父母，在猝不及防的失去儿子的悲痛之下，一蹶不振，再一次让她明白，命运在天不由人，她真的又要面临人生的艰难，而选择逃避。

她无处可逃，也无处可避。

她看着儿子小义端坐在床上，天真无邪的明媚笑容，闪着明亮光芒的眼睛，儿子，如一道光划过她黑暗的心，江荟把一枚五分硬币放到小义手里，小家伙捏了捏，硬邦邦的，举起来看了看，不好玩，他伸出小手一扔，盯着硬币在地板上"骨碌骨碌"转了几个圈，速度慢下来，小义咧着小嘴欢快地笑，拍着小手很欢乐。

江荟在硬币倒地之前一把按住旋转的硬币，闭眼下起赌注，问小义："阿囡，我们回家找外婆和舅舅？"

小义摇头，撅着嘴不高兴。

"阿囡和妈妈留下？"江荟试探。

小义笑着点头，爬起来抱紧江荟，奶声奶气地喊了一声："妈妈。"

江荟热泪盈眶："小义，再喊一声。"

小义用平生第一声响亮的"妈妈"，把她留在李家，留在给他无限宠爱的李家，留在他喜欢的永嘉山村。

江荟抬手，看到被她压住的硬币朝上一面，正是稻穗烘托五分面值的一面，预示五谷丰登，与她内心的博弈相同，她决心与命运做一次抗争，要赌一赌，扭转苦痛的命运。

江荟牵着儿子，跪在李爸李妈面前："李爸，收下我做徒弟，教我做豆腐。"又把儿子小义交到李妈的手里："李妈，帮我照看小义，以后，你们就是他的亲阿爷，亲阿奶，是我的再造父母。"

犹如神助，小义一只小手去牵李妈，"阿奶。"另一只小手搭在李爸的膝盖上，扬起小脸，喊："阿爷，阿爷。"举起双手要李爸抱他，又回头看着李妈，小嘴甜甜地喊着"阿奶，阿奶。"

李爸呆呆地看着小义，把他抱紧，老泪纵横。老夫妻俩惊愕片刻，含泪答应。江荟讲述李山救她的过程，"李爸，山哥救过我的命，是我的恩人，我替山哥陪伴和照顾你和李妈。"

小义瘪着嘴，看着悲痛的李爸老泪纵横，他稚嫩的双手替李爸擦去了泪水，一下，一下地抹去。江荟扶着李爸，搀扶着李妈，一家人走出豆腐坊，李家豆腐坊肃穆的石磨复活了，沉默的货郎铃铛又响彻街头巷尾，伴着小义的牙牙学语，欢笑声，回荡在李家。

三年，李爸戒了水烟，带着江荟做豆腐，卖豆腐，他再次陷入水烟枪的烟雾里，不舍伴着失落，令江荟很不安，两位老人明白与她们母子分别的时候到了，母子俩回到上海，从此黄鹤一去不复返，他们终究要不断地直面失去，直面心灵的依靠彻底从他们的生命里消失。

无法言喻的苦难，才是真正的苦和难。

进入冬至，江荟开始给他们储备年货，四时荤腥，添置四季衣服，让老两口缸满柜子满，富足有余，今年也不例外，她甚至安排地更加细心，在李山周年祭前，把年货办妥，然后，她带小义上山祭奠李山，跟李山做告别。李爸和李妈嘱咐江荟带着小义上山。他们留在家里祭奠。

江荟跟李山讲，李爸从泡黄豆开始，教她李氏豆腐的秘诀，带她到山村，到镇上，拜见李爸的生意码头，见识不同的人，做成大小的生意，李爸给她打开的是平凡世界的另一面，一块豆腐开始构筑的人与人之间的买卖关系，以及买卖背后的人情世故。这些生意经，与她经历的生意经不同，她是被李家村，以及附近山村的村民认可，被永嘉地区吃过她卖出去的豆腐，对她的认可。在永嘉，江荟如鱼得水。

江荟也跟李山讲，她和李妈之间本来素昧平生，李妈待她们母子如同亲人，给了江荟从未享受过的亲情关爱，小义在李妈的照顾下，健康快乐成长，将她对李家的种种感恩，告诉李山，感恩给了她一个能帮助她站立起来的家，大方的，热诚地允许她一个异乡的姑娘，来此操练养活一家生存的本事。

小义抱着李山的墓碑，把脑袋倚在墓碑上，如倚在他敬爱的李山爸爸温暖的胸膛，不舍放开，喃喃着，李爸，我会回来的。

江荟不知道该怎么让李爸放下水烟枪，她挽着李妈的手臂，轻声让李妈去劝劝李爸。

李妈拍拍江荟的手，安慰她没事，让你爸难过一下。

李爸看见小义站在他面前，瞪着眼睛好奇地看烟斗里的星星之火，暗了，亮起来，亮了，暗下去，李爸猛吸了几口，让烟斗里的星星变成一个火球，闪耀着旺盛的火红，与小义一起看着火球成了一撮烟灰，才放下水烟枪，招呼小义："阿囡，来，阿爷有礼物送你。"

李爸从口袋里摸出一把带着项圈的椭圆形银锁，挂在小义的脖子上。

小义认出了银锁上的字，"长命锁。"小义理解三个字的意思，小脸上挂满了笑意，把锁拿下来挂到了李爸脖子上，"阿爷，长命百岁。"他翻看了上面的图案，问李爸，"阿爷，这是什么动物？"

"麒麟。"李爸把银锁另一面翻给小义看，让他读出上面的字。"长命富贵。"小义双手捧着银锁，抱住了李爸的脑袋，"谢谢阿爷！"又朝李妈鞠躬道，"阿奶也长命百岁。"

"荟儿，给阿囡戴之前要念：头上挂，脚下摘，外婆亲，外公爱，长命百岁！长命百岁！"

按照温州地区的习俗，外公外婆才能给外孙子送银器。江荟明白李爸李妈的心意，李爸李妈就是她的再生父母，她点头称好，说记住了。

李妈拆开手里的红纸包，把一副银手镯，一副银脚铃，递给江荟，"山里银子最纯，保佑阿囡平安长大，你替他保存。"又从口袋里掏出了一个红纸包，塞进江荟的手里，"以后出门带着，银子会解毒。"

江荟从红纸包里拿出了一只宽边刻花银手镯，村里的老太太人手一只，她连忙抓起李妈的左手，要把银手镯套到李妈的手腕。"妈，这个适合您。"

李妈伸出了左手，让江荟看她手腕上同款的银手镯，"你爸说，一人一个，有个牵念，人太累，容易招惹些不该招惹的，带上，高高兴兴，平平安安回家。"

江荟的眼眶红了，她点头，把银手镯套在了左手腕，江荟把恩情化为了孝心想念责任，李爸李妈是她的牵挂。

卖豆腐是江荟的学会的第一个赚钱本事，她还兼职去永嘉的服装厂做计件工，三年里，她的岗位不断上升，已经是服装厂里的设计师，得知江荟要回上海，厂里不肯放，让她带了徒弟再走，在永嘉，江荟的名字别人不知道，说起"李家的江三郎"这个代号，人人都认识，一个拼命挣钱的娇小女人。

跟李爸李妈分别在即，小义像只小树懒似的，挂到李爸的身上不肯下来，上演永不腻烦的爷孙亲密戏。

"小义，跟阿爷告别。"江荟喊道。

李爸低着头看着小义憨笑，抱住小义的胳肢窝，怂恿小义继续在他身上往上爬，爬到与李爸一样高，小义的双臂，已勾着李爸的脖子。

李妈忍不住上前扶住小义，一脸的担心，轻声叮嘱小义小心点，笑眯眯的眼中满是慈爱。

李爸李妈灰白的头发，与小义稚嫩的黑发融在一起，定格在三个人美好的相拥里，人间至亲至情，镌刻在江荟跌宕起伏的人生，一段刻骨铭心的异地亲缘，从此，她像一个远嫁的女儿，惦记着父母的四季冷暖，操心父母的四时温饱，李妈抚摸着柜子里的衣物，很过意不去，嗔怪江荟，每年都添那么多，穿不了的。

"妈，以后挑新的穿，别节约，以后还有。"

李妈眼里笑出了泪花。

"爸爱体面，挑好的穿，买好的吃，不要省。"

李爸点头。李妈微笑，抹了下眼角。

挥挥手，江荟和小义与李爸、李妈，与李家村，与永嘉，依依惜别。

江荟和儿子坐在温州开往上海的火车上，渐渐远离温州站，江荟朝着温州永嘉的方向，再一次合掌祈祷："李爸，李妈，你们，好好的，我和小义牵挂你们。"

"阿爷，阿奶，等着小义，回来接你们。"

小义的脸贴在玻璃上，似乎这玻璃，就是他口中的阿爷和阿奶，他的声音碰到玻璃的阻挡，发出嗡嗡的回声，但这不妨碍小义的虔诚祈祷，他眼巴巴地看着窗外，好像他这样望着，阿爷和阿奶就会出现在火车的窗外，与他隔窗相望。

江荟把儿子抱到自己的膝盖上，母子俩看着窗外倒退的房屋，树木，景致，火车把他们带回老家，离家三年，母子俩渐渐远离温州，远离这个温暖的城市，因为李山，以及他的父母，江荟和儿子小义，将永记这座城市，永记永嘉山里温暖的家。

江荟没有跟姆妈桂淑兰坦诚相告她在李家的一切，回家前，她给姆妈发的一份电报，寄上一笔生活费，让她和弟弟安安逸逸地度过大年。孤儿寡母，经不起任何风浪，生活能保障，无忧是第一重要。

她收到姆妈寄到永嘉邮电局的第一封信，很惊讶，她忘记了母亲是个高中生，写得一手漂亮的钢笔字。信很短，叮咛她，做生意切忌懒惰，和贪婪，能赚七分利，只赚六分，给自己留一分余地，感恩李家。最后，姆妈说，累了，和小义回家。

江荟坐在火车包厢的床上，再一次翻出姆妈的信，读着，有泪滴在信纸上，湿润了上面娟秀的钢笔字，洇花了姆妈的叮咛。岁月蹉跎，生活困顿，姆妈过得也不容易，还要担忧远方的她和儿子。

父亲说，姆妈的学识高于他，才智能力胜过他，娘家有个中医馆，家世也甩父亲家好几条街，他高攀姆妈，却没能给她富裕的生活，跟着他一个小裁缝，辛苦操劳，父亲说，他很惭愧。

江荟隔段时间写信，给姆妈讲讲外面的事情，生意的进展，去照相馆拍了小义的照片，寄给姆妈，安抚姆妈对万里之外母子俩的深深挂念。为了家中的姆妈，江荟无数次朝着上海方向祈祷，让姆妈不要担心她和小义，祝愿姆妈能够平安无事，等待她和小义的回归。

归心似箭。在火车轰隆轰隆的声响里，疲惫至极的江荟沉沉入睡。

"阿荟，是你吗？"

江荟听到熟悉的声音，抬抬头，那张酷似小义的脸，那个她一直压在心底的名字，此时出现了，是云齐。

她穿上藏青色大衣，端详过镜子里憔悴的脸，她不想带着一身疲惫和辛劳，去见云齐，她想逃开，她的脚，踢倒了插在箩筐里的蜡烛，红色的火焰往上蹿，有点烫，她不能让蜡烛烫到小义。小义穿着米色的新棉服回家，小义呢？

"小义，小义。"

江荟焦急万分中喊出了声音，把自己喊醒了，去摸身边的儿子。小义的脸滚烫，江荟用额头抵着儿子滚烫的额头喊，"小义，我们快到上海了。"

小义难受得皱了皱眉头，不回答江荟的话。

她拿起水壶，灌了冷水，把毛巾浇湿，挤干，敷在小义的额头，把儿子抱在怀里，闭目回忆梦境，小义和云齐父子俩的脸，在她的脑海里重叠，分开，再重叠，江荟的心底，渴望小义被亲生父亲疼爱。

六年前，她检查出怀有身孕，回到单位，云齐已辞职出国，她单方面决定留下小义，无论多么艰难，要留下她与云齐的爱情结晶。

火车拉响了鸣笛，一声长笛后进入上海火车站。

小义的脸还是滚烫，烧坏了脑子怎么办？不能带小义坐公交车，转战到水墩镇，她双肩包一背，抱着发烧的儿子，在出火车站后在马路上拦了一辆红色大众出租车。

"师傅，去丰城中心医院。"

小义闭着眼睛。江荟抱着儿子上了出租车，把双肩包卸下让儿子靠在她的怀里，跟司机师傅说："孩子在发烧，能不能稍微快点。"

"好。"出租车拐进了一个加油站。司机给江荟端来了半盆冷水，又把自己的热水壶递给江荟，"给孩子先冷敷降温，壶里是温开水，不烫。"

"谢谢！"江荟听到软糯的沪语，紧绷的心稍微放松，把毛巾浸到冷水里，拧了一把，折叠后的毛巾敷在小义滚烫的额头上。

丰城中心医院的急诊处，江荟抱着小义差一点撞到一个穿米色棉服的高个子男人，她顾不得道歉，疾步朝急诊内科门口戴着口罩和黑框眼镜的女医生喊："医生，我孩子在发烧。"

三

董颖刚送走云齐。

他在李家没有找到江荟，却意外获知李山已死，这无疑给云齐当头一棒，再次遭受严重打击的云齐，落魄而归，直奔董颖的急诊室，问她要江荟姆妈的住址，他找江荟姆妈了解情况，准备再去永嘉。

李山的死讯同样引起董颖内心的震荡，她心神不安，忧心忡忡地目送云齐仓促离开，她没有给云齐住址，在没有获得江荟的确切消息之前，她不能让云齐，或者其他任何人去惊扰江荟可怜的姆妈和弟弟。她不冒这个险，谁来都要挡着。

阿荟到底在哪儿？到底怎么样了？她考虑和施展去一趟永嘉，以她对江荟的了解，聪明机智的江荟不会让自己和儿子陷于危难，更不可能无故地失去影踪，或许，是她不愿意见云齐，躲开了，或许，她不肯让小义见到亲生父亲，无论何种情况，她都得见到江荟母子，把他们带回来。

三年，董颖第一次又清醒又明白，阿荟是在拼命，做生意没有她说的那么轻描淡写。沉浸在自己思绪里，董颖被抱着孩子的疯女人的喊声惊醒了，她连忙坐到椅子上，接诊。

"孩子怎么不好了？"

董颖抽出一张急诊卡，让女人填写，"姓名，几岁。"接过江荟递给她的病历卡，看了一眼母子两人，董颖的眼睛看到患者名字，如被火灼伤似的疼，她眨了眨眼睛，以为自己太担心小义和江荟，看花了眼，她拿下眼镜，揉了揉眼睛，戴上眼镜再看上面的名字，轻声说道："江秉义。"抬头端详面前憔悴，衰老，焦急的瘦小女人。

未语泪先流。面前坐着的，不就是江荟，她怀中发烧的男孩，是小义，董颖失声喊道："阿荟，小义。"喜极而泣，顾不上摘下口罩，也来不及去擦拭夺眶而出的眼泪，上前紧紧抱住江荟母子，生怕他们从她的面前消失。

江荟的眼泪无声地流了一脸。

董颖抽出小义嘴里的竹板放进消毒铝盒，告诉江荟，小义扁桃腺发炎，烧退了，给小义开了三天药水，让江荟去拿了药，在她的急诊室打吊针。

江荟拿着药方摸着小义的脸，轻声说道："妈妈拿了药很快回来，乖乖陪干妈。"小义看了董颖一眼点头，江荟朝儿子一笑，朝董颖点头，急步离开急诊室。

江荟的容貌不像二十五岁的年纪，倒像年过半百的徐娘，三年后回家，穿的青蓝色大衣是去永嘉时买的，三年里她连一件新衣服都没有买过，穿着淘汰的大衣，江荟娇小的身体像装在长套子里，走一步，大衣晃三下，若不是小义发烧她迫不得已来到医院，别说云齐见不到，董颖恐怕也见不到她。是她三年里没挣到钱？不对，桂妈说她每月寄生活费。

倒是小义脸上坦然，朝向门口的目光里，有着与云齐一样的担忧。云齐不知道江荟带着他的儿子，不然，他要找的不是江荟一人，而是江荟母子，他不知道江荟怀孕，这就是江荟避而不见云齐的原因？

江荟未婚先孕，曾被亲戚利用被误会丢了工作，她受尽欺负侮辱甚至差点丧命，没有动摇江荟留下孩子的决心，她独自生下儿子，含辛茹苦养大，江荟是深爱云齐的，两个彼此深爱的人，六年里无互动，无联系，匪夷所思。

存在即合理。六年，这玄幻的六年。董颖嘘了一口气，爱情这杯酒，谁喝谁都会醉。

　　小义身上的米色棉服，与云齐同款，是冥冥之中的巧合，还是命运的安排，而黑色灯芯绒的棉裤上，手工绣出来的一对可爱小牛，一头牛占据一个膝盖，看来，小义是个好动活泼的孩子，孩子的快乐，源于有个快乐的生活环境，他在李家是被关怀被厚待被疼爱的，小义过得幸福是江荟能够在李家待三年的唯一理由。

　　李山父母对江荟母子不薄。江荟对李家一定敬如父母，让他们过得舒心，这就苦了江荟，她是个重情的人。

　　董颖宽慰了许多，她凑近小义，指着水壶说，真帅。

　　小义没有回答，眼睛仍然专注地看着门外的走廊，脸上那份跟他年龄不相称的沉稳，落在董颖眼里的，是母子俩在山里相互依赖相互牵挂养成的。

　　"阿囡小时候，干妈抱过你，很久没见，小义长高，妈妈去做生意，阿囡跟谁玩。"

　　"阿奶阿爷带我，山里有很多好玩的。"

　　小义紧绷的小脸松开了，朝董颖露出微微地一笑："很多小朋友一起玩老鹰捉小鸡，我是一只不会被老鹰捉到的小鸡，我有很多小鸡朋友保护。"

　　小义讲述在山里做游戏时脸上浮现欢快的笑容，似乎回到了山里，颊上的两个小酒窝，是江荟的翻版，而笑容，又带着云齐的神韵，这孩子真会长，把父母好看的长在自己脸上，可爱的孩子，董颖拉开抽屉，拿出一块德芙巧克力，拆了包装，掰下一小块塞到小义的嘴里。

　　小义扫了一眼褐色的巧克力，扭头闪开，闭紧了嘴巴，摇头。

　　"很好吃的。"

　　"妈妈说，很贵。"

"妈妈寄给干妈的海产品，也很贵，对吧。"

董颖掰下一小块巧克力在小义的鼻子底下晃悠了两下，"阿囝，还记得这个香味吗？干妈给阿囝寄的新年礼物里，有这个巧克力。"

小义点头，"我的大白兔奶糖也是干妈寄的。"

"当然咯，干妈不能去看你，就给你和妈妈寄点好吃的。阿囝，那些点心，糖果，你喜欢吗？"

"喜欢，我留给了山里的孩子，也给阿爷，阿奶留了点。"

烧退了，巧克力的甜香勾起了小义的饥饿，当董颖又掰了一块巧克力塞进小义的嘴里，小义张嘴咬住巧克力，慢慢地咀嚼，慢慢地吞咽，慢慢地抬起头，不好意思的，微笑着看着董颖，似乎在向董颖肯定，你真的就是妈妈提到的干妈。

董颖在心里欢呼，忍不住手痒痒，"阿囝，让干妈抱抱你，有多重。"见小义不拒绝，她把小义抱在自己的腿上，给小义又喂了一块巧克力，把剩余的包起来，塞到小义的棉服口袋里，亲昵地在小义耳边说："一起等妈妈。阿囝，想爸爸吗？"

"他死了很久了。"小义语出惊人，低下头，难过地说道："妈妈不让说，李山爸爸死了三年。"

似有万马奔腾而过，践踏了董颖的心田，李山死了三年，岂不是回到家就死了，好人不长命，江荟留下是为了报恩，报李山的救命之恩，这个傻姑娘。

"你和妈妈回家了，阿爷和阿奶怎么办？"

"阿奶陪着阿爷卖豆腐。以前阿奶带我，妈妈卖完豆腐还去厂里做衣服，阿爷卖完豆腐也回家陪我，给我做小竹马，逍遥椅，还有竹子做的手工艺品，阿爷很会做。"

董颖的鼻子发酸，江荟在服装厂干过，做买卖是她新学的手艺，江荟打两份工，两份都是需要体力的工，夜班连着早起造成江荟快速衰老，董颖捏着小义肉肉的小手，结实有力，再捏了捏他圆润的小脸，圆润饱满，加上刚才的一抱，小义被养育得很好，董颖的各种担心是肤浅表现。

"阿爷阿奶对我和妈妈都很好。"小义的脸上漾着甜甜的笑意。

董颖的下巴忍不住揉着小义的头顶，抱紧小义，她的目光穿过门诊室的窗户，落在屋外的一株蜡梅花上，她小声哼起了歌词，"轻轻的我将离开你，请将眼角的泪拭去……"董颖颤抖的声音，才哼了两句歌词，小义跟着董颖轻哼起来，"没有你的日子里，我会更加珍惜自己，没有我的岁月里，你要保重自己，你问我何时回故里，……我想大约是冬季。"

"《大约在冬季》，妈妈教我的。"小义活跃了。

董颖也很喜欢这歌，在她想念江荟的时候，会唱，会和施展一起唱，但是，她常常是对心里的江荟唱，在医学院，她读累了，也会唱起这首歌，跟心里的江荟唱，江荟父亲去世，失去复读机会，留下董颖一个人，努力实现两个人的做一名医生的梦想。梦想有我来实现，你一定把日子过好。

急诊室，小义打上吊针，董颖给施展打电话，下班后，送三份饭到急诊室。电话那头施展问，还有谁一起吃？董颖看了一眼江荟母子，对小义伸出食指，做了一个"嘘"，神秘地一笑，用淡淡的，平静的口吻说："江荟，和我们的干儿子。"

"江荟？干儿子？"施展在电话那头很不淡定，问得也很不自信，江荟在董颖身边，几乎不可能的事情，还有，干儿子，更加吊足了施展的胃口。

"对呀，没必要急着向谁宣告，你来了见了人再说。"董颖放下电话，对着江荟打了一个响指，"搞定。"

江荟刮了一下小义的鼻子，把他扎着针的手摆好，把一只灌了热水的塑料瓶，搁在小义的手旁，暖暖的水，隔着他的小棉袄，不断提供的热量，使他感觉不到药水的冰凉，手臂不难受。

"嗨，阿荟，嗨，小朋友！"

"小义，快喊干爹！"董颖很是起劲。

小义乖巧地，甜甜地喊了一声"干爹！"他在山里认识的小朋友也有干爹的，他知道这是对疼爱自己的人的称呼，离开了阿爷和阿奶，又多了干妈和干爹，小义看着施展一直笑，满心喜欢。

施展走进急诊室表现出很夸张的受惊吓样子，把董颖逗乐了，她推了施展一把，小声说，至于吗，看到施展的表情，他确实被惊到了。

施展面前的江荟神态沉静，可容貌憔悴的不像是他的同龄人。小义更令施展不可置信，那双笑起来跟云齐一样细长的眉目，就是小号的云齐，他在摆放饭菜盒子的时候，偷偷紧盯小义几眼。他不敢偷看江荟，怕被发现。轻轻摇头，太不可思议，同时他明白了，云齐满世界找江荟的原因。

既然人已经在丰城，云齐还不知道自己有儿子，不然，他不会只是找江荟，儿子应该更是他想要找到的，江荟母子，一大一小。施展在心里偷偷羡慕云齐，运气怎么那么好。

想到江荟一个人把儿子养大，她怎么会见云齐，看来，云齐一家团圆的路还很长，云齐需要不断努力。

"小义，阿荟，你们将就吃点，等小义身体好了，干爹带你们去吃好吃的。"

施展一点也不适应"干爹"这个称呼，一点也不适应江荟恬静中带着沧桑的眉眼，云齐啊，云齐，你活得真糊涂，人生多少磨难，江荟经受了多少磨难。

他好几次拿眼睛跟董颖发信息，要出去聊一聊，小号云齐，也不时地在打量他，他只能在跟小号云齐的目光相遇时，对他报以歉意的微笑，似乎，弄丢他的不是云齐，而是施展，内心里，他也对云齐发出了无数次的叹息，怎么能六年不回来，他怎么在英国呆得那么安心。

倒是江荟，憔悴的脸朝施展歉意一点头，说："谢谢！初次见面让你费心了。"

"不客气，不用客气，我们以后会常常在一起。"施展本想说，他跟云齐是好哥们，你跟董颖是好姐们，眼前的江荟，让他改了口。

江荟专心喂着一只手被吊针牵着的小义，董颖和施展之间的眼神交流，她的余光已经扫到了，施展看到小义时一刹那惊喜，也没有逃过江荟的目光，既然回来了，就一定会重新翻出过往的一切，没有掩饰的必要，兵来将挡，水来土掩，她笃信自己没有过不去的坎。

董颖跟着施展离开了急诊室，带上急诊室的门。急诊室内只有江荟和小义。江荟问儿子："喜欢干妈和干爹吗？"

小义点头："他们对我都很好。"

"他们与阿爷，阿奶一样，是亲人。"

小义嘴里含着一嘴巴的饭菜，说不出话来，点一下头，努力吃饭，吃菜，让自己营养足够。

急诊室外的小花坛边，施展急吼吼地要董颖说说，突然冒出了两个大活人，云齐怎么没找到？

董颖说："本来就是母子俩一起去的，一起回家有问题吗？在急诊室他们互相撞到了，都没认出对方，就这样岔开了，云齐是真的慌了神，但不是原谅的理由。"

把小义发烧，打的来医院的事情跟施展说了。

"云齐应该知道有孩子的事吧，他怎么能忽略了这么重大的一个细节。"

"或许，是匆忙出国，来不及知道。或者，他出国后才发现的。为了这个孩子，江荟受尽苦难，你可不能轻易告诉云齐，等摸清江荟的想法，再说。"

"人都回来了，早点让他知晓，也好让他早点担负起照顾他们母子的责任，免得他四处瞎找，耽误正事。"

"江荟，早就不是六年前的江荟，云齐也不是六年前的云齐，当初在一条平行线上，六年的距离，已经不是人力所能挽回的，你要是瞎掺和，小心我也跟你分手。"

施展第一次受到董颖的严重警告，连自己也不放过，他立刻嬉皮笑脸凑近董颖，"小号的云齐真可爱，啥时候我们也有个小号施展。"施展说着自己笑出声来。

"那就让云齐拨开乌云，明媒正娶，江荟重见天日。"

董颖点着施展的额头，两人回到急诊室，母子俩已经吃完饭。

"儿子，吃饱了吗？"

听到施展的问话，小义撩起小棉袄，露出圆鼓鼓的肚子，拍了拍，说："吃饱了，干爹做的菜真好吃。"

"小义，干爹不会做，是买的。你喜欢吃，干爹还买。"

施展忍不住捏捏小义的俊脸，又摸了摸他的头顶，喜欢的不知道怎么办好。

江荟笑着说："正好你们俩都在，帮我找个出租屋，临街的，至少有两个房间。"又特意对董颖说："我想把姆妈和弟弟接来，一家人留在丰城开个早餐店。"

"租房的事交给施展，让他好好表现。"

施展一笑，"我最会找房了，再说，还有朋友可供我差遣。"他看着江荟，问："你不介意吧。"江荟点头。他又朝董颖讨好地一笑，得到董颖的一记白眼，施展不介意，带着任务，与江荟母子告别，他要去找云齐消遣一番。

董颖连忙追出去，叮嘱他，不要告诉那个人。

施展说了一句："江荟比你聪明。"快步离开，不顾董颖站在原地，执迷不悟地自言自语，"反正不能让他知道。"

"云齐去找过你，没找到。"董颖看着江荟问，"你和小义在哪里？"

江荟仰起脸，定神看着董颖，"你认识他？你从没提起过。"

"才认识，施展跟他是好兄弟，一回来找我打听你，我告诉他李家的住址，可他回来说，查无此人。"董颖看了小义一眼，问："怎么回事？"

江荟觉得好笑，似乎，云齐是昨日才离开，在外面住了一宿，一早回来她不见了，急着找，原来，六年里他不曾来找过，不曾想念过打听过，她是云齐挥一挥衣袖就能忘却的天边云彩，江荟的心里冒出一股冷意，六年时空里她始终留着的那个人，心心念念了六年，该清空了。

"妈妈，谁在找你？"

小义轻轻地一问，把江荟问住了，她把小义抱起来，往自己身边靠近，云齐对小义而言，不该是一个空白，他还留了一个儿子在她身边，自己深爱的男人，是小义生物意义上的父亲，江荟淡淡地问董颖："哪天？"

"前天，你来急诊室撞上的那个便是，他要桂妈的地址，我不给。"

江荟想起了李爸和李妈的失态。云齐找到李家。李爸李妈见到云齐了。李爸的水烟枪就好解释了，他们以为母子俩回到小义父亲身边，疼爱三年的母子，他们不好亲近，心里难受，他们没有说，云齐怎么找得到，对于别人家里来自外地的媳妇，山里人一直是紧闭着嘴，不肯透露一丝一毫的。而她，一直被山里人当做李山未过门的媳妇。

她沉吟片刻，认真告诉董颖，前天，是李山的三周年祭奠，她和小义上山了。

董颖反应平常，没有露出惊讶，"三年的生意，是梦，还是真的？"

江荟明白她已经摸清了情况，既然知道，省得她费一番口舌去解释，"真的，从泡黄豆学起。命运最作弄人，唯有认认真真做事，脚踏实地做人，不辜负自己。"

"你不考虑小义认祖归宗，读书，成长，需要良好的家庭环境。"

江荟没有回答这个问题，她也考虑过，没有找到答案，她问小义："回家把外婆和舅舅接来，我们住在丰城，好不好？"

"好耶，我帮妈妈卖豆腐脑，卖茶叶蛋。"

小义脱口而出，意识到自己泄露了秘密，机警地捂住了嘴，生怕干妈听见。

董颖和江荟的相视包含很多的内容，江荟读到最多的是心疼，董颖心疼她的操劳，更心疼小义的懂事，一千多个日夜，为何不早点跟她挑明，她可以帮到江荟，她的父母有家规模不小的家具厂，生意兴隆。

江荟嘻嘻一笑，"阿囝都能挣钱了，你还担心什么呀。"

董颖没有戳穿江荟的嬉笑，是鼓励小义继续与她一起扛起生活的责任，江荟比三年前进步了，董颖心疼她，也心疼小义，批评江荟，不能让阿囝卖这卖那，阿囝要读书，办大事情的。

"干妈，我能把钱算得很快，不会算错。"小义很自信，夸耀自己的算术好，小义口中溜出来浓重的温州话，令董颖心意难平，瞅着江荟。

江荟明白董颖的顾虑，搂着小义笑眯眯的，"小孩子学语言很快，山里的时光，是小义记忆里最快乐幸福的时光，不能忘记李爸和李妈对我们母子恩情，李家两代人，我和小义衔草结环都要报答。"

董颖拉住江荟的手，"阿荟，你和云齐兜兜转转，一起回到原点，这才是命运的安排。"

"如山一样坚实的父爱，如海一般深邃的父爱。"江荟抚摸着小义的头顶，母子俩的目光相遇，温馨而笑，儿子的笑，是江荟心中的太阳，是黑暗里的灯塔。

"阿颖，顺其自然。"江荟舍不得小义的人生中，缺失太多，来日方长，她先要考虑生存，一家四口的生计活路。

董颖点头，提醒江荟，办理个体户经营执照，施展可以搞定，阿荟得做个体检，办餐饮执照，体检没有疾病，尤其传染病才行。

江荟觉得比以前结实多了，扛得起重担，也经得起熬夜，不会有病，就是觉得很累，有时想偷个懒，说着灰黄的脸上透着烂漫的笑容。

江荟租的房子，在丰城老街的平安路上，是一处老私宅，曾经是老店铺，经历百年，房子看似老态龙钟，可当初的英姿还在，占了大半个墙面的大窗户，临街而立，阔气大气。

江荟把八扇排门板卸下，整间屋子很敞亮，来往的人可以清晰地看屋里在卖什么，非常契合江荟的设想，卖早餐，或者做缝纫活计都摆得开场面。

出租房看似只有一间门面，走进去江荟才发现里面另有乾坤，入户有十几米深，是车厢式的，除了大窗户做生意用，还可以分隔出两个房间，安置两对母子足够宽，两个房间之间，正好放一组衣柜。

江荟走到后门的小院子，搭建的小木棚分两间，靠门口一间放了一只生锈的煤球炉，全身锈迹斑斑，正孤独地看着江荟。她抽出煤球炉的小门，能活动，检查了煤球炉的炉膛没有裂缝，再买一只煤球炉，买两个钢精锅子，专门煮豆浆，蒸馒头，也能烧饭炒菜，小煤球炉大能量，可以多用途。

心里有了打算，目光所至的物件，也就有了价值。她很意外，仅仅只有两个平方的小木棚，竟藏着一只抽水马桶，一个莲蓬头，水流畅快，洗漱方便，她的心情也很畅快，这里缺一只热水器。

施展让江荟挑选能用的物件留下，不能用的，劈了当柴烧。江荟直摇头，"堆到院子里，房东留下的物件一样不能少，退房时都要归还。"

"房东还要用这些破烂继续赚钱，太贪了。"

董颖推了推桌面裂缝有小拇指宽的八仙桌，配四条再窄就不像长凳的长凳，还能凑合用。

施展把靠在墙角，一扇门快要掉下来的碗柜，踢了一脚，柜子居然没有倒下来，"还很坚挺。"施展的话把三个人都逗笑了。

江荟笑着说，那么坚强，就留下，她上前检查一番"咯吱"作响的破门，只是铰链烂了，换一副铰链继续可以废物利用，其他没用的东西，三个人没费多大的力气，都搬到院子里，堆在一起做了一个框架。施展找出一块破的油毛毡，盖在上面，破烂货有了遮风挡雨的顶层，也有了可以容纳的胸怀，江荟要堆煤饼。

江荟把墙上沾了一层灰的旧挂历，都撕了下来，灰尘飞扬的出租屋里，尘埃赶着尘埃，抹去墙上一缕灰，抓破墙角的蜘蛛网，把小蜘蛛吓得张慌着细长的腿，抱着圆鼓鼓的肚子，飞快地逃命。

请人把电线整一整，重新排几路线，换灯，换插座，墙面刷一刷，捯饬一下内环境，添置做小生意用具，锅碗瓢盆勺，一些家具，江荟把住进来前的活计算了算，需要请人帮忙。

"二手货市场还有三天要关门休年假，乘着还能送货上门，赶忙去挑些有用的。"

董颖快人快语快动作，说完要拉着江荟去二手货市场。江荟拦住她，这小事她跟小义去挑就行了。

施展见董颖还要坚持，与她对了一下眼神，连忙打岔，对，我们需要分工。他揽下了找人刷墙壁，修检排新电线，以及打扫卫生等活儿，还表示，工钱么，以后来吃早餐。

当然好咯。江荟点头，这对情侣上班都忙，还要操心他们娘俩的生活，很过意不去，她已经不是三年前，或者六年前的江荟，施展的热忱积极，让她心里踏实，从朋友身上，她似乎看到了云齐，她羡慕董颖，更多是祝福她有个值得信赖的爱人。

施展大包大揽背后，有个幕后帮手叫云齐，从施展愉快欢欣的神态，江荟猜出，施展要极力帮云齐建立起与她们母子之间的联系，帮她，也是帮云齐，为了云齐早日与她们娘俩相认，既然决定留在丰城，云齐是避不开的，一些旧事旧人也会避不开，施展着意要云齐在她和小义的生活中留下痕迹，创造机会弥补六年的空白，江荟且走一步看一步。

不难为小义，不难为自己。她回到丰城已经做好了准备。

二手货市场最吸引江荟的是两只不锈钢锅，用来煮豆浆，蒸馒头，够大，够用，她把饭锅，炒锅，汤锅，汤勺，铲子挑出来放在一边，眼看着堆成了小山，急得第一次与妈妈大采购的小义，着急地悄声问："妈妈，这些不用花钱吗？"

"这些是用来赚钱的。"

小义咧着嘴笑得可爱，起劲地帮妈妈把这些东西排端正，抱来了两只玻璃碗，"我喜欢用这个吃饭，给舅舅留一个。"抓了几把不锈钢调羹和叉子，放到了玻璃碗碟里。"我和舅舅用。"

市场里的店员给江荟拿了一支马克笔，让她在看中的家具上，写一个"江"字，两张一米的酒店标床，一张一米五的双人床，都带了床头柜，酒店的简易柜子江荟挑了五个，一个储物加四个人的四季衣物，够用。江荟松了口气，回家见了姆妈，把姆妈做的新被褥抱过来，丰城，是他们的家，可以安居，乐业的家。

四

云齐在粉刷江荟出租屋时，跟施展分享了一个喜讯，他留在丰城高级中学当教师，教书育人。

"放弃去纺织大学，你放弃的是前途呀。"施展替他惋惜，"多好的机会，你要三思。"

云齐表示，春节要再去趟温州永嘉，他放不下江荟。

施展不吭声，云齐眼睛里的红血丝已经说明，他夜不能寐，翻来覆去的想念很重，作为好朋友，施展目前只能帮江荟一点，问他："若还找不到呢？"

"报警。"云齐的态度很干脆，带着破釜沉舟的勇气，他停下刷子揉了揉左胸，"疼得难受，不放心。"

施展叹了口气，想说，老兄，江荟要在丰城安家，你在帮江荟干活。念头一起，施展面前立刻浮现江荟的面容，和小义的清澈的双眼，他只有哑然，云齐的失联让江荟灾难深重，与死神擦肩，董颖说起这段过往痛心疾首，施展也不能原谅云齐，可这两人，一个走过苦难的过去，一个将面对痛苦的未来，命运如此捉弄他们，旁人有力无处使。

施展狠了狠心给自己一个任务，站在云齐与江荟的人生十字路口，施展愿意陪云齐跑一趟永嘉，也许，在永嘉，云齐会明白，他该承受到该来的惩戒。

于心不忍，又怒其不争。

"江荟不会一直留在李家，会回来了。"施展说得淡漫，还是心软。

"她姆妈守着儿子，靠卖一些小玩意儿的收入度日，她还不晓得李山去世。"

云齐的眼圈微红，如果李山是一种保护，没有了这个保护，江荟会经受怎样的困顿难以预测，她该怎样去应付陌生的人陌生的事情，云齐不敢想下去，更不敢问江荟姆妈打听，他做个路人，从他们家的门口慢慢走过，默默地走过，是云齐离江荟最近的距离。

伸手可握的距离，他用了六年，可能不止六年。

"他弟弟看似高高大大白白净净，是个糖宝宝，友好，温和地冲着我笑，我却想哭，我怎么能不告而别。"

施展的手一抖，他想起了董颖隔一段时间要去看望一个有病的小孩，总不让他陪，原来是江荟的弟弟。江荟太不易了。

"大齐，你真的不可原谅。"

云齐默不作声，他在心里谴责自己无数遍，只要江荟回来，他以江荟马首是瞻，不离左右，陪在她身边。

"这间屋子的租客，也是一个很努力很拼命的人，她带着儿子做生意，我们给她收拾得整齐一点，让她使用的时候少点麻烦。"

施展说话的时候，观察云齐，见他专注于墙壁上的开关插座的安装，没有接他的话，等了好一会儿，他才回答施展："若荟儿歇息的地方也是如此破旧，我不会让她住下去。"

施展不吭声了，两个不在同一频道的人说话，牛头不对马嘴，真累，他手里的大刷子，横扫，竖扫，从来没有这样野蛮用劲，对于云齐的觉悟，施展实在不敢恭维，他又不能不给云齐一点提示，又展开了新的点拨。

"大齐，你说，我们要不要给这个小店做投资，做小股东，帮她做大做强。"

云齐摇头，"这小店，维系一家生计尚可，要分红出去，利润太薄，施大律师还眼红这点小钱。"直接给施展一个鄙视的目光，弄得施展真想跳起来，指着云齐的鼻子骂他不开窍，你才该被鄙视，活该被抛弃，谁知，云齐自己绕到江荟的话题上，"荟儿回来做生意，我投资。"

"你准备开夫妻老婆店？"施展笑问，他努力把话题引到江荟的出租屋上，"你有空去找个这样的店铺预备着，倒是个好办法，栽得梧桐树，凤凰才来栖。"

"我在读书时挣了些，荟儿心软脸皮薄，做生意真是为难她。"云齐这样想着这样说着，不由得深深地吸了一口气，又吐出一口沉重的浊气，无能为力的挫败感，又一次笼罩了这个男人。

"大齐，你看这房子辟出两个房间，其他的空间做早餐店，如何安排？"

"车厢式屋子可以利用衣柜分割空间，简易的屏风，移动方便，白天隔开内室和外面，晚上自成一体。不过，室内光线不够亮，给小孩买个小台灯，看书写字用。"

"你有个儿子会怎么养？"

云齐笑施展读书太少，父母之爱子，则为之计深远，增强体质，培养能力，发展个性，而女子，为母则刚，在家里要富养她的精神内核，女人成了母亲，会不顾一切为孩子的未来做打算："施展，你们准备要孩子了？"

"不不不，请教请教，你学问高嘛。"

施展笑得极不自然，他的问题都是替云齐设计的，从他口中掏一些未来生活的设想，云齐不接他的话，他也只能看一步走一步，看机会帮两人推一把，早点团圆。

"我陪你去永嘉，遇到问题也好有个商量。"施展承诺的时候，云齐的眼睛里都是笑。

江荟看着体检报告往上向下的标识心情沉重，按照董医生语重心长的说法，二十五岁的年纪，五十二岁的身体，三年时间，把自己折腾老了三十岁。

阿颖怎么懂，她走投无路中硬劈开的一条生路，让江家老小的生活无忧，当然要全力以赴，她还借着小义的决定，鼓励自己留下做个孤勇者，拿命运博明天，赢得何其辛苦，好在亡羊补牢，还不晚。

"董医生，我年后住院治疗，先把姆妈和弟弟接来安顿好，由姆妈来照顾小义，我才放心。"

董颖朝她翻着无奈的白眼，对江荟不珍惜自己很不满意。

江荟拍拍董颖搭在她肩上的手，扯开话题，"二手市场买的家具要提前送到，出租屋要提前整理干净，催一下施大律师。"

"出租屋明天就完成，家具厨具明晚送到，我找辆小卡车去水墩镇老家，帮你把人和物一起接来。"

"接人不急，先安顿这里，我回家过年，三年了，初五，来接我。"

"接你，接财神，我看到了闪闪发光的钱。"董颖反手勾着江荟的肩膀，"好好休息，早日康复，我馋你的咸豆花，甜豆浆，还有桂妈的大肉粽。"

"干妈，我给您端豆花。"

小义得意地举起拔掉打点滴的针头右手，神情活泼，他的小广告，很配合江荟和董颖，把她们俩都逗笑了，江荟称，争取早一点洗手作羹汤，让董医生放心。

董颖悄声问，哪天给云齐洗手作羹汤，才是一道题的正解。

江荟拍着董颖的手臂，笑着说："人生这道题，解法无数，正确的答案只有一个，不着急。"

江荟有心等待，看云齐如何表现，毕竟，六年空白要填满，需要的时间不短，她催江荟，看在阿团的面子上，解题快一点。

董颖的话，总能点到江荟最柔软的地方，她不作回答，看着小义。小义朝江荟笑得很尴尬，"我的算术还不能解难题。"

江荟和董颖都笑了，江荟亲昵地点了点儿子的鼻子。

董颖见母子俩互动，自己成了孤单只影，羡慕加嫉妒，只好自我安慰，快点也生个娃出来。

家具落地，江荟剪的窗花，把每一扇玻璃点缀喜庆的红色，一叠福字有大有小，福字里有鱼，年年有余，给每一个房间添"福"，连小物件上也添了小小的"福"，福满家园，从此不再彷徨，不再流连失所，出租屋顿时洋溢着浓郁的年味，连靠墙角的一个玫红色的大行李箱，也被江荟贴了福字，明媚的亮丽，鲜艳的中国红，给焕发新生的老房子，增添了新年的气象。

一艘扬帆小木船，一个儿童足球和一架小飞机，摆在小义的床头柜上，江荟告诉小义，把舅舅接来了，要与舅舅一起玩，带着舅舅。

小义点头，抱紧了江荟，他会和外婆一起照顾舅舅。江荟把小义紧紧拥抱在怀里，如果眼泪能洗刷过去的苦难，能滋润往后的每一天，江荟真想痛哭一场，为苦难的过去，为希望的未来。

窗外，丰城的夜色旖旎，天上星光闪耀，比六年前明媚，清澈，江荟的脑海浮现出水墩镇的青石板小街，狭窄的街道两边，互相穿插的晾衣杆，悬在街道的空中，姆妈在青石板的老街，从家门口，走到街道西头的马路上，等候从塘桥过来的公交车，失望而归，蹒跚不安的背影。

弟弟江澄微胖的，白净的脸，一双澄澈无邪的眼睛，怯怯地看着姆妈。

姆妈，弟弟，三年未见，你们好不好？

五

桂淑兰很后悔没有拦住江荟，要去探一探她的未来该往哪儿走的世界，要去看一看外面世界的精彩，与她有几分缘，看着她年轻的脚步，往外面的陌生世界走去。

儿子江澄是个唐氏症宝宝，儿子出生，她从街道小工厂里辞职回家，专职照顾儿子，兼任裁缝丈夫的助手，剪剪线头，钉钉钮子纽襻，跟着丈夫学会了做套袖之类的小活计，从城隍庙的小商品市场批发小物品，鞋垫，头巾，橡皮带之类，在缝纫摊旁出售，贴补家用。丈夫死后，这个小买卖成了她的重要经济来源。

本来，她安心于陪着一儿一女简单生活，不料，命运还是没有放过她。

江荟在招待所工作半年多，娘家侄女桂英吵到门上，举起江荟怀孕的检查单，当着左右邻居的面骂江荟不要脸，欺负她不能生育，插足她的婚姻，要抢走她的男人，扬言，江荟不让她的日子好过，她绝不会让江荟顺心如意，把化验检查单打在姑姑桂淑兰脸上。

薄薄的纸，如刀片，划伤了桂淑兰的脸，划碎了桂淑兰的心。

桂淑兰懵了，眼睁睁看着桂英在自家门前撒泼，骂街，无所不用其极地谩骂和侮辱江荟，她喊桂英闭嘴，上前去拉桂英，她不许从小疼到大的亲侄女，这般的羞辱自己。

疯狂的桂英一面与桂淑兰推搡，一面高喊，造谣有其女必有其母，把桂淑兰母女逼到死胡同。

不明真相的街坊邻居在桂英的疯狂中，朝桂淑兰投来鄙视的轻蔑的目光，流言蜚语扑向江荟，要将她们母女再一次推向深渊。

桂淑兰捏着检查单，看着上面"江荟"二字心如刀绞，她拉儿子进屋，关门，垂泪，她不相信十八岁的女儿会如此糊涂，作践自己，当她看到江荟失魂落魄回来，委屈地向姆妈哭诉，表姐桂英如何去县招待所找领导大吵大闹，冤枉她，谩骂她，她在县招待所上一天班，表姐就在大堂里闹一天，吵到领导让她自己辞职，她才罢休。

江荟煞白的小脸，眼中的惊惶，瘦弱的身体在桂淑兰面前颤抖。桂淑兰的心都要碎了，"荟儿，不怕。"她抱住女儿。拿出了检查单。

江荟摇头，跟姆妈坦白，跟表姐没有一丝关系。至于是谁，她没有说。

桂英恶意诬陷江荟，她要找娘家郎中哥哥老柱评理，希望哥哥替她母女主持公道，带着一把火，桂淑兰跑到娘家，眼前的情景令她倒吸了一口冷气。

桂英的丈夫赵刚，手指到老桂的鼻子上，骂他老骗子，老兽医，专门做上不得台面的勾当，害人害己，朝着街上看热闹的人骂郎中老桂卖假药，"骗子郎中，连老天都看不下去了，让你生了不下蛋的石女，治不了吧，你把自己女儿治好，才有脸走街串巷替人家治疗不孕不育。老骗子！"

郎中老桂梳得光亮的头发乱了，蹲在家门口的街边抹眼泪，街上扔着他行医几十年的药箱，已经破碎，药瓶到处滚。

"桂英是石女，街坊都知道，他瞒着男方，自作孽，不道德。"

"怪不得女婿打破水缸，打破铁锅，这断子绝孙的事情，怎么咽得下这口气，老桂也是个狠人，医者仁心，骗人的。"

"这老骗子，心太坏，结婚十年我好吃好喝待她，没见她下过一只蛋，硬说我患弱精症，逼着我喝了十年的中药汤，老匹夫，你问问你女儿，我弱精吗？她叫床时怎么不说我弱。"

赵刚说到气头上，对着无脸见人，把头埋在自己的臂弯里的老桂，抬起脚要去踢他，被老桂发现，连忙打个滚，躲开了，狼狈不堪。

看热闹的人从来不嫌事多，哄笑着朝着赵刚喊，"让石头开花，你老丈人的药是真的。"

"这人，连床上的事情也往外说，脸皮真厚，心太坏。"

"男人不坏，女人不爱，不然怎么会有出轨。"

"真出轨了，是谁？"

"听说是个城里女人。"

桂淑兰忘记了自己来给女儿讨公道的初心，上前扶起可怜的哥哥老桂。

老桂抬头看到是妹妹桂淑兰，恼恨地甩开她的手，冲她吼道："你还不嫌丢脸，不嫌晦气，滚，滚远点。"

桂淑兰刚沉下去的气，又一次升起来，赵刚出轨明明另有其人，赵刚挑起事端，要跟桂英离婚，还倒栽黑锅给江荟，祸害她们一家人，桂淑兰指着老桂的鼻子说他糊涂，纸，包不住火。

老桂对着桂淑兰骂，你家的戏才好看，未婚先孕，伤风败俗，你还有脸说别人。似乎在妹妹面前扳回一局，老桂出了一口恶气，又指着屋里，带着哭腔说："你家作的孽，害到我家，你自己看看，这日子还怎么过。"老桂花白的脑袋搁在手臂上，抽抽搭搭哭起来，似乎他才是忍受了万般委屈的人，他才是受伤最深的。

院子里一地狼藉，摔碎的瓷片，乱扔的扫把，竹竿，连厨房间的锅也被砸了一个洞，老桂偷鸡不成蚀把米，也算自取其辱，一点儿怨不得别人，赵刚闹成这样，这婚是离定了，想着女儿受了委屈还丢了工作，要是她想不开怎么办？

桂淑兰的脑子一个激灵，顾不得哥哥家里的兵荒马乱，拔腿往回家跑，没跑几步，被桂英堵在门口，不分长幼有序，不分青红皂白，扑上去拉扯着桂淑兰往街边的河岸去，"你也去死吧。"

桂英的话令桂淑兰肝胆俱裂，她拿起地上的竹扫帚，"噼噼啪啪"冲着桂英的身上猛抽，扑向桂英，朝她的脸"啪""啪"两巴掌，"赵刚是你们父女俩逼的，你羞辱江荟，我修理你这个粗坯子。"怒火冲天的桂淑兰，拿竹扫帚开出一条路。

桂英要还手，被老桂拉住，他把桂英护在身后，气急败坏地指着街道，朝桂淑兰大吼："滚！滚呀。"

桂淑兰赶回家，家门口围着人，她疯了似的拨开围在门口的人，女儿惊魂未定地缩在竹椅子里，抱着身上湿透的衣服发抖。儿子江澄站在姐姐身边，一脸惊慌，捍着拳头，眼神发直。

桂淑兰离家后，桂英又来纠缠江荟，把她拖到了河边，逼她投河，以示清白。

看着一双手无缚鸡之力的儿女，毫无反抗的血性，桂淑兰不觉悲从心中来，一手搂着死里逃生的女儿，一手搂着不谙世事的儿子，母子三人抱在一起，嚎啕大哭。

屋外，寒风掠过屋顶，发出哀伤的"呼，呼"声。

江荟执意生下孩子，要为江家留下顶门立户的孩子。

桂淑兰抹泪点头，尽心照顾，家里添了一张嘴，她收拾丈夫留下的缝纫摊，支起案桌，母女俩做缝纫活，卖小商品，日子虽然艰难，但看着眉清目秀的外孙小义，聪明伶俐，给了桂淑兰希望，连不识人事的江澄，也知道小心看护小外甥，有人靠近小义的小床，他会朝来人瞪眼，把来人推开。

桂淑兰焦心的是，一岁多的小义，看见男人从门前走过会含糊不清地喊"阿爸"。救过江荟母子的豆腐郎李山，路过，总要帮助江家干些重活，他私下跟桂淑兰表示，愿意做上门女婿，照顾江家老小。

桂淑兰对李山是称心的，憨厚的外地人有门做豆腐手艺可生钱，配得上生过孩子的江荟，桂淑兰热情地要江荟做决定。江荟始终不搭理。李山邀江荟和小义去他的老家，看看山清水秀，赏赏风景，散散心。江荟碍于姆妈的热切，碍于李山的救命之恩，以及不断为江家奉献的体力，和爱心，答应去看看李山父母。

桂淑兰收到江荟汇来的第一笔生活费，汇款单的留言"学做生意，归期不定"。八个字令桂淑兰宽慰，女儿终于开窍，"两利相权从其重"，生存才是她们一家人的重中之重，第二次的留言，"山高水长，姆妈是我的靠山。"把她的心吊了起来，女儿像是撒娇，又像隐瞒了什么，是跟李山吵架了，还是李家嫌弃江荟有拖累？她写信，按照江荟的汇款地址，寄到邮局，江荟每个月会去邮局寄钱，迟早会收到她的信。

  江荟的回信中陆续给她寄来了小义的照片，小家伙看起来被照顾的很好，江荟也讲，他们时常跑在外面，李山的父母把小义照顾得很好，对她也很照顾和关心，让她放心，若写信还是寄到邮局，她寄钱的时候会取信。桂淑兰悬着的心才放下来了，放下心事，思念的情绪越来越浓，她一改坐在窗户里面照顾小生意的习惯，搬了把竹椅子坐在家门口，不时朝老街上张望，希望老街的青石板上传来江荟轻盈的脚步声，传来小义欢快的童音，春来，暑往，秋临，冬至，一年，一年，又一年，她的心渐渐烦躁起来，她思念女儿，担忧女儿，希望见到长高长大的小外孙小义，小义到了上幼儿园的年纪，孩子的读书不能耽误，可江荟母子的归期不定。

  年前的汇款单上，钱款比以前的每一次都多，江荟的留言说：多买点年货。桂淑兰心里一乐，是否要回来了，一起回来过年。她再一次把大床收拾干净，换上新被子，这是江荟走后，慢慢置办的新被子，桂淑兰提前为江荟预备的结婚用品，在她的心底，她是希望李山能够与女儿能成眷属，救命之恩当以身相许，书中这么写的，戏里也这么演，生活也该这么过，知恩图报必有好运相随。

  江荟给的钱多，江荟的生意赚钱多了，母子俩的生活也能过得好些，其实只要女儿和小义过得幸福，他们在天涯在海角，与在家里一样，桂淑兰都安心，在起起伏伏的心事中，桂淑兰挨过了一千多个日夜，又逢年底，她跟往年一样，和儿子两个人的除夕，备了老八样的菜，没有多买，江荟回来了，买新鲜的，手头的钱宽裕了，开始富裕起来的桂淑兰，也鼓励自己大方，随便怎么花。

  小年夜，桂淑兰祭拜了江才福和江家祖宗，她和儿子江澄一起跪在祖宗面前，她说，"才福，我只有一个要求，保佑阿荟和小义平平安安的，早日回来，全家团聚，顺遂无虞。"想着女儿回来的愿望又要落空，大床上的新被子，铺上几天又得收起来，桂淑兰的眼角有些湿润，眼睛里起了雾，坐在竹椅子里看着老街，景物也朦胧。

远处有个穿着深色大衣的女人，牵着孩子慢悠悠走过来，又是谁家的女儿或儿媳妇，带着孩子回家过年，不会是阿荟，桂淑兰揉了揉眼睛，低下了头，苦笑了一下，有点自嘲，又眼花了，最近老是认错人。

桂淑兰的竹椅子往屋里移了移，她有点不忍看别人家的女儿回家，她把头往屋里扭了扭，她的身体也往里移动，她不想回答街坊邻居的好意问候，"阿荟回来过年哇。""小外孙又长高了，"她的眸光落在八仙桌边，认真绕布条的儿子江澄，母子俩的目光相遇，江澄总是移开，他只关心他手里的布条，绕出花来，姆妈做好吃的。

江澄的目光看着门口，一动不动。

"外婆，舅舅。"

桂淑兰听到有人响亮的喊声，她凝神细听，"外婆，舅舅。"高昂的童音又一次响起，桂淑兰的脑袋靠在了竹椅子上，心情很失落，又是谁家的孩子蹦跳着回来了，唯有自家女儿和外孙，让她望穿秋水。

"小义。"江澄站起来要往外走，被桂淑兰拉住，"姐姐没回来，小义也没回来。"

"回来了。"江澄很执拗地说，挣脱桂淑兰，要往外走。

"你这个孩子，知道姆妈不想提什么你偏要提，姆妈会难过的。"桂淑兰说着，眼睛再一次模糊，她拉着儿子坐到老位置上。江澄的眼睛仍一直看着门口，咧嘴笑了。

桂淑兰猛一回头。

门口的石阶上，站着一大一小两个人，她有点恍惚。

"外婆，舅舅。"小义的声音明亮清晰，如一缕温暖灿烂的阳光照进屋里，他拉着江荟的手，满头白发的桂淑兰，令他怯怯的，不敢靠近，那个看着他咧嘴笑的大男孩，也很陌生，他看着桂淑兰，轻轻地喊："外婆。"

桂淑兰猛地从椅子上站起来，差点摔跤，她上前抱着小义："宝贝儿，外婆想死你们啦。"小义被外婆搂抱着，朝屋里喊："舅舅。"江澄不动，咧着嘴笑，新奇地看着小义和江荟，朝江荟喊"姐姐"。

江荟上前拉着弟弟，四个人抱在一起，姆妈白发苍苍，又老又瘦，三年时间，不止她衰老了三十岁，姆妈也一下子成了耄耋老人，衰老得可怕，再不回来，江荟害怕见不到姆妈了，她的眼睛，鼻子，一直到心里都在发酸，胀痛，隐隐的蔓延全身，她后悔该早点回来。

好在弟弟又高又大，比她窜高一个头。像个顶天立地的男子汉。

"江澄，男子汉了。"江荟抬手拉着弟弟的耳朵。

比自己高出一个头的弟弟，含羞地低下头。

"姆妈。"江荟抱着桂淑兰，本来喜相逢，可姆妈的老态落在眼里，留在心里，江荟笑不出来，说话带着哭音，理着桂淑兰的白发，"姆妈，怎么满头白发了呀，对不起！"

"阿荟，小义，回来就好。"桂淑兰看着一脸灰黄疲惫的女儿，低头看看站在自己面前的小义，已经长到她的胸前的小义，她有点不相信自己的眼睛，不断地看江荟，看小义，看江澄，三个孩子都在她跟前，全家团圆，江荟把小义推到她面前，让外婆好好看看小义。

姆妈盼星星盼月亮，终于盼你们回来了，巨大的幸福来临，桂淑兰有点慌乱，不知道做什么，嘴里说着姆妈去淘米烧饭，却不晓得拿淘米篮，在房子里转了一圈，两手空空。突然，她拉开了抽屉，抽出了三根香，点燃后，对着江才福的遗像拜了三拜：才福，才福，孩子们都回来了。

"姆妈，烧饭不急，你坐呀。"江荟拉着桂淑兰坐定，她要跟姆妈讲事情，讲她的安排，没等她开口，桂淑兰先问李山回来哇？江荟摇头。为啥？你们不在一起做生意。桂淑兰紧张起来，盯着江荟，似乎要从她的脸上寻找答案。

江荟拉着桂淑兰的手，低头婆娑着姆妈枯瘦的手背，心潮起伏，三年的经历一时不知该如何说起，她酝酿了一下，深深叹了口气，抬起头看着桂淑兰，很镇定，"姆妈，李山回家第三天就死了，他有羊癫疯。我留在李家，一是学做豆腐，一斤黄豆十斤水，利润很不错。二是，报答李山的恩情，陪伴他父母。"

江荟把她和小义留在李家的过程跟桂淑兰大概讲述了一遍，李山的父母给予江荟再造人生的恩德，是一份人生的大幸运，给小义至亲的疼爱，小义才快乐又温暖地成长。

桂淑兰很震惊，三年里，女儿一个人在煎熬，她难过得眼泪直流，想起每月的生活费，她直摇头，心疼极了，她怎么舍得江荟拿命去换钱，养活姆妈和弟弟，桂淑兰合掌低语，老天保佑李家老夫妻平安顺遂，对江荟表示，等安顿踏实了，要去李家感谢他们，以后条件允许，带他们来丰城。

桂淑兰看着跟江澄一起绕布条的小义，一大一小两个孩子不知道在说什么，小义很耐心，江澄的脸上露出难得的笑容，欢欣鼓舞。

"他们把小义教得很好，江家又欠了李家一份恩情。"

江荟点头，拿出手帕递给桂淑兰，"姆妈，他们是远方的至亲，以后，我带你和弟弟去拜谢他们，安顿好了，以后可以接他们来这里住住。"

桂淑兰抹了把眼泪点头，江荟不会讲她遇到的各种困难，她怎么能想到，李山会死，这就是命，命中无时莫强求，看着江荟和小义，她的眼泪特别多，她拉着江荟的手，抚摸了很久，那是一双粗糙的，结实的手，手背上，手指上还有冻疮的红肿，饱经风霜，桂淑兰的心里无比的酸楚，如果儿子是个健康的孩子，可以顶门立户，江荟不至于这么的拼命，她和儿子的平安生活里，有女儿的负重前行，辛勤劳作做支撑，是她和江澄拖累了江荟母子。

桂淑兰心疼至极，哽咽道，不回去了。

"不回去了。姆妈，我们回来四天了，小义在路上发烧，下了火车直接去了丰城医院，董颖帮我在丰城租了房子，也收拾了一番，过了年，我们去丰城摆摊做生意。"

江荟说到做生意，满心喜悦，眼睛发亮。桂淑兰点头答应，一家人在一起，她守着三个孩子，做什么事情都幸福，姆妈跟你一起摆摊。

"外婆，还有我，可以帮妈妈卖豆浆，卖茶叶蛋。"小义快言快语地插了一句，很自豪地看着桂淑兰，笑容灿烂，又转过头对江澄说："舅舅，我带着你。"

江澄看桂淑兰，看姐姐江荟，低头看看在他胳肢窝高的小义，也点头，姐姐不在，他也会卖姆妈的货，诚不欺他，姆妈夸他能干，与小义一起摆摊，江澄开心，两个男孩因为可以帮到姆妈，开心地面对面傻笑，小义还调皮地捅了一下舅舅的胳肢窝，把江澄痒得笑弯了腰。

桂淑兰欣慰地看着小义，看着江澄在小义面前像个稚嫩的孩子，对小义言听计从，想着有一天，江澄要依赖小义的照顾，桂淑兰的心里有些难受，她把目光转向江荟，女儿比自己清醒，穷人的孩子早当家，小义会是江家将来顶事的人。

她的孩子们都回到了她的身边，桂淑兰的心软成一团，她不让江荟做家务，要她好好休息，你照顾了姆妈三年，姆妈要你在家里过个舒服年，她把江荟带到大床前，拍着柔软的缎面新被子，"姆妈铺了三年了。"

大年初五，在江荟的指挥下，桂淑兰和两个男孩，将打包的大小物品，整理出来搬到马路边，堆在一起，等待董颖和施展开着卡车来接他们一家。

水墩镇外集散了大大小小十几个家具厂，是远近闻名的家具镇，因为家具，水墩镇成了周边先富起来的地方，老板们自筹资金把凹凸不平的机耕路，用混凝土筑成的水泥大道，方便了街上的居民出行。

小义牵着舅舅守着一堆货物，阵阵寒风吹来，冷得他直打喷嚏，他眨巴眨巴眼睛，朝马路张望，干爹干妈的卡车何时能到达呀。

云齐没有去成永嘉，他擅自放弃纺织学院任教的举动，遭到母亲的严厉批评，母亲对他实行管制，寒假留在家里不许离家半步，若不是施展亲自上门请他帮朋友搬家，充当临时的卡车司机，云齐只有等开学了去丰城高中上班，才能出门。

永嘉，他还会去，另找时间去。

他停稳卡车，看一家老小如蚂蚁搬骨头，把大大小小的包裹搬到大路旁，他站在路口，朝熟悉的青石板小街望去，想着自己在这条路上徘徊，聆听到江荟姆妈的说话，他上前拿了摊上的一个打火机，担心被江荟的姆妈认出他，扔下钱，转身离开，他不忍心去打扰，可脚步又不听自己大脑的指挥，想着江荟可能回来过年，他朝老街走去。

"大齐，去哪儿，帮着搬呀。"

施展的喊声把云齐拉回卡车跟前，他接过小女人手里的编织袋，举起，扔到卡车车厢，这个娇小的女人包裹着脸，防着寒风，很会保护自己，比江荟聪明多了，女人就是要多疼爱自己。

云齐一时恍惚，看到小女人和施展一起搬动一个石磨，董颖在车上接应，有个大男孩也托着石磨，可是，却不能再抬高，到不了卡车车厢上，"来，再加一把力。"

云齐在施展的号令中，伸手助力，往上一托，石磨上了车，云齐跳上车，把石磨慢慢地移到车厢的中间，低头，看到小女人抬着一个装棉花胎的大包裹，云齐弯腰从小女人手里提起了大包裹，他没有发现，小女人一愣神，借着一阵寒风刮来，拉起围巾把脸遮得严严实实。

云齐着一件米色的棉服，淡蓝牛仔裤，愈发儒雅俊朗，稳重成熟。

江荟看着云齐跳下卡车，接过姆妈端着的大盆，阿姨，我来。声音依然柔和，看到站在卡车旁边的小义，笨拙的，狗熊式爬车没成功，他把小义也抱上卡车。行动依然轻快，见小义拉舅舅上车，江荟上前推不动江澄的大屁股，云齐也上来，把胖墩墩的江澄托上卡车，还摸了摸小义戴着帽子的脑袋，冲他微微一笑，好样的！邀请他坐到驾驶室。

小义摇头拒绝，亲热地挤到舅舅身边，靠卡车车厢的大包裹上，把江荟扔给他的一条小被子，盖在自己和舅舅的身上，喊施展："干爹，那些包裹排一排，风好冷呀。"

云齐看着施展把两个大包裹分别放在小义的两边，他和董颖以及小女人把两个孩子围在中间。卡车启动。云齐不舍地看着老街，看着那个屋顶，有一簇瓦松，在寒风里微微荡漾。

江荟的家离他越来越远，何时能见到江荟，成了他心里的痛，他并不知道，卡车里的人，都对他产生了遐想。

江荟的惶然一瞥，似乎有一股神奇的力量，唤醒了她所有的知觉，相隔六年，爱，在一霎间全部回来了，她心虚地捂住自己脸，她想掩饰自己的心跳，和脸红。

董颖的目光在江荟和云齐之间来回转了几圈，轻轻摇着头。江荟的防护措施太严密。云齐的心思太沉重。一对恋人相隔六年后，竟然面对面的不相识，岁月真的是一把锋利的刀，太伤人。

施展用动作演示了江荟和全家包头裹脸的样子，朝江荟竖起大拇指，你真牛！

桂淑兰看到云齐，回头看了包裹得严实的江荟，她明白了女儿奇奇怪怪的要求，防寒是借口，防人才是正解。帅气的卡车司机几天前来过她家门口，走走看看，也在她的小摊边停留一小会儿，她跟邻居说起江荟，他假装买打火机，可他专注的听觉没有逃过桂淑兰的眼睛，专心开车的侧颜，与小义太像，她有太多的话要询问江荟。

卡车司机云齐，亲眼目睹这一家老弱妇幼搬家，目睹小家伙会照顾人，心，莫名的一扯，疼，坐上驾驶室，他回头看了看车厢里的小小脑袋，眼中全是关爱。

江荟住进了丰城中心医院。

桂淑兰带着家里的一个大孩子一个小孩子，在出租屋里静候江荟康复出院，她带来的货品没有摆出来，在这个陌生的出租屋，桂淑兰丝毫没有了做买卖的欲望，她只想照顾好三个孩子，一丝不苟地照顾。

六

江荟做梦了。

河面结冰了，站在河边翘首的姆妈，白发似芦花，在寒风中摇呀摇。江荟向姆妈招手，听见小义的喊声，他在爬山，风呼呼吹，他不顾不管爬上山头，又爬上了火车顶。江荟追着火车跑，脚步沉重，跑了没几步，跑不动了，眼睁睁目送火车进了山洞。

眼前一黑，江荟从梦中醒来，江荟无神地看着雪白的屋顶，问自己怎么办？

住院一个月，她几乎在昏昏沉沉的梦境里过了一个月，她总是梦呓，晚上有，白天打盹也含混不清，有时会出声，江荟伸手揉着脸上的灰暗，翻身又沉沉睡去，不能言说的，在梦里泄露，说明已经无法承受，她又何必去叨唠，同室病友刘姐也在病中，对她已经多加关照，如贴心的大姐开导她看淡人生，轻松点，她说，不幸的人生有着各自不一样的不幸。

刘姐是被江荟梦里一口地道本地话，认出她不是外来务工的，而是本地人，董颖来看江荟，跟刘姐也熟悉，刘姐也向董颖请教，江荟的梦呓，担心她的心理健康。

董颖看了江荟的药，查看了每日用药记录，让江荟和刘姐别担心，药没用错，嗜睡是因为长期极度透支造成极度的疲劳，在心灵得到放松后身体的放松，好好补觉有利于慢慢恢复，"可章姐，谢谢您照顾我家江荟。"

医生告诉江荟，身体过度疲劳，透支严重，需要充足的睡眠来修复，高质量的深睡眠对她最有效，梦呓是一种释放，是因为她已经处在了安全的环境，让她放心，告诫她，不可以为年轻而肆意消耗自己的体能，有些不可逆的东西，会影响生命长度。

江荟彻底安静地养身体，唯有梦，不断打扰她。

"江荟，又梦到儿子了。"刘可章问失神的江荟。

"想让他留在丰城读书，太难。"

"可有亲戚在房产局？"

"有，找过，没用。"

刘可章没有明说，江荟这副尊荣，谁见都不会信她会买得起房子，不躲开已经是善良。

江荟去房产局见的表叔还是位科长。

表叔一听江荟找他买房子，瞟江荟的一眼无异于看外地来的民工，以便确定江荟是来打探找便宜的房源，房地产市场哪有便宜可占，对江荟摆出官架子，长辈的架势。

"你没有公积金，不能贷款，怎么买房，全额付款，你有那么多钱吗？孤儿寡母的，先吃饱饭再说，房子的事情，以后考虑。"

"孤儿寡母才要有自己的房产做保证。"江荟淡淡地说，"这几年，我做小生意赚了点钱，留在手里怕贬值，表叔，一套房款没问题。"

表叔起身，又是倒水又是让座，热情了。

"侄女，买个老城区的二手房二居室，平方小，总价低，生活方便，孩子可选择优质学校，一举三得。"表叔很体贴地做参谋，笑眯眯地表示他找的中介，中介费可以商量。

"表叔，姆妈和弟弟要同我住在一起，二居不够住，理想是三居室，小一点没问题。"

"有难度，三居室在生活方便的中心城区，谁愿意离开，到乡下的农田旁喂蚊子。"

表叔跷起了二脚郎，竖起了大拇指夸起了江荟，你能买一套房子，生意不小。

江荟保持微笑，"表叔，我不怕农田旁的蚊子苍蝇百脚虫，我想要新房子，一次性解决。"

表叔的眼睛从江荟身上转到抽屉，他拉开抽屉掏出一盒香烟，启封，抽出一根给自己点了火。

表叔抽的是中华烟。江荟的帆布手袋里有一条。

表叔嘴里叼着烟，站起来在江荟身边走来走去，似乎在考虑房子的问题，他手臂总是不经意地擦碰江荟的肩膀，头发，后背。

江荟挪了挪椅子，留出更大的空间让表叔行走宽敞，不扰乱表叔替她谋划，她耐心瞧着表叔的秃头上，一缕从左脑门贴到右脑门的头发，随着爷叔的心潮起伏也不安分地在左脑门晃悠，如一簇插到水田烂泥里没有摁牢的秧苗，迎风抖动得厉害。

表叔的手终于搭在了江荟肩膀上，"阿荟，有一套小三居，在菜场对面的底楼……"

江荟突然开口说："表叔，医生说我的病会传染的。"

"生病人出来乱跑什么。"表叔跳到一旁，恼怒了，甩着手，要把从江荟身上沾到的病毒甩走。

"表叔，小三居……"

"你有传染病，人家不肯卖。"

"表叔，是我买人家的。"

"一样的。"

表叔把半根中华烟在烟灰缸里摁灭，在办公室的水龙头下反复冲洗那只手，直到江荟离开，依然没有离开水龙头。

求人不如求己。

江荟的目光落在医院东南方，沣水河边三栋正在拆外墙脚手架的高楼，刘可章推荐的这个新楼盘。

可这梦，有些离奇，小义怎么会爬火车呢？

江荟的头枕着自己的臂弯，梦里的景象令她担心，是姆妈一人带不了两个孩子，弟弟的智商没长进，脾气却长了，小义懂事但毕竟年幼，两个人都是小顽童，瘦弱的姆妈照顾两个不谙世事的孩子，太难了。

刘可章见江荟窝在被子里发呆，劝她，"千思百想不如一看，溜回去看一眼，房子也是，喜欢的去相一相，也许相中了呢。"

刘可章把一个煮鸡蛋吃到肚子里，见江荟没搭腔，扭头唠叨，每天一个鸡蛋是基本营养，不能省，吃饱才有力气挣钱，你在这里多躺一天的钱，可买多少斤鸡蛋，不肯补充营养，你的损失会更多。

江荟起床，端着医院食堂送来的饭菜，拖着凳子坐在走廊，中午的阳光透过阳台的玻璃照到江荟身上，暖洋洋的，她转过身，让太阳晒着后背，医院里待了一个月，她的脸白净了，她舍不得晒黑。

有位女病友跑来，看了江荟的饭菜一顿埋怨，"有命才有机会赚钱，啧啧啧，瞧你的饭菜，跟猪食好不了多少。"

听着刺耳，江荟没搭理，把饭菜吃光，盘子往窗台一扣，看着窗外开腔，警察都不管人吃啥喝啥，一个病人起劲什么，一只有裂缝的碗，还不知道安安静静待着，听说急发的病，可是说死就死的。

女病友看戏似的看江荟，"你说谁呢，说死就死，碗裂了一条缝，箍一箍，继续用。"

江荟扫了女病友一眼，不疾不徐，"裂的就是坏的，再补也是坏的，病人就是病人，你的病不影响你，还能影响我。做人就不能盼别人好一点，到处宣传谁的病难治谁的病好治，你能证明自己长命百岁，凭什么，凭你人品好，还是钱比我多？

江荟的话音越说越高，忘了自己操着一口熟练的本地话。

"你是本地人。"操着半生不熟"普通话"的女病人，被江荟一顿教训，脚步沉重地离开。

刘可章站在病房门口，朝走廊里喊道："人生如戏，演砸了吧。"对江荟竖起了大拇指。

走廊里的病友，有的回到病房，有的低着脑袋继续晒太阳，有病在身，各有各的烦恼，各怀各的心事，沉甸甸的心事无人可诉。

被女病人搅得心烦意乱，江荟窝在被子里郁闷。下午血检指标出来，她全部正常，心情又轻松了，如果下一周的血检保持正常，她可以出院，回家慢养，她要把好消息告诉姆妈和两个男孩。

江荟在建设中路和平安街交叉路口的红灯前停住脚步，六年前，新华书店是丰城最有人气的地方，后来，新城南移，繁华逊色，书店门前寂寥地停着几辆自行车，保持着单薄的书卷气。

她和云齐最喜欢来这里，躲在"外国文学"的书柜后面看书，席地而坐，她在这里看的最后一本书是《百年孤独》。

书太厚，云齐要买下这部世界名著带回家慢慢看。江荟一看价格，够姆妈一个礼拜的菜钱，舍不得，名著适合慢慢吸收精华，想着有空了过来看。

那时候，江荟以为她的爱情有一辈子那么长，她的爱情会像这本名著一样积淀很多故事，经久耐读。

云齐被江荟读书时的沉静气质吸引，宠溺地帮江荟捧着书，两个人同看一页，还不时抬起江荟的下巴，"别低着头，靠在我肩上看，脖子会舒服点。"江荟的眼睛和耳朵一起感受云齐的借景抒情。

"山川才是不收卷的文章。阿荟，我们何时一起去行万里路，让日月为你掌灯，让我一直给你陪读。"

江荟掩嘴而笑，说了一个"酸"，捏了捏发酸的头颈，继续看书，脑袋靠在了云齐怀里，情不知所起，一往而深。

他们都不知道这是最后一次一起读书。隔了一天，江荟去医院妇科做检查。云齐离开丰城，出国。他们绵延一生的浓烈爱情，戛然而止。

恨吗？江荟问自己，她摇头，希望变成失望，依然恨不起来，看小义灿烂的笑，她更加恨不起来，小义的笑容，小义带着温州口音的话语，都是江荟心里时时涌起的感激，感激小义来到她的生命里，她有了责任，有了希望。

云齐来搬家，居然没有正眼看自己，云齐没有把美好的江荟，与眼前为生存挣扎，努力讨生活的江荟联系起来，令江荟心安，她也唯愿云齐回忆中是她的美好。

江荟在"外国文学"书柜前站定，她的眼睛搜索未看完的巨作——《百年孤独》。书还在老位置。版本跟过去的不同。生活早就残忍地把那一页幸福翻走，不知落在哪里，而《百年孤独》，依然孤独。

江荟在得知作者去世时才了解到她最喜欢读的《百年孤独》，1982年获得诺贝尔文学奖，她再次捧起新版的《百年孤独》，翻到那句话："过去都是假的，回忆是一条没有归途的路。"

江荟把这句话当做座右铭，与父亲挂在嘴边的一句话"不吃苦不成人"作为训诫，不问过去，不畏将来，将自己的热爱生活，化解磨难和挫折，只要让她的家人无忧。

一语成谶。这也是她生活的写照。

梧桐树下，春天的暖意融融，江荟在食品店里买了半斤大白兔奶糖，这是小义的最爱，她又买了桃酥和红桔糖。江澄哭闹时，姆妈总拿小零食哄他，因为特殊，江澄不轻易出门，也不知道外面有多少好吃的，嘴馋时，姆妈的几粒红桔糖，或者一块桃酥，便让他快乐半天，便让他以为得到了全世界。

家门紧闭，江荟透过窗口看到江澄绕着布条，玩着他唯一的玩具。小义没精打采，帮舅舅解开被他打成死结的布条，交给他，看他流畅地缠绕，趴在桌子上，等待下一个死结出现。

大概是母子间的心灵相通，小义突然抬起脑袋朝窗外张望，与江荟的目光相遇，欢喜地冲出来开了门，抱住了她的双腿，直嚷，"妈妈，你病好了，不用去医院了。"

江澄含着羞地喊了声"姐姐"，脸上堆着笑，继续缠绕他的布条。

江澄面前有一张简单的线条图。来到丰城后，姆妈加强对他的训练，江澄照着图画打结，姆妈不知道从哪儿获悉，十指连心，心灵则手巧，手巧则能心灵，让江澄通过绕布条，打简单盘扣，练习手指的精细度，通过手指灵巧，盘活他的脑子。

听来近乎神话。可姆妈坚持等待金石为开的一天。

小义悄声告诉江荟，外婆可严格了，舅舅打成一个结，才能吃晚饭。我已经看了好几本书，外婆说，我要多看书，以后教舅舅。

江荟抚摸着儿子的脑袋，抓了几粒大白兔糖放在小义的手掌心，让他分给舅舅，把一块桃酥搁在江澄的手里，叫弟弟吃吧。

江澄把桃酥递给小义，对江荟说，他是长辈。

小义摇手，喂到江澄嘴里，"吃完了桃酥给你吃糖果。"江澄才高兴地吃起来，把小义分给他的两粒糖果，藏在放布条的藤篮里。

江荟看到外甥和舅舅相处和睦的场面，心里的担忧卸下了一大半，她不见姆妈桂淑兰，问小义："外婆呢？"

"外婆去买菜了，舅舅要吃饺子。"

小义剥了一粒大白兔糖，塞给江荟，妈妈吃一颗，外婆说，多吃糖，你的身体会好起来。

江澄连忙从藤篮里拿出了一粒糖，过来塞到姐姐的手里，他看着另一粒糖，又看看小义面前还有三粒塘，上前，抢了一粒，叫着："姆妈的。"看了看江荟，不好意思地笑了。

两个男孩，两个心里想着母亲的男孩，江荟默默地摸了摸江澄的大脑袋，婆娑了几下小义的小脑袋，叮嘱他们："不能吵架。"

小义搂着妈妈的脖子，母子俩一起摇摆，唱桂淑兰教的儿歌："摇啊摇，摇啊摇，摇到外婆桥，外婆夸我好宝宝，给我一个糖，给我一块糕。"

桂淑兰提着菜篮子回来，看到江荟陪着两个孩子，撩起衣襟去擦眼角的泪花，花白的头发被风吹得东摇西摆，苦笑，"幸亏小义懂事，我省心很多。"劝江荟别担心家里，身体养好要紧，不要跑来跑去耗费精力，姆妈能对付。

江荟把小义放下，抱了抱桂淑兰，"姆妈，我检查正常，争取早日回家。"

桂淑兰想说什么，最后，没有说出来，她送江荟出门，叮嘱她回去躺着，休息。

江荟点头，回家一趟，重新让她萌生了去看一看那栋高楼的想法，如果相中了呢。

云齐骑着自行车经过平安街，看到蹲在门口翻纸牌的小义，想起施展说的，小女人带着他的孩子老人做生意，他停下了自行车，一脚抵地，一脚踩在脚踏上，饶有兴趣地看他一个人把纸牌拍得噼啪响，朝门里喊，舅舅，你能陪我玩一会儿吗？

屋里出来的大男孩，是江荟的弟弟。云齐也看到了小义的笑容灿烂。

云齐从自行车上下来。

如时光倒流。那年，父亲从部队转业到地方机关工作，他回到水墩镇的奶奶身边，送到幼儿园接受启蒙，他初遇江荟，也是这般大。

七

丰城东南角的建筑工地很安静。

看守工地的老头瞄了一眼江荟，见她单薄柔弱，没带任何工具，没有阻拦她进入工地。

江荟走进最东边的一栋楼的一楼，宽敞明亮，有一种大宅的空旷感，南北通的大客厅，可骑自行车，房间有三个，每一个房间的采光采风极好，看得江荟的心豁亮。

一个高个子男人穿着西装，戴着安全帽，站在阳台上朝前方远眺。

江荟顺着男人的视线，沣水河对岸的油菜花如嫩黄色绸缎铺向很远，农舍在远处隐隐约约，如在画里。

"老板，这楼一平米多少钱？"

江荟的打探男人似乎没有听见，仍望着远处沉思，不巧，江荟离开的动静惊醒了男人，他扭头，看到江荟。

江荟先认出衣冠楚楚的男人是赵刚，冤家路窄，才会狭路相逢，江荟一个急转身，要逃离，却被赵刚箭步上前一把抓住，"偷电缆的"，轻轻一拉，把江荟拎到自己的面前，当他看清一双射出火焰的眼睛对着自己，是江荟，赵刚愣住了，很不信地上下打量，瘦小，憔悴，衣着暗淡，与记忆中的江荟相距太远，他松开了手，人也不自觉地后退了一步。

"真的是阿荟？"

赵刚问得毫无底气，面前一张苍白的小脸，刻满岁月的沧桑，要不是一双眼睛还能分辨出原有的清澈，赵刚怎么敢相信，他不敢直视江荟，低下了头，"回来了，好。"赵刚说这话带着满满的赞誉，也许觉得这样的欢迎词太过单薄，冷淡，他自作聪明加了点热情，"阿荟，你买房？"

"不敢。"

江荟揉了揉被赵刚抓疼的手臂，后悔自己来这里，她倔强地看着自己的脚尖，眼睛渐渐迷糊，她想走动却抬不动脚，她丧气地蹲下来了，缓一缓，积攒点力气，积攒点力量，逃开这个狠毒的男人。

不知为何，江荟的怨屈如冲破堤坝的洪水找到了泄水口，她嚎啕大哭，宣泄积淀在心中的苦痛，她不想在人前哭，尤其不能在这个男人面前哭，悲愤压抑到爆发，毫无征兆，撕心裂肺的哭声中，江荟近乎崩溃。

赵刚被如刀如剑的哭声刺激，低头自责，真该下地狱，利用江荟，成功离婚，如愿娶了怀孕的情人，有了女儿，有了目前的大富大贵的珍贵地位。

赵刚意识到自己作了孽害了江荟，是女儿一岁多时，跌破眉心，差点戳瞎眼睛的幼儿，在医院缝合伤口时的哭声，成了赵刚的梦中鬼魅，只要一睡着，耳畔总会响起女儿娇弱的哭声，隐隐约约，挥之不去，醒来，见身边的女儿睡相甜美可爱，宽慰的心在闭眼后依然被萦绕耳畔挥之不去的隐约哭声，搅得心浮气躁。

看医生，医生说他一切正常。

捐钱修路，给孤老送钱送物，去庙里烧高香祈愿，以赎罪的方式做善事，夜深人静，女儿的哭声又会潜入他的梦寐，解铃还须系铃人，他找人打听了一圈，江荟远嫁温州，他安心了，大白天在公司小憩，他从缠缠绵绵的哭声中醒来，思来想去，无辜的江荟活得艰难，他的罪无法减轻。

离地三尺有神明。凡事皆有因果。

赵刚多次去温州，希望能与江荟有一次偶遇，藉着相遇，把时间拨回到他遇到江荟，得知她怀孕，假装不信，要看检查单却忘记还给江荟，人算不如天算，老天记着赵刚。站在即将开售的新楼盘，他打算留一套房子给江荟，有一天她回来，给她一个栖身的地方，还有，那个孩子，那个被他利用的孩子，比他的女儿还要幼小，就随母去了他乡，赵刚的心不知不觉的又柔软，又隐痛。

江荟出现，犹如一束光照进赵刚的心里，他不能失去这个救赎自己的机会，他蹲在江荟跟前，以惯常的软语低声认错，"阿荟，是我该死。"

"你是该死！"

江荟恼恨至极，她不会跟一个害她的人同住一个小区，低头不见抬头见，她没这样的胸襟，她得逃开，远离恶魔。

"阿荟，是我该死。"赵刚继续忏悔。

"你去死呀，沣水河没有盖子，你去跳呀，你也去死一回。"

江荟对横在他面前不让她走的赵刚暴跳如雷，指着沣水河逼视赵刚，"去死吧。"当初，表姐桂英就是那样误会她逼她死，推搡着她掉进了冰冷的河里。

静静的沣水河，狰狞面容的江荟。

"阿荟，放下恨意，母亲和弟弟要靠你养，孩子长大要读书，这是丰城最豪华的住宅，我给你留一个三居室。"

"补偿我？"江荟盯着赵刚。

赵刚心虚地点头，"不要跟钱作对，日子还很长。"

"你能补偿我苟活人间六年的悲惨，还是补偿我失去的六年最好的年华，姆妈日夜担心熬白的头发，增添的皱纹，衰老的岁月，你能补偿我如纸片人一样的身体，补偿我的儿子缺失的父爱，补偿我苦难无边的在黑暗岁月，苦苦挣扎，你补偿呀。"

江荟感到自己要散架子，愤怒耗尽了她的力气，她如一根浮萍，漂浮着，她哽咽着靠在高楼的墙根，她已经收下生命里所有好的坏的，选择努力生活，选择余生陪伴家人，为何还要被打扰。她埋葬过去，重新复活，若所有的苦难也重新聚集到她面前，她感到自己无法跨越，回到丰城是个错误，她会被往事淹没，淹没在向往的生活里。

江荟抬手擦了眼泪，摇晃着身体离开令她梦碎心碎的建筑工地。

赵刚像只斗败的公鸡，得不到原谅，意难平，他狠狠地踢了一脚毛竹架子，疼了自己的脚，他想抽一支烟舒缓自己的情绪，安抚自己，可手抖得厉害，几次没能把香烟从烟壳子里抽出来，他气恼地把整盒烟扔到了远处，对着江荟的背影喊：

"求你，饶恕我。"

慢慢暗下来的天空下，暮色四合，风呼呼地肆虐，如剪刀，所向披靡。

江荟发烧，烧得昏昏沉沉，三天不进滴水，梦里的江荟，如一叶小舟，漂浮在茫茫大海上，横渡自流，无处靠岸，颠簸不断。

刘可章看到有个帅气的男人，在江荟跌跌撞撞回到病房时，跟在江荟的后面，在楼梯口看江荟进了病房。

江荟高烧第二天，帅男人在病房门口，隔着小窗看江荟昏昏沉沉，推门进来，摸了江荟的额头，紧锁眉头，眼圈发红。

刘可章看帅男人。帅男人不看她。刘可章不清楚他的来路，看出他对江荟的关心揪心溢满一张帅脸，站立不久，低头离开，进了医生办公室。

各科医生来到江荟病床前会诊，诊断结果，所有指数都正常，没有什么特殊的病况发生，给她用了退烧药，继续观察。

第四天早上，刘可章听到江荟喊"刘姐"，心头一热，丫头烧成这样还知道我陪着她，刘可章走近江荟，用手背在她的额头一搭，不烫了，连忙问她："要不要喝点粥，我去食堂要一点。"

江荟摇头。

刘可章把手里的一杯温水递给她，拿调羹舀着喂了江荟几口水。江荟摇头不要了，闭着眼睛窝在被子里，忍着腰部的隐隐作疼，应和刘可章有一搭没一搭的问话。

"房子怎样？合适吗？"

江荟摇手。

刘可章连问三次。江荟三次摇手。

刘可章见江荟的眼睛始终闭着，神情倦怠，不再问她，自己也躺下。

江荟不吭声，是她的脑子一清醒，立刻进入另一番高速运转，一个严峻的问题终于摆在她的面前：

自己如此弱不禁风，拿什么养活母亲，弟弟，还有儿子，开早餐店，需要体力，脑力，她把弟弟拉上，磨豆浆可以借江澄的力气，豆花，嫩豆腐，老豆腐，她把黄豆变成豆腐一家的全部名称（在脑子里）想了一遍，挑容易简单的做，姆妈，弟弟，小义，赚钱，全家总动员。

想多了脑袋疼，她扭头看到刘可章闭眼，眼皮在抖动，她闭目养神却不静心，多半是为了自己，心里挺过意不去，她本该出院回家，是自己发烧，她主动要求多住几天陪她，像一位知心体贴的大姐，不丢下她。

"刘姐，以后来我家喝豆浆，吃豆花。"

刘可章摇了摇头，眼中尽是可惜，"会做豆花，不把自己养得像豆腐西施般白嫩，说你什么好呢。"

"我还会做衣服，你也来做，免费加工。"

刘可章点头："吃穿两件大事，你都能搞定，你厉害，拜托你搞定自己，你有命才能有钱挣。"

刘姐老话重提，又担心她出院忽视自己，江荟心领，向刘可章保证吸取教训，留得青山在不愁没柴烧，与萍水相逢的刘姐在病房里建立的情义，江荟珍之惜之，她嘱咐刘可章出院后一定去她家吃豆花，做衣服，监督她过健康生活。

刘可章笑了，亏你还想健康过一辈子，谁不想健健康康快快乐乐过一辈子。

赵刚去丰城中心医院看望江荟，是午后。

在办公室窝了几天大沙发的赵刚，悟出唯女子和小人不能得罪的道理，觉得自己不能做小人，他既有救赎之心，又有补偿之意，说出口的话难以落实是另一回事，从江荟的发疯情况，若她哪天放些佐料出来，爆料他当年的卑鄙行径，赵刚的头皮发麻，他不允许有任何不利他的言论流传于丰城，流传于商界。

怎么让江荟把房子收了，收得平心静气，心安理得，一笑泯恩仇，他也放下一宗罪，好好做人。第一次，赵刚为送不出礼而烦恼，他找人查江荟的行踪，查桂淑兰的生活轨迹。

桂淑兰从未对外有过一句不利于赵刚的闲言碎语，是拎得清，也是不屑，唐氏宝宝拖累她一辈子，她唯一能依靠的是江荟，江荟来看大三居，明摆着与姆妈和弟弟一起生活，她一个人拖着一家四口，难，是真难！

赵刚觉得自己摸到了江荟的底线，带着满满自信去丰城中心医院会一会江荟。

江荟第一次听到刘可章说话甜腻带着蜜。

"哎呦，赵老板好！"

还没等她明白是怎么回事，传来赵刚的谦谦软语："刘科长您好！我找江荟，小表妹人呢？"

江荟的被子拉过头顶，挡住赵刚不胜其烦的软语，她从心底厌恶这声音这腔调。

"江荟高烧了三天，需要好好休息。"察觉江荟不欢迎赵刚，刘可章愉快地替江荟打了圆场。

赵刚看到了江荟的动作，立刻自己给了自己铺了一个台阶："让阿荟好好休息，我过几天再来。"抽出了两张名片，一张递给刘可章，一张放在江荟的床头柜上，留下软语一句："阿荟，打我电话。"礼貌告别。

刘可章蹑手蹑脚地跑到江荟床边，一屁股坐在床上，趴开江荟蒙着头的被子，神秘兮兮地告诉江荟："你表哥给这家医院捐了十万大洋，十万！"

刘可章见江荟装睡，翻着一下白眼："江荟，你去看的新高层，开发商叫赵刚，嗳，听明白哇。"

江荟把被子拉开，露出一张恼怒的冷脸。

刘可章的热情，被江荟的冷面孔吸收殆尽，伸腿下床："真没劲！"

江荟一把拉住刘可章,见刘可章认真看着她,她眨了眨眼睛。

"啊呀,刘科长!是你呀?"赵刚的软语,模仿得唯妙唯肖。

刘可章捂着嘴,笑得前仰后翻,她在丰城工业局工作,是个科级干部,被江荟发现她隐藏的身份地位,女人的虚荣心使她得意,她娇柔地点了一下江荟的额头:"小丫头,看刘科长怎么收拾你。"

两个女病人如两个女疯子,笑着一团,抱作一团,都泪盈盈。

赵刚离开医院,从皮包里拿出一个档案袋,看了两眼,叹了口气,出门不利,刘可章是熟人,他不敢把东西交给江荟,江荟发高烧,可见,遇到他如遇到鬼,又惊又吓,他不能再去见江荟,想睡得安稳,豁出脸面,带着忐忑不安的心情,赵刚去找桂淑兰。

前小姑的清高,赵刚是领教过的,他收敛了意气风发,低下高贵的头颅。

桂淑兰淡淡地让座,生意人无利不起早,丰城著名的富豪能摸到她的出租屋,无事不登三宝殿,桂淑兰冷冷地看赵刚使出什么鬼花样。

赵刚局促不安地坐下,破旧的出租屋里江荟的儿子眉清目秀,和江澄一样很无趣地拿布条缠绕来缠绕去。赵刚如坐针毡,江澄是病残,那个小家伙机灵聪明,跟着玩布条,不就是穷么,他暗暗告诫自己,此地不宜久留,长话短说,直接上房产证。

赵刚把档案袋放在桌子上,"小姑,你和阿荟得有个自己的住处,房产付过钱,做了登记,拿身份证去办理房产证即可。"

桂淑兰把档案袋推还给赵刚:"不需要。"

赵刚虔诚的样子,有点黄鼠狼给鸡拜年的假装,送房子,是大手笔,这小心谨慎的,怕阴谋被戳穿拿套房子来堵嘴,真不要脸，他已经不知道世间还有"羞耻"二字。

赵刚把档案袋推回桂淑兰的面前："小姑，我探望过江荟，委托院长好好关照她，也诚心诚意为所犯的罪做些弥补，希望你们全家在丰城过得好。"

掏出一张名片放在档案袋上，有事可以找他，他会尽力办好。

桂淑兰叹了口气，垂下了眼皮，她不打笑脸人，何况面前是个来赎罪的人，可怜之人必有可恨之处，轻声说道："赵刚，何苦呢，住你的房子，就像住在噩梦里。"

赵刚的脸上火辣辣的，他没想到桂淑兰是这样看待他的诚意，对，他是江荟的噩梦，江家的噩梦，他深受噩梦缠绕，能不知噩梦缠身的滋味，他对桂淑兰拒绝房产不知道该怎么说，窘迫地坐在那里搓手，等待桂淑兰把档案袋扔到他脸上，让他死心，让他受尽羞辱。

赵刚又不得不佩服桂淑兰，老高中生有文化说话高明，打人不打脸，直戳心窝子，不动声色间一招制服了他，令他进退两难，赵刚只有等，让桂淑兰下逐客令，给他个台阶下。

果然，桂淑兰跟赵刚挥挥手："你走吧。"

赵刚起身，不敢伸手拿档案袋。

一个礼拜后，赵刚接到江荟的电话，要去公司见他。

赵刚松了口气，有仇不报非君子，来报仇吧，他屏退办公室的工作人员，等着江荟对他要剐要杀，来一顿痛快的。

江荟把一张银行卡交给赵刚。

"赵哥，大三居我以八折优惠买下，二居，姆妈出一半，另一半算你孝敬她，钱都在卡里。麻烦赵哥，把两套房子做最简单的装修，弄干净就行，你预算下装修费，我给您打款。谢谢你，替我付了住院费。"

"阿荟，你宽恕我？"

"我不能活在过去，我也要堂堂正正站在阳光下。"

赵刚终于松了口气，江荟，令他折服，是个人才，他小心翼翼地说："住院费我没付。"

江荟一愣，不是赵刚要赎罪讨好，会是谁。

赵刚朝江荟摆摆手，连声说："拥有甩掉过去的勇气，才配拥有美好的未来。还是那句话，有事一定找我。住院费的事情，我帮你去了解。"

赵刚站在大板桌前兴奋地搓手，又摸摸后脑勺，很不自信，江荟思维清晰，处事干脆，不贪不占，要是能来公司，一定给她个重要的职位，他欣赏现在的江荟，像商人，精明又理性。

江荟想到了云齐，想到他知道她生病住院，悄悄付了住院费，却不来探望，她心中一动，眼神却暗了暗。

八

《工商营业执照》《健康证》《食品经营许可证》三个正本证件裱在镜框里，悬挂在屏风上，对着大窗口，每一个走过窗户边的人看见这里的经营许可证，早餐店亟待开张。

桂淑兰站在街边左顾右看，"还缺个招牌，缺个价目表。"

江荟变魔术似的拿出四张大白纸，白纸上用毛笔写的早餐品种和价目表，醒目，清爽，一目了然，在大窗户的两边贴上，她又到在屋子里面相同的位置也贴上价目表。

姆妈的生意一直是怠慢，松懈的，笃悠悠来买东西的顾客，来了翻看小摊聊几句，姆妈收钱也不急，慢悠悠。

早餐店的节奏不同，上班高峰段，买早餐排队的拿了早点付钱就走，找钱都嫌慢。她没有跟姆妈解释，她让姆妈离开平稳的生活圈，来到丰城，她得慢慢适应新生活。

江荟走出屋子站在街头，窗边有个招牌就完美了。她记得院子里靠墙角有一块一尺多长的旧木板，两边写字钉在窗口的木头框架上作招牌，挺合适。

"姆妈，那块旧木板扔了？"

姆妈爱干净，住了一个月，屋里院里，已经洗刷过无数遍，整理得干净整齐。

"没有，派用场了。"

桂淑兰拿出一个木架子，踩在一条窄长凳子上，晃着身体在大窗户边上比划，喊江荟出来看看，木架子钉哪里合适。

"有块木板就行了，不需要装架子。"江荟连忙扶着长凳子，让桂淑兰下来由她来弄。

"这个木架子是定做的榫头凹槽，你看槽口比较深，木板卯进去了还有插销，风吹不掉的。"

桂淑兰把木架子递给江荟，从墙角拿起一个木板。

江荟定睛一看，就是她寻找的旧木板，已经磨光老旧痕迹，留着一些老色调，用黑漆在两面写了字，江荟把木板拿到手里一看："荟吃荟做。"心里一乐，谁钻进她的肚子里，摸透了她的想法。

"姆妈，你怎么猜到我要写这四个字，这个字是请谁写的，真好看。"

桂淑兰神秘一笑，"你的记性到哪里去了。"江荟跟姆妈商量过，以后上午做早餐店，下午案板一翻，成烫衣服和裁剪的案板，一出两用，缝缝补补也可以，牌子上的字"荟吃荟做"，就是她开店全部的心愿，也是她的学到的手艺，姜真是老的辣，江荟才提了一嘴，姆妈就能把她的名字嵌进了招牌里。

姆妈的一手钢笔字漂亮，想不到老派的毛笔字很独特，很有味道，江荟朝桂淑兰会心一笑，姆妈还真能藏宝。

江荟把木板的一头慢慢塞进凹槽，有点紧，她蹲下来，把木板一点一点地敲进去，凹槽和木板严丝密缝，把木板卡着很紧，摇晃了几下，确定不会落下来，但她还是听了桂淑兰的建议，把一头粗一头稍微细一点的两根插销，插进了招牌的两个孔里，扣紧，有点兴奋，古朴质感的木板招牌与木窗的原木色调，浑然天成，如同从一个木材上切下来的，原来，这就是姆妈说的做旧，做旧的木板，有了店铺原有的风貌，浓厚的商业气息，似乎她的早餐店在这里经历多年。

小义招呼舅舅去睡觉。

桂淑兰开始裹粽子，那是她拿手的点心，早晨买的五花肉加了白酒去腥，酱油，白糖抓揉腌制，已经散发出淡淡的鲜香味，桂淑兰在放了酱油的糯米中，撒了浸泡柔软的马兰头。江荟最爱吃浓油赤酱的马兰头烧肉，把马兰头放进粽子，是她在温州吃到的新口味，清香的马兰头与五花肉一起，大肉粽子更香。

大钢精锅子里烧熟的粽子，炖在封了火的煤球炉上焖着，经过一夜的焖煮，猪肉的鲜香和油腻都融化在糯米中，一早起来暖乎乎，偶尔，她会在粽子焖煮时放几个鸡蛋，焖了一夜的鸡蛋带着的芦叶清香，比茶叶蛋还好吃，营养又美味。

桂淑兰试过，偶尔做一次，卖得挺快，变着花样招徕顾客，桂淑兰动足了脑筋。

江荟把称好的黄豆，泡在不锈钢的盆里。磨豆浆的石磨，白天洗洗刷刷晒干，用塑料桌布罩着，以防灰尘。

她坐在缝纫机前做长围兜，用的是家里的土白布，土布门幅较窄，她和桂淑兰身形瘦小，一个门幅可以做成背带式围兜，做江澄的围兜，需要用一幅半白布才能包住微胖的身材，相拼后剩下的狭长土布，江荟再拼接，小义也做成了一个围兜，他喜欢跟舅舅一起做事，喜欢跟舅舅穿同款衣服。

江荟从小商品摊上，拿了两副套袖，塞在扎起来的大围兜里，给江澄准备着，第一次让他出大力，磨豆浆，江荟把习惯做到位，按照年纪，弟弟是个大孩子，要培养他的自理能力，教他力所能及的事情。

江荟专心做着手里的活儿。桂淑兰的一句话打破了出租屋的平静。

"阿荟，云齐来过。"

云齐正在屋外，听到桂淑兰的话，他一怔，桂妈有透视眼。

他下了晚班总要到早餐店看一看，屋里有光亮，江荟和姆妈在准备第二天的早餐，屋内的安详使他内心也安详，江荟一心一意做生意赚钱养家的志气，源于自己没有给她安全感，错在自己，什么时候让江荟重拾对他的信心，云齐在等待一个契机。

云齐搁在心里的安详又有些不安分，他很想进门与江荟相见，云齐明显地感到，他对江荟感情发生了变化，爱在心里更加浓郁。江荟的生意天赋，不屈不挠的超强行动力，是他六年前没发现的，能干的江荟令他着迷，如果，最初回国找她是因为习惯，因为责任，现在，他的心底，江荟面对困难敢于迎上去的勇敢，让云齐心中怦然，他该怎样与江荟一起投入未来生活，以更强烈的爱，触动灵魂的悸动。

他的回来，不是回到六年前，而是，他与江荟开始新的爱情，爱她，陪伴她成长，一起过幸福生活。

小义暂时进了平安街道的幼儿园，不属于这个区域的小学，小义读书的事，他要好好安排。

靠在早餐店的墙上，伴着丰城的霓虹闪烁，天上的弦月弯弯，星光明明暗暗，与丰城的喧嚣沉寂，云齐点了一支烟，与屋内的江荟，一样思考着未来。

桂淑兰的嘴里咬着一根稻草，说出来的话带着咬牙切齿的恨，粽子在稻草下转了两圈，她才把草根吐出来，与另一头的稻草缠绕几下，根的一头穿过绕在粽子上的稻草，把粽子扎紧，她拿起剪刀，剪掉了多余的稻草和芦叶，把一只玲珑的粽子轻轻放到身边的大钢精锅里。

江荟疑惑地问桂淑兰："他来做什么？"

"来陪小义和江澄，名字是他自己说的，身份也是自己告诉我的，和你之间的过往讲得很清楚，他说留在丰城高级中学当老师，是为了离你近一点，照顾你们母子。"

江荟住院后的一个傍晚，云齐骑着自行车，来找桂淑兰，他停下车，上来打招呼，帮着把门板装上去，问家里需不需要帮忙。桂淑兰说家里没啥事。云齐说，他会经常来转转，有事跟他讲，他来办，态度跟搬家那天不一样，稳重，面带着笑容，是个文雅的读书人，书卷气很浓，后来，带书，带玩具，耐心陪小义和江澄，小义特别喜欢他，叔叔喊得甜甜蜜蜜。

"博学多才了，仍旧会疼人，没忘本。"江荟好气又好笑，想起搬家那天，姆妈看到董颖和施展，满眼的羡慕，夸他们俩登对，当晚就说，卡车司机不错，现在会开车的都给领导当司机，还自言自语，"他是小义父亲就好了。"江荟明白，姆妈是看出了什么，在她出院后，姆妈也开玩笑，让她抽空把小义父亲找出来，若他还未结婚，"你们复合吧。"

江荟采取三不理，关于云齐，她沉默了六年，对于董颖和施展的明提示暗督促，姆妈的强势摊牌，她都没有准备接招，毕竟，她和云齐的事，她心里有自己的谱，他们之间相隔的六年，得看云齐怎么跨过来。

"姆妈，云齐是海归才子，你别有任何想法，他跟我们不是一个世界的人。"

江荟这么说，心有点疼，她有个直觉：六千多元住院费是云齐交的，他来过医院，他跟小义接触频繁，她的底细早就被他摸得一清二楚，才跟姆妈自曝身份，他要承担责任，弥补六年的空白。

江荟要的不是弥补，而是发自内心的，真正的欣赏和爱，如六年前的他们俩。

桂淑兰的牙齿又咬着了一根稻草，手拿着粽子转了两圈，眼睛看着粽子，不看江荟，话却是给江荟的，"我觉得他跟我们是一个世界的人。"

江荟惊慌地看了桂淑兰一眼，姆妈从来不傻，只是被生活压得没有了自己的精明，看破不说破，一直是她的生存智慧。

江荟嬉笑桂淑兰黄婆卖瓜："姆妈，优秀男青年都配得上你的女儿，您有个优秀的女儿。"

"这还用说，他跟江澄亲，跟小义亲，我看他跟两个孩子在一起，始终坐在小义对面，观察他的一举一动，他看小义的眼睛里，有浓浓的父爱深情，还有，那两张脸，就是一家人，你不要跟我说，你不认识他，他不说自己是小义的父亲，等着你来说，你怀上小义，与他出国留学的时间吻合，他只是没有跟我解释为何你们不再联系，他在等着你的谅解，接纳。"

桂淑兰说这话的时候瞥了江荟一眼。

江荟第一次看到桂淑兰身体内也有一颗强健的心，不弄清原委不罢休。

六年，是江荟渐渐内心强大的六年，也是桂淑兰慢慢让自己坚毅的六年，她们母女在不同场合修炼自己，熬过这六年的母女俩，深知六年对她们一家意味着什么，都愿以自己的强大来保护孩子不受欺凌。

　　"我带着小义在急诊科遇到董颖，知道云齐去温州李家找过我，我在山上祭奠，没有遇到。搬家那天，施展特意找云齐帮忙，制造机会让他发现我，我不想假装邂逅。"

　　"你搞小伎俩阻止，真是傻姑娘。"想起那天让全家老小包得只露出眼睛，桂淑兰就来气。

　　"姆妈，我和他不断错过，相遇不相识，证明我们已是陌路人。"

　　"他去过李家，是诚心诚意去找你，他在老街慢悠悠地走，也是想确认，你在不在，在丰城街上骑车转悠，我看到好几次，若不是小义跟我说，司机叔叔来过，与他们玩过，他怎么会上门，阿荟，这几年我一直要想弄清那个人是谁，他自己上门了，我就剩一个问题，当初，他一点也不知道？"

　　桂淑兰说这话的时候，清瘦的脸皱着，她把糯米放进芦叶的时候，用力摁紧，她不相信，云齐会一点也不知道江荟怀孕这件事，为何到六年后才想起找人，这里面一定另有其他原因。

　　江荟吁了口气，缓缓说道："姆妈，他知道有这个可能，我们在汽车站分别，他要跟我回来向你摊牌，要陪我去检查，要回家跟他父母讲我们在相爱，我答应进了编制再谈婚事。他出国留学，我事后才知道。"

　　"傻姑娘，有情饮水饱，桂英如何闹，你都不回击，宁可吃哑巴亏，人言可畏，你知道我捏着自己的心陪你度过那段日子，稍微不小心，足以让人崩溃，绝望，我担心你跟我一样，背负着沉重的心理负担，积压太多负面的情绪，影响胎儿的发育，生一个健康的孩子，太不容易了。"

　　桂淑兰跟江荟讲了她怀江澄时候，因为外公在一次骨折手术出了事故，造成病患落下残疾，遭到家属的殴打，医院要他负全责，拿钱赔偿病人，外婆也受到牵连，老夫妻两个被送到农场劳改，精神受到刺激，双双病倒，她既要照顾家里，又要担忧在农场的父母。

"当时，你外婆不让我管他们，要我管好肚子里的孩子，可我做不到，忧思太重，害了江澄。"

"姆妈，阳光总会撕破黑暗。那句话是云齐说的，最难的时候，我总是回想起这句话，我不知道为何他不与我联系，我从没有埋怨他，我死都不怕，还能怕了流言蜚语，小义是我内心的阳光，我的心里有一个阳光够了。"

桂淑兰把盆里最后的糯米，和碗里的肉装进芦叶里裹了最后一个粽子："该来的，终究会来，你们之间只是有误会，你还爱着云齐，他也爱你，要是他知道有小义，或许会早一点回来见你们。小义和云齐，你心里要有个谱。"

"姆妈，我们先搞事业，生活本身才最重要。"

母女俩的窃窃私语，被在屋外徘徊的云齐听得清楚，云齐举了几次手，想扣响这扇门，叩开他的幸福之旅，想到当初的不告而别，如今要破门而入，云齐越发觉得自己还不够站在江荟面前，他要用自己行动证明，他写在信上的并非甜言蜜语，而是他的心声，行动纲领，总有一天，江荟会看到他的心，一直为她跳动。

小义是划过他心里的一道亮光，他颤抖的心靠近儿子，也靠近江荟，知道江荟生病住院，知道小义没有幼儿园上，云齐迫不及待去了医院，又去找街道幼儿园，给早餐店发了入园通知，让小义试读，幸福来得太突然，他拉着施展去喝了一顿酒，说，都在酒里，他的眼前是智障大男孩，机灵小男孩，两个瘦弱的女人，守着包裹，在街头的寒风里等候他的卡车，是他接他们来到的丰城，他要保护这一家人，爱他们，蹉跎了这么久，云齐有空就来，抱抱儿子，搂着江荟。

他看到散步回来的江荟，他找主治医生了解江荟的身体情况，"积劳成疾"四个字，像四把大榔头猛敲他的心，再来，他在病房的小窗口，江荟紧闭着眼睛，吊着药水的手臂裸露在外，药水是凉的，他悄然进屋，拿着一个灌了热水的盐水瓶，替江荟盖了被子。

很想陪在江荟身边，他想把她搂在怀里温暖她，关乎情，止乎礼，源于爱，他等候江荟的接受。

他每天来趟医院，隔着窗口探望江荟，看萎靡地窝在被子里，吃着难以下咽的饭菜，想起她的灵动，她的才情，她的柔和，云齐真想狠狠地揍自己一顿。

他去出租屋，跟桂淑兰坦白一切，他与桂淑兰一起，做早餐店的前期设计，招牌，是他亲自用木材做好，他重新整理了屋子里的电线，添加了需要的开关，他修理煤球炉，所有的餐具都清洗一遍，他用心安排早餐店的准备，价格表交给桂淑兰，让她抄一遍。他把江荟要做的事情都提前做好。

踌躇在门外，云齐仔细看了江荟贴的价目表，还是幼圆的字体，笨拙，可爱，笔画比过去有劲了，云齐默默地对着排门板，虔诚合掌，低头祈祷：

开业大吉，诸事顺畅，平安快乐。

江荟大清早把准备好的豆浆、豆花，特色的粽子，带着芦叶清香的鸡蛋，各类面点，放到了案板的两旁，她卸下排门板，看到了大窗户外放了一排花篮，六个，傻丫头，做好事不留名。她想看董颖送的花篮，看到每个花篮上挂着一个大红的字，组成一句早餐店开业的祝贺：

荟吃荟做大吉。

潇洒的字体，曾似相识，透着不一样的力道，和味道。

九

江荟到丰城中心医院，去中医科找梁医生复诊，江荟到中医科，门外的椅子上没有候诊病人，她一脚跨进中医科，却与中医科出来的人撞了个满怀，还把人家手里拎的中药，撞倒在地。

"对不起，我帮您捡。"

江荟蹲下捡起中药包，起身交给被撞的人，两个人一照面，都有点惊讶。

江荟认出被撞的王菊珍，她家的亲戚，在父亲的丧礼上见过，还热心地安排她去招待所工作，在江荟的心里，王菊珍是她家的恩人，再次相见，江荟主动打招呼，"阿姨好！你也来看病。"说完，后退两步，主动给王菊珍让路。

王菊珍微胖的身体堵在门口，看着低头后退的江荟，一步跨出了中医科，没好气地回了一句，"你才有病。"狠狠地从江荟手里抓过中药包，对站在她面前的江荟，补了一句，"好好治。"厌恶与傲慢的表情，统一在王菊珍的脸上，使得她说话的语气更像是诅咒。

江荟第一次接触王菊珍，知道她是个能干的人，第二次接触，原来是个不好惹的人，说话像刀子，姆妈说她刀子嘴豆腐心，以前，江荟信，眼前，江荟不信。

针对王菊珍的不厚道，她心存的感激一下子荡然无存，目睹王菊珍提着中药，说话喘气，江荟原谅了她，生病，足以让一个人的心情处于极坏的状态，她不跟有病的人计较，王菊珍属于鸭子嘴的人，不许别人窥探到内心的失落，强撑罢了。

江荟淡淡地微笑，对王菊珍说，"您说对了，我是来复诊的。"

"你自己有病巴不得别人也有病，什么人心呀，你真病得不轻。"

王菊珍不依不饶补上来的一顿抢白，神情严厉，眼神凌厉如刀子，朝着江荟吼："你哪只眼睛看到我是病人，不知道不要瞎说，真触气。"

王菊珍的"触气"两字脱口而出，尾音带着一股恼恨至极，配合着她眼神里满满的轻蔑，眼神杀，冰冻了江荟的笑容。

江荟愣住了，非常不舒服，医院又不是你家，至于发那么大的脾气，看在长辈有序，看在曾受恩于王菊珍，江荟压下心头的不快，朝门口走去，不服气地轻声嘀咕："有病才来找医生，没病往医生跟前凑，你们是亲戚呀。"

王菊珍的耳朵真尖，江荟的嘀咕一字不落钻进她的耳朵里，简直是奇耻大辱，把她噎住了，她瞪眼看了江荟几秒钟，臭丫头学会了顶撞，伶牙俐齿不尊重人，她抬起的脚放下，看江荟大大咧咧，坐在她刚刚坐过的方凳上，比她这个丰城服装界大姐大还要豪横，心里的气蹭蹭往上冒。

王菊珍管理着五百多人的一个服装厂，是女老板，工人们都听她的，唯有她指责员工，从没有被谴责的份，她怎么受得了一个晚辈小丫头对她挑衅，批评她，她退回到中医科，盛气凌人地把中药往梁医生的桌上一掼，拉了一张椅子坐下，一副今天不讲清楚我不走，我不怕你的霸气。

王菊珍斜着眼盯着江荟，语气阴冷。

"当初，见你进妇产科，就猜到你品行不良，这里正好有良医，好好治治你的病。"

一个"病"字，从王菊珍的咬牙切齿的嘴里蹦出来，如一个小石子，击中了江荟的软肋。

江荟心头一凛，深沉的目光回盯了王菊珍几秒，脑子里急速回想，在水墩镇的医院妇产科，没见到王菊珍，她怎么知道的，是妇产科医生跟王菊珍熟悉，王菊珍事后听说的，江荟想知道。

王菊珍见江荟低着头，没有再开口，得意地靠在椅子上，蔑视江荟一副见不得人的样子，冷笑。

王菊珍说半句留半句，得从她嘴里掏出点有用的信息，江荟恢复了淡淡微笑，问："阿姨，你是看见我去妇产科了？还是听人传说的。"

"任何事，耳听为虚，不可信，得眼见为实。"王菊珍信心满满地教导江荟，说完，还瞟了安静等待的梁医生一眼，"你还是让梁医生好好治治吧。"

江荟的心被揪了一把，痛，她依然笑着，对拎着中药包起身离开的王菊珍，以轻声说道："阿姨不用替我担心。若觉得江荟不配出现在您面前，往后遇到，您不用理我。"

好伶俐的一张嘴，王菊珍的眼睛差点瞪成铜铃，要我给你让道，你算老几，哼！

这话，王菊珍没有说出来，她已经击中了江荟的短处，把丫头惹恼了，她还有脸逞能，人穷不怕，怕的是越穷越没有志气，眼前的江荟就是一个反面的例子，一看脸色，不仅生活过得差劲，而且身体真的不好，人坏自有天谴，这话一点都没错。

她朝江荟翻了个白眼，一脸轻蔑。

王菊珍刹那间感到，自己当初的决定是多么的果断，儿子离开招待所，去英国，六年勤奋读书，拿了个硕士证回家，光宗耀祖，她在人前人后，更加傲慢，眼睛长到头顶上。

想到儿子离开江荟，两个人朝着两个方向背道而驰，儿子越发的优秀，江荟愈加的衰败，年轻轻，连身体也衰败了，与儿子的距离，不可同日而语，他们之间相隔了一条银河。

想起儿子，王菊珍心里就舒坦，看见江荟不堪，她也欢快，硬把儿子从江荟的身边拉走，儿子还蒙在鼓里，江荟更加不会知道，她对桂淑兰母女的嫌弃，在师傅江才福选择桂淑兰，而舍弃她，埋下了嫉妒的种子，她得走为上策，再有半句言论，若不小心泄露儿子回来的消息，被江荟纠缠，得不偿失，再说，她堂堂一厂之长，跟个穷兮兮的小姑娘拌扯不清，掉了她的身价。

江荟听着王菊珍的高跟鞋，踩踏大理石"咯噔，咯噔"声音，在长廊里回旋，渐渐远去，直到消失，她才转过身来，面朝梁医生，把手伸出来，搁在脉枕上，心潮起伏。

王菊珍朝她发的一股无名邪火，令她心中疑窦丛生，为什么，王菊珍平白无故对她充满了敌意，甚至是恶意，看王菊珍的气焰，似乎只有把她压住，才满意。

"江荟，少生气，情绪波动对身体的影响最大。"梁医生给江荟把脉，看她迷惑不解，又意难平，劝道。

"好的。"江荟揉了揉自己的肚子，给自己顺顺气，这样的亲戚，以后，她得离得远一点，碰到她如此，碰到母亲和弟弟，不知道会怎样羞辱他们，还有儿子，得防着。

想起小义，江荟微微笑着，对梁医生说："为了我的儿子，我不该多搭理那些影响我情绪，影响我心情的闲人。"

江荟把一直捧为恩人的，敬爱有加的王菊珍，挪到闲人群，江荟惹不起的人，躲得起，避开就好。

这边，江荟已经摆正了自己的态度，过自己的日子。

那边，王菊珍的心里像被扎了一根刺，回家的路上，浑身不得劲，思前想后，也想不出个子丑寅卯来，只能在心里骂：

臭丫头，气死我了。

骂了一路，王菊珍把自己骂得更加心浮气躁，不得不承认，遇到江荟，果然是倒霉，是她的克星，她开门进家里，把一包中药往饭桌上一掼，连脚上的高跟皮鞋也甩到一边，正在气头上，明知道儿子云齐在家里，可她按捺不住心中有气，她走到云齐房间门口，听到里面英文打字机发出"笃笃笃"的打字声。

决不让儿子再去跟江荟联系。王菊珍发誓。

坐在沙发上，王菊珍想起，云齐回国后去了一趟浙江，说是看朋友，回来没再提起，江荟却回来了，还很嚣张，臭丫头嫁的是浙江豆腐郎，顶多会赚钱，有什么了不起，谁不会赚钱。

不对，江荟的浑身上下的穿着显示，她不富有，她甚至比在招待所上班的时候还简朴，随意，王菊珍想到师傅讲究衣着仪表，对服装有造诣，江荟连父亲的衣着品位都没有遗传到一丁点，看来，师傅非凡的裁缝手艺，真的绝种了。

满脑子都是江荟，令王菊珍沮丧，臭丫头明明已经被云齐甩出去十几条街，她为何还这般令她抓心挠肺，心神不定，看着正专心备课的云齐，计上心来。

她悄然走到云齐的身后，看着儿子坐在书桌前打字，坐姿笔直，他不去大学，进了丰城高级中学当老师，母子俩发生过一场争论，在丰城，云齐被当做学科的拔尖人才而重视，荣誉就是前程，也让王菊珍心里荡漾了好一阵。

云齐扭头发现母亲专注的眼神里带着假笑，眼神里有愁绪，她出门时的神采呢，平时肆意的笑容呢，按照云齐对母亲的了解，她一定瞒着什么事。

王菊珍见云齐停下手里的活儿，研究她，拍拍沙发让云齐坐在她的身边，她咬了咬嘴唇，不好意思地问，"云齐，回来有段时间了，要不要安排跟朋友聚个餐，我来买单。"

云齐摇头，"太忙，没心思。"反问王菊珍，怎么想起聚会了。

王菊珍低着头，老实交代，今天医院配药，看到个熟人，想着多年不见变化真大，心有感慨，跟朋友多见见面，多聊聊。

云齐看着王菊珍眼中闪烁的光，突然想起，母子俩亲密地坐在沙发上，认真讨论的场景，有点熟悉。

六年前，他们母子也是这样，坐在沙发上，母亲跟他讲出国的事情，分析利弊得失，让他为自己的前程，为未来的生活，拼搏一次。那晚，母亲的话语凌云齐心里的打算，不谋而合，云齐立刻表示，愿意出去一拼。

云齐看着母亲脸上的真诚，与那晚一样，难道母亲诚心诚意让他跟朋友联系，又有什么企图。

朋友聚会。

云齐默念着四个字，猛地想起了江荟。

母亲眼里，江荟也是他的朋友之一，至少，在她安排江荟进入招待所的时候，叮嘱过他，都是年轻人，当朋友看待，那么，她今天的朋友聚会是有所指，江荟回到了丰城，是母亲见到了江荟，还是看到了江荟的早餐店，才生出借着朋友聚会，把江荟约出来。

她怕见江荟？

想见，想了解她，母亲只是担忧江荟一家，当初听闻江荟的父亲病逝，母亲泪眼婆娑是真的，帮江荟去招待所，由他来照顾江荟，母亲也是放心的，母亲的善心还在，这点上，自己和母亲的心意是相通，可当他想到出国前后，他交代母亲把信件转交给江荟，直到他回国，那封信，母亲没有提起，现实是，江荟没有得到他出国的信息。

母亲是不希望江荟知道，他的儿子出国留洋的身份，是怕江荟高攀云家，想到母亲至今还不知她的大孙子姓江叫小义，云齐心中有着刀割一般的疼痛，他心中多么希望，母亲是疼爱小义的，她却连这个孩子的存在都不晓得。云齐讨好地问：

"妈，今天去哪儿配药了？"

"中心医院，有个著名的中医，药方温和滋补，我慕名试吃。"

云齐的脑海中，浮现江荟劳累过度而蜡黄，消瘦的脸，董颖说过，江荟要用中药调理一段时间，母亲去找医生，跟江荟撞上了。

疏忽，真的疏忽，怎么能让母亲发现江荟呢，云齐的眉头一皱，大意失荆州，自己对江荟真的太不用心。

王菊珍精准地捕捉到了云齐的眉头一皱，扯开话题，假装关心："要办聚会？"

"我想，趁机把女朋友介绍给大家，以后好相处。"

王菊珍一听女朋友，身体在沙发上挺直，凑近云齐，似乎对儿子的女朋友很感兴趣，"快说，谁家的才女那么优秀，配得上我的儿子。"

云齐没有直接回答，佯装思考，然后一字一顿很认真，很神圣地告诉王菊珍，"她跟我同岁。"

"娶媳妇不是扶贫，得门当户对。"王菊珍的话茬接得有点急，话已经出口，她的手捂住自己的嘴，已经迟了，她后悔自己心直口快，今天被丫头刺激到了，事事提防，欲防备，反而露了行踪。

云齐什么都不谈，从沙发上站起来，回到他的房间，轻轻关上门。

儿子打字的声音，平静，毫无波澜，王菊珍懊恼不已，儿子归国后像是一座孤岛，母子之间隔着一条无法逾越的海沟，她无法靠近儿子，连春节里带着他到处拜年，他一直心不在焉，与她疏离，表面上沉浸在紧张的工作中，可他每天一有空，就骑自行车出门，丰城的街头的角角落落，都留下他的身影。

王菊珍在菜场遇到过他，他说考察菜价。在平安街，他站在一间写了大大的红色"拆"字的破房子跟前沉思，儿子说，考察丰城的老街区改造，她都信了。

王菊珍当时不知道，江荟一家曾在此谋生立足，她现在想想，可能是江荟住过的那个破房子。房子拆了，江荟会在哪儿住？也许，云齐也不知道。

江荟是扎在儿子心上的刺，一碰就疼。

江荟也是扎在王菊珍心上的刺，这根刺，是王菊珍自己扎的，这根刺像个开关，不时把王菊珍的情绪在高兴，和担忧之间，随意切换，开，或者关，都在江荟，王菊珍只有莫名的烦躁不堪。

难道真的是命中注定，她跟师傅一家总是不对付。

王菊珍当年做学徒，学裁缝时喜欢师傅江才福。

江才福看中高中生桂淑兰，对徒弟们炫耀，你们的师娘，贤淑有文化。王菊珍黯然离开，与年轻军官云有志相恋，婚后随军去了北方。

王菊珍到了丰城服装厂进入管理层，上门请师傅出山，遭到婉拒，那时候，王菊珍知道，师傅家的儿子是个唐氏症宝宝，她便不再打扰，在江才福的丧礼上，再次见到师傅的孤儿寡母，她心生恻隐之心，帮了江荟一把，谁知，云齐和江荟走得很近，在她的掌控之外。

事过境迁，即便云齐对江荟丫头仍有想法，王菊珍的态度不会变，六年前，她看出云齐喜欢江荟，她不喜欢提起，六年后，江荟的状态更差，王菊珍更加不想提。若儿子有什么想法，她会像六年前一样，毫不留情地棒打鸳鸯，把儿子拉回来。

王菊珍主意已定，她不管江荟在哪儿，做什么，她只关心儿子的前程里不要有江荟，丫头，给我离远一点。

十

女房东，江荟当她 VIP 贵客的，享受率先热情招待，每天来，总是笑脸相迎，向她打过招呼，便端出吃的，喝的，免费的次数多了，喝一杯豆浆，吃一碗豆花，或者拿个粽子，女房东不再客气，假意推辞之后，以勉为其难的欣喜笑纳每一份早餐，倒不忘朝向桂淑兰夸江荟："阿荟，太客气了，我老是吃你家的早餐，怪难为情的。"

客气之后的笑眯眯，心安理得。

江荟的早餐店，价廉物美味道好，方便附近的老居民，开张没多久，在街坊邻居中名声鹊起，女房东隔三岔五出现在早餐店的频率增加了，或路过，或来给身体不适的老头买碗豆花换个口味，她不再给自己买，言语之间是对老头的体贴和关心，表达老夫老妻之间的情义。

这天，女房东的笑脸出现在早餐店，正值早高峰，忙着招待客人，女房东也不着急，站在一旁看江荟和桂淑兰配合默契，递早餐，收钱，没空跟她搭讪，女房东不计较，羡慕地看着母女俩收钱收到手软，笑眯眯地跟熟客点头，瞅准大窗户前没有人的空档，她慢悠悠笑盈盈地走到窗口跟前。

"啊呀，阿荟，财源滚滚来呀。"

江荟背着大窗户在给要送出去的街坊老人，往铝盒里装豆花，在豆花上撒蛋皮丝、紫菜、榨菜丝和葱花，最后把一小撮虾米撒在上面，叮嘱姆妈："提醒姚家阿伯，喝豆浆的时候摇晃一下，味道更好。李家阿婆的豆花没有加葱花，别跟陈家伯母的搞错。"

桂淑兰拎着几个铝盒子，朝女房东点点头，出门送早点。

江荟直起腰，与女房东一张献媚的笑脸隔着一张案板，两个人难得面对面，问女房东："阿姨今天吃啥？"

"阿荟，不好意思，一杯豆浆，你磨的豆浆，味道香，没豆腥味，老头子嘴馋了。"

江荟拿一次性的杯子装了一杯豆浆，顺手把一碗弄好的豆花递给女房东。

"阿姨，吃碗豆花垫垫底。"

女房东脸上露出讨人喜欢的惊喜，一团和气，"阿荟总是那么大方，体贴人，暖心呐！"

女房东咂吧着嘴端起碗，站在窗口，背靠窗台，沿着碗沿"呼噜呼噜"喝了几口豆花，豆花滑嫩可口，加了佐料添了鲜味，女房东吃不腻，她呼噜几口，一碗豆花下肚，如吃了开胃菜，她顺手把手里的豆浆也一股脑地喝完，才把脸转向江荟："阿荟，豆浆冷了不好喝，我有事跟你说。"

"阿姨不妨说吧，我听着。"江荟没有停下招呼顾客，继续忙生意。

女房东沉思了一会儿，低着头扭扭捏捏地开口："阿荟，我们家摊上大事了。"说了一句话，眼梢偷偷观察江荟的脸色，见江荟心思在顾客身上，她撩起衣角，擦了眼角根本不存在的泪花，继续唠叨。

她家老头子患了肠癌要开刀化疗，老俩口的积蓄陆续都掏给儿子买楼了，家里的俩孩子只会花钱不会挣钱，老俩口没剩下几个积蓄，救命的事情，不能拖延，她在想办法给老头子筹钱看病。

江荟一听，女房东是来借钱的，她在心里一口拒绝，女房东会给自己脸上贴金，说得圆满，其实，她的一双儿女不务正业只会啃老，儿子还是丰城有名的小泼皮，到处惹是生非，进派出所如进外婆家。女儿漂染了一撮红毛，学电影里的小太妹招摇过市，街坊起了个绰号，叫"红毛"。家里有这样的一对宝货，再大的家业也会坐吃山空，江荟不敢把智障弟弟和病弱的姆妈起早搭夜赚的辛苦钱，借出去，明显的有去无回，连个响都听不见。

她忙着手里的活，没空看女房东哭丧的脸。

"阿荟，你能干，肯吃苦，有本事挣钱，这个房子你买下吧，阿姨不会乱开价，咱们面对面的买卖，能省一大笔中介费。"女房东的话很有鼓动性。

"你要卖掉？"江荟很意外，卖掉了，意味着将来连房租都没得收了，她看了女房东一眼。

093

女房东的眼里都是期盼，连连点头。

女房东清楚老房子本来的样子，眼前，她看到的屋内，墙壁刷得白亮，墙角落歪斜的碗柜子，换了两扇镂花格小木门，古色古香的屏风，衬托出房子的年代感，与窗口的招牌，一样老旧，也一样精神，一样透着沧桑的岁月，延续当年的商业气息，似乎，现在的老房子才是它作为商铺该有的样子。

老房子换了新颜，即使江荟不买，卖给别人，也是经得起反复相看，女房东突然想要进去看一看屏风后面的布置，在江荟考虑的时候，她转身去推那扇小门。

小门从里面拴着，推不开，女房东只得悻悻回到窗户前，手肘搁在窗口的案板上，心里盘算，江荟早上卖豆花和早点，白天摆个小杂货摊，连带替人缝缝补补，做些夏天的简单衣衫，每天两份工，每一份都能赚钱，这间房子在江荟住进来以后，每个角落都在长出钱，钱，诱人的钱，如长蘑菇般在老房子冒出来，江荟有一双扒钱的巧手，做人大方，若她诚心买，开价提高二三千不成问题。

女房东为自己灵机一动所感动，脸上闪过的一丝小得意，恰被江荟正确无误地捕捉到了，她停下手问女房东，房子要卖多少？

"二万。一口价。"

江荟笑了，又去招呼客人。这间房子只有一个特点，又破又旧，最初的样子，是不值钱的，即使在丰城，一万，已经是看在临街的份上，有赚钱的可能性，倒是自己的一番精心便宜了女房东，收拾，给了她信心，提高价格的底气十足，毫不羞耻地狮子大开口。

可这就是女房东的精明之处。

自己的生意才刚刚开始，附近的住户熟悉了她这里的味道，搬走，意味着一场白忙乎，要再找地方哪能这么容易，即使新房子装修好搬过去住，新城区没有老街区里人流。买下，价格实在离谱，自己的钱是卖豆腐一分一角攒的，也有小义跟着她一起吆喝，替她收钱的劳动所得。

江荟一时拿不定主意，想着姆妈和弟弟才在丰城住得安稳，弟弟每天勤勉早起，和姆妈一起磨豆腐，沉默的大男孩觉得能给家里出力，开朗了许多。

女房东见江荟没回答，知道嫌太贵，忙赔着笑脸说："贵是贵了点，好在是块宝地，能旺财，你要在丰城找这样的地方，难呀。"

江荟的目光扫了一眼屋里的摆设，都是自己花了心血的，这间老房子，开启了他们一家在丰城团圆，开始新的生活的契机，也算有缘，有了这间老房子，她和小义在丰城也算有了根，她心一横，就当给小义挣一份小家当。

江荟问女房东，"阿姨，你看到了，家里老的小的，都要花钱，我之前修缮投也不少钱，一万五，我买下。"

"啊呀，阿荟，你的刀真是快，我让二千，爽气哇，一万八，你也继续发发发。"

"好，一万八，阿姨，我丑话说在前头，你若再卖给别人，我要收装修费的，房子现在的貌相，是我装修出来的。"

女房东看着江荟，遇到真神了，江荟原来也不好惹，她眼珠子转了转，答应一万八卖出，绝不卖第二家。

"阿姨，先拿两千块做定金，我们立个字据，如果违约，定金加倍赔偿。然后，你回去拿房产本，我去银行取钱，我们一手交钱一手交房，今天就去办了。"

女房东同意，今天就去办房产交易手续，钱可以到手了。

江荟用复写纸，写了房子买卖双方的协议，和定金收款单，一式三份，和女房东签了字，一份交给女房东，一份自己留着，还有一份她说先放着，办交易手续用得着。女房东收好字据，和定金，端着江荟重新给她舀的一杯温热的豆浆，满意离开。

女房东得意地走出去没几步，回头看了看老房子，凭空多拿了三千，她的心里乐开了花，这一幕，被站在大窗户旁的桂淑兰看得一清二楚。

"城里人真精刮，不足五十平方，一万都觉得贵，一万五了还嫌不够，还多要了三千。"

"姆妈，多给的三千，是给她家病人的，一点心意，只要生意在，会赚回来。"

女房东的一对儿女来早餐店闹事是下午，有预谋而来，挑了江荟姐弟俩去城隍庙拿货，家里留下一老一小守摊子，这个时间段，老人都在家歇着，街上走动的人也很少，平安路整条老街静谧。

女房东的女儿头角顶着一撮红毛，嚼着口香糖，没进门就把江荟挂在大窗口的小玩意儿一顿拉扯，扯下来扔在街上跑过去连踩几脚，又发疯似的把小玩意儿踢得四处乱飞。

桂淑兰见来者不善，拉着小义离开躲到后面的院子里，她踩在院子里的小凳子上，围墙外面四周无人，只得又护着小义回到房间里，对小义说，外面无论发生什么，外婆和你都待在里面不出去。小义点头，闭着眼睛抱住外婆，小身体发抖。

屋外案板被踢翻，东西稀里哗啦掉到地上，桂淑兰听见有人在外面高喊："人呢？有人哇。"听见有人从大窗户爬到案板上，猛踩案板，"嘭，嘭，嘭"的声响，把桂淑兰惊得心跳加快，一颗心像要从胸口跳出来。小义也捂住耳朵，把脑袋压在外婆的腿上。

桂淑兰听到门栓拔出来，门被打开，有人在扔东西，房子里到处都是物品撞击到屏风、锅子和家具的声响，若砸坏了做生意的用具，可真麻烦了，桂淑兰问小义："和外婆一起出去，好不好？"等不及小义反应，拉着他出来。

女房东的泼皮儿子，正趾高气扬地把地上的小玩意儿当手榴弹，扔得满屋都是，见到桂淑兰和小义，颐指气使地喊道："出来了，立刻滚出去。"

桂淑兰牵着小义，护着小义走到门口，朝着门外喊："有人生没人管的泼皮来私宅闹事，还有没有王法？"

泼皮指着地下又是顿脚，又是大骂："老太婆，你脑子被门挤扁了，我的祖屋，我的，你懂吗？我是唯一继承人，第三代。"竖起三根手指头给桂淑兰看，"三天后来收房子。"

桂淑兰看到了女房东，躲在街角偷偷观看儿女联手夺房子，心里点了盏明灯似的，这母子三人联合起来打劫，平安路老街纳入丰城城市扩建规划，将建成步行街，沿街的老宅院全部拆迁，政府给予拆迁补偿，与临时居住费令人心动。

来者不善，桂淑兰不去硬碰，拉着小义跑到对面街道，朝女房东"呸"了一声："卖出去的东西还能收回来，你这么能，怎么不上天摘月亮摘星星呀。"

女房东一看被桂淑兰发现了，往后缩了缩，别过身体，弓着背，缩起脑袋像只鹌鹑，低声向人诉苦，争辩："儿女大了不由娘，听说有拆迁补偿款，跟恶狼似的回来抢肉吃，我拦不住呀。"

女房东说着，挤出了几滴眼泪，哀哀地说："老头子还躺在病床上。"装出一副可怜相，不断地朝泼皮儿子那边张望，听见泼皮站在门口对着街道叫嚣："房子拿不回来就烧掉。"女房东弓着背，小步走到儿子面前，有气无力地喊，"好好说话。"一边继续拱火，教唆女儿上前，跟泼皮唱双簧。

街上看热闹的人多起来，了解情况的街坊指责女房东缺德，买卖房产手续合法，瞎闹有个球用。

有人起哄："泼皮，把卖房子的钱还回去，房子就是你的。"

熟悉的街坊则在一旁嘲笑女房东："生了一对活宝儿女，吃喝嫖赌样样来，就是搂不住钱，够你晚年享福了。"

有人拉桂淑兰离开，告诉她，泼皮几进宫的货，犯不着跟他闹。

也有人喊："桂嫂，不怕，这小泥鳅翻不起浪。"

有一对老夫妻，看到桂淑兰家里被泼皮和红毛弄得乱七八糟，老太太推了推老头："走，快去给派出所打电话。"两人匆忙离开了人群。

江荟背着大包小包和江澄走到平安路老街，远远看见家门口围着一群人，以为姆妈和小义出事了，扔下身上的包就往前冲。

桂淑兰眼尖，上前一把拉她到僻静处，是女房东指使儿女砸东西讹钱。

母女俩说话间，三个警察拨开人群跨进江家，两个警察现场拍照，统计砸坏的东西，估算损失。管理这条街的顾警官，朝泼皮和红毛招招手，把两人叫到一边，看着泼皮说道："你们私闯民宅，惊扰住户，破坏财物，你还想再进去？"

泼皮摇头，缩了缩脖子，朝顾警官摇手，"不进去。"

顾警官环顾了四周，问泼皮："有没有伤到江家老人和孩子。"

泼皮连忙说没有，指着地上，"扔了些小玩意。"一双贼溜溜的眼睛开始四处张望，寻找桂淑兰，当他看到江荟和桂淑兰在一起，立刻软了下来，"顾警官，老人和小孩都在外面，我没有吓她们。"指着街上的桂淑兰和小义给顾警察看，"她们没事。"

顾警官点头，街上，地上，玩具和小商品扔得到处都是，这泼皮真是小儿科，他指着地上的东西对泼皮和红毛说，"不想进去吃牢饭，先把现场恢复原貌，损坏的挑出来，准备赔偿。"

泼皮忙赔着笑："顾警官，误会，这里是我的祖屋，她们是租客。"

红毛翻着眼皮不屑地直言告诉警察："我妈让我们来的，政府给的钱不能便宜这一家，本来是我们的房子。"

顾警察笑笑，一对法盲兄妹，毫无法律意识，指着红毛说："告诉你妈，房子买卖一旦成交，就是别人的，没有你的份。"

泼皮嬉皮笑脸跟顾警察赔笑，狡辩道："政府给她家吃肉，凭什么不给我们喝一口汤，毕竟，是我家老宅。"

"有本事别卖，自己守住，都是你家的。"顾警察指着地上的凌乱，勒令兄妹俩，"立刻恢复原貌。"

在三位警察的监督下，泼皮老老实实把地上的案板抬到老位置，用衣袖把自己踩上去的泥灰擦掉，把散落在四处的玩具们，一一拿到案板上。

红毛见哥哥老实了，认怂了，也不再张狂，撅着嘴，不耐烦地把小玩具一个一个重新挂在窗户前，不一会儿，屋里恢复了原样，踩坏的玩具，挑出来装了一脸盆。

江荟扶着桂淑兰牵着小义走进门，刚跨过门槛，突然，桂淑兰脚下一软，一个趔趄，从江荟搀扶的手里滑了下去，倒在屋里的地上晕了过去。

"姆妈，姆妈，我姆妈晕过去了。"

江荟大声喊，蹲下来，把桂淑兰平放在地上。

"要出大事了，桂嫂晕过去了。"

"这家害人精，不把人害死不罢休。"

门口围观的邻居，自动腾出门口的一条通道，让室内的空气畅通。

江荟抄起门后的扫帚，朝着泼皮和红毛扑打过去："我姆妈有个三长两短，一定搭上你们俩的狗命。"

泼皮和红毛狼狈逃窜，躲在警察身后不敢还手，他们开始后怕，老太太若是死了，他们兄妹的牢饭是吃定了。要是中风偏瘫了，兄妹俩要养她后半辈子，自己都养不活，要啃老，拿什么养个瘫在床上的病人，何况，他们家里已经躺着的重病人，已经烦死他们了。

女房东听到有人喊"桂嫂中风了"，急疯了，小跑步穿过街道，气喘吁吁扑进屋里，跪在桂淑兰面前，带着脏东西的长指甲，使劲掐桂淑兰的人中，带着哭腔喊："桂嫂醒来，醒来呀。"

小义一见外婆倒了，吓得哇哇大哭，拉着桂淑兰的手摇晃，"外婆，外婆，我害怕。"

江荟听到儿子的哭喊，扔了扫把，把小义搂在怀里："不怕，外婆会醒的。"小义趴在江荟怀里，抽泣。

桂淑兰双眼紧闭，脸色苍白，遭受女房东的长指甲不断重重摁捏，江荟看不下了，上前一把推开女房东，把她推搡出门："滚，再敢来，我让你躺下动不了。"

女房东抖抖索索低着头，抹着泪走到门口，孤独地靠在街头的墙角，蹲下来抽泣："我也是没办法呀，老头子化疗的费用没着落。"

"阿荟，阿荟。"桂淑兰幽幽地醒来，无力地喊着女儿，所有人都松了一口气，"桂嫂，醒来就好了，这顿惊吓，吓出老命了。"

女房东听到了桂淑兰醒了，如听到了赦免令，人一下子有精神了，朝江家门口高喊："人醒了，还不走。"

泼皮和红毛听到女房东的喊话，耷拉着脑袋，欲在众人的嘲讽声逃离，被警察一把抓回来："你们还不能走。"

"阿妈，你救我呀。"红毛立刻哭丧着朝女房东求救："我不要进牢房。"

女房东急了，上前掰开警察抓住泼皮和红毛的手，她不能让两个儿女被警察带走。

顾警官让女房东放开："事情没解决，不能离开。你作为母亲，不教育好自己的子女，还要怂恿他们犯罪，你也一起去派出所讲讲清楚。"

"我在家里照顾患癌开刀的老头，他们不懂事，警察同志好好教育教育他们。"女房东说完，拔腿离开，头也不回。

顾警官看到桂淑兰没事了，就跟江荟告别，说："幸亏云齐老师提前跟我们报备，说这是他家，家人做小生意，希望我们多多关照，接到邻居的报警电话，我们立刻出警。"

顾警官他们带走房东家的一对泼皮儿女，去派出所做笔录。

云齐对江家真是用心，也幸亏他的用心，才避免了姆妈和小义受到伤害，这个家，缺一个能顶事的人，江荟很矛盾。

江荟去丰城中心医院，探望第二次动大手术的男房东，她把马甲袋里的水果放在床头柜上，拿出一个厚厚的信封，塞到男房东的手里，"阿叔，政府的拆迁补偿款，我给您留着。"

男房东半靠在病床上，鼻孔插着氧气，身上被这种管子那种管子牵着，他搂着信封，拘谨的，轻轻抚摸着，这是江荟送来的救命钱，这钱他不该要，可他渴望有这样的一笔钱，续命，隔着信封他抚摸着里面的钱，心里大概知道有多少。

江荟比他的一双亲生儿女还了解他的需求，伸手相助，眼泪从他浑浊的眼睛里流出来，沿着鼻梁的两侧眼角，向不同的方向流进他的衣服领子，一张皮包骨头的脸上，只有热泪，笑也不像，哭也不像，他连抬起眼皮看江荟，都显得尴尬，窝囊，一直垂着眼皮。

颤抖着嘴唇，他不顾鼻涕流进了嘴里，用混沌不清的声音，说出了："谢谢！"两个字，声音很轻，轻得如烟云似的，一下子都散去了。

十一

桂淑兰把案板上的一次性碗和杯子都收拾到纸盒子里，擦干净案板，母女俩把案板翻了个面，从城隍庙批发小玩意儿，铺了半条案板，她从箱底翻出了多年积攒的几副手工盘扣，摆在老城隍庙的工艺品一起，手工制品竟然有鹤立鸡群的高级感，桂淑兰抚摸着盘扣，如抚摸孩子的脑袋。

江荟做衣服，也喜欢用盘扣做点缀，钉在花裙子上的蝴蝶盘扣，迎风摇摆，如一只蝴蝶停留在花丛中，增添了不一样的韵味，新裙子挂出去就被买走了，这小小的灵感给了江荟启发，有人来改裤子，嫌弃裤子太长，喇叭形的裤脚管太大，江荟把长度剪掉后，在喇叭张开的地方，也缝了小盘扣，张扬的喇叭口，因为一只盘扣而收敛了疯狂，内敛的，随脚步而摇摆，又保留肆意的张扬。

桂淑兰画图纸开发的新式盘扣，在江澄的手里渐渐成了样品，自从发现儿子是个唐氏症宝宝，江家陷入了沉默，为了给儿子存一笔钱，桂淑兰和江才福缩衣减食，布条是江澄唯一的玩具，真的看到布条渐渐把江澄的脑子盘活，她的儿女，都化凶险为吉祥，桂淑兰的心头又开出了一朵希望之花。

江澄在新房子里磨豆浆，向姆妈说："云哥哥不来了。"

"小义在这里，云哥哥有空会来。"

江澄在姐姐画的小蜻蜓上，拿着布条比划。

"朋友们帮了你一路，也让人家开心。"桂淑兰对江荟请搬家公司搬家意见很大。

"姆妈，我告知了朋友们，不能让他们再操心。"

"你舍得放下云齐，未曾相聚先一笑，初会便以许平生，你呀！现在的倔强说明你心中有愧。"

江荟的眉毛一挑，"我知道云齐做了很多事情，凡事考虑在我前头，跟之前一样，眷顾我，尊重我。"

"他又找不到你了。"桂淑兰语重心长，"人的耐心是有限度的，不要冷了一颗热爱的心。"

桂淑兰真替云齐着急，这孩子，那么实诚，江荟受了大委屈，当然要端一端，摆一摆，他怎么就不肯主动亲手捅破这层纸，把老婆儿子认了。

云齐在搬空的出租屋里惆怅。

他排的电线很新，他摁了开关，明晃晃的灯光依然晕人，破柜子拆下的破网纱，丢弃在屋内，那是他买的纱换上去的，四壁清空，云齐的心也如被清空了似的，空荡荡。

施展讲他在背后默默的付出是赔罪，是弥补，是奢求，而不是爱，江荟等候的是一个爱她和小义的男人，不是罪人，仆人。云齐不信，他是那么认真，热忱地做每一件与江荟有关的事情，他等待江荟说一声，"你回来吧。"结果，等成了她主动搬离，是自己的心里还是觉得自己是留过洋的硕士，江荟是一个小裁缝，小老板，母亲这样说过，这话云齐否认，可心底真的否认这种普世认同的说法。

似乎不是。

云齐站在自己挥汗的出租屋，站在与儿子耳摩斯鬓的房间，雪白的墙壁上，一摊清晰的蚊子血，是自己给儿子赶蚊子拍的，一个不肯站在面前面对过去的男人，江荟有理由选择不见，江家老小三代与他如一家人，江荟出院，可他在出租屋外徘徊，是有了儿子，对江荟的爱淡了，不是，他的深情只留在信上感动自己，没有打动江荟。

女同事裙子上的蝴蝶盘扣云齐非常眼熟，在江澄的藤篮里见过，纯手工的东西带有个人的鲜明特征，翩然起飞，自由飞翔的蝴蝶精灵，是来找他的。

"桂老师送的，电大周末有她的课，专门讲授盘扣工艺。"女同事喜滋滋的，她好喜欢这对蝴蝶。

电大校园外的凉亭，云齐坐着打腹稿，斟酌要说的话，如何才能让江荟接受他，他爱他们，要一辈子陪伴他们。

丰城的夏夜，月色真美，凉风徐徐，也很温柔。

云齐手腕上电子手表显示时间跳到 7:25 分，他再也坐不住了，他走出凉亭走到电大门口。

桂淑兰拖着疲惫身体出现了，比上次见到清瘦多了，她一手护着腰，慢吞吞走出来，见到云齐，她舒心地微笑："你来了。"

好像他们事先有约，她知道云齐会来，所以在这里等候。

云齐推着自行车，要带上桂淑兰去见江荟。

桂淑兰说："不急，阿姨有话跟你说。"

电大路上，不知谁家的收音机传出了毛阿敏深情款款的歌声：

"不要问我到哪里去，我的心依着你；

不要问我到哪里去，我的情牵着你。

……

我的路上充满回忆。

……

无论我停在那片云彩，我的眼总是投向你。

这是绿叶对根的情意。"

毛阿敏的歌词落在云齐的心里，唱出了他的心声：我对江荟的爱依旧，情更深。

"阿姨，你们还好吧？"云齐率先开口。

桂淑兰点头，"请了搬家公司，阿荟说不能再麻烦朋友。"

"阿姨，我不是朋友，是家人。"

云齐的话，令说桂淑兰心头一热，问云齐："小义上学远了，能不能找个近一点。"

"我来办。"云齐一口答应这事由他来办，"小义的教育交给我。"

两人走到丰苑小区门口，桂淑兰站定，指着前面一幢高楼说："我们住这栋，三楼。"

丰苑属于丰城房地产中的城东新贵，房间安排，设施，周边环境建设，是丰城最高等级，近期因为要新开一所初中，是房价炒得最热闹的楼盘，一年多，房子的价格直线上升，翻了两倍。

云齐曾考虑，在这里买婚房。江荟极具欣赏力，也有眼光，她说过要把生活过好，她已经朝着这个方向努力，经历了各种磨难痛苦，她依然热爱生活，江荟对未来充满期待，心怀希望，坎坷之后她开始踏入坦途。

"江澄是个拖累，我不能以后让你和江荟背负太多，让小义背负太多，把多年积蓄拿出来买了旁边一幢的二居室。"

桂淑兰指着隔壁一幢高楼告诉云齐："三楼是江荟在温州赚的钱买的，遇到了熟人，给了个优惠价。"

云齐内心受到震撼，江荟是拼命赚钱，才生病的，他对桂淑兰点头："荟儿拿命去换钱，阿姨，对不起，是我的错。我来了，不再离开。"

"我会说服阿荟。"桂淑兰有些感动，这孩子终于开窍了，锣对锣，鼓对鼓，敲起来，才响亮，听起来，才激荡。

小义开门，看到云齐，高兴地上前拉着他的手，朝屋里喊："妈妈，叔叔来了。"要牵他进屋。

云齐没有进屋，他蹲下来，抱起小义，亲着小义光洁的额头，他热切地与儿子亲密接触，他怕失去他的踪影。

"小义，叔叔想跟你们一起住，欢迎吗？"

小义认真地端详云齐，确定他说的话是真是假，他的笑脸已经出卖了他的心思，他喜欢云齐住在家里，他和云齐面对面地笑，眼睛里笑出泪花，他没有说话，伸出小手，把云齐的泪花擦去。

云齐懂儿子，点点头："叔叔爱你，爱你妈妈。"

小义抱紧了云齐的头，父子相拥，他一点也不觉得陌生，伏在云齐的肩上，悄声说："我想让你做我的爸爸。"

云齐的心都要被融化了，他把儿子抱紧了，小声回答儿子："我很愿意做小义的爸爸。"

客厅里，温暖的灯光下是云齐一家三口，云齐抱着小义，搂着江荟，坐在沙发里，这么简单温馨的场面，云齐用了一年多时间，他不断亲吻着江荟，和儿子的额头，连说对不起。

"荟儿，小义接受我做他的爸爸，你要不要接受我，入赘江家，做上门女婿？"

江荟与儿子的目光对视。小义笑得狡猾。

江荟微微一笑："都过去了，我们现在也很好。"

小义摇着江荟的手，"我要爸爸住在家里，做我们的家人。"

江荟当着云齐的面，说："你也是江家的男子汉，你忘了。"

小义摇头说不行："我还不知道怎么做男子汉，爸爸是榜样，我要学。"说着，倚在云齐的身上不动了。

儿子的撒赖皮，把江荟难倒了，她看云齐，看小义，两张酷似的脸，一大一小，殷切地看着她，等待她答应。

"荟儿，答应儿子吧。"云齐的儿子叫的太顺口，江荟觉得，他在看到小义后，是否一直这样叫小义，那是他的认可，也是对他们当初没有交代清楚的结果，一个认可，云齐从没把这件事忘记。

江荟庆幸经历千辛万苦，把儿子留下了，留下他们的爱情结晶。

"答应吧，让儿子实现第一个愿望。"

江荟微微点头，面色凝重，她答应，意味着接受了云齐，相隔六年，她喜欢过去的云齐，更喜欢现在的云齐，书卷气十足，稳重，睿智，隔阂客观存在，她需要时间。

"我们相约半年，如果你实在无法接纳我，我们考虑其他方式，荟儿，我爱你，一直爱着，没变，我不会离开你和儿子。"

"小义，找舅舅睡觉去，妈妈和爸爸商量些事情。"小义点头，往云齐怀里滑下来，上前勾住江荟的脑袋，在她额头上亲了一下："妈妈，谢谢你。"

云齐也在江荟的额头亲了一下："荟儿，我爱你！"又在小义的额头亲了一下，"爸爸明天送你去幼儿园。"

小义抬起脑袋，在云齐的脸颊，左亲一个，右亲一个，把江荟拉过来："妈妈，你也亲一下爸爸。"

江荟在云齐热切的目光注视下，红着脸，当着儿子的面，亲了云齐的脸颊。

云齐，心花怒放，有个聪慧的儿子，事半功倍，他认真地问儿子，爸爸是不是要礼尚往来。

小义笑着看了江荟一眼，对云齐耳语："妈妈只亲我，你要努力哦。"

云齐的眼眶发酸，他捧着江荟的脸，在她额头重重地亲了一口，顿时，久违的亲近似乎一下子回来了，小义伸手把云齐和江荟的脑袋勾住，三个人的脑袋挤在一起，三口之家第一次亲密无间，世间任何力量也无法把他们分开。

在小义"格格格"的笑声里，云齐和江荟深情对视，两颗互相爱慕的心的碰撞，可以跨越时空，超越万物。云齐的喉咙发干，他把江荟给他倒的一杯凉水，喝了底朝天，如饮一杯醇酒，他微醉在江荟的注视下。

小义从云齐身上溜下来，开心地跑到桂淑兰和江澄的房间："外婆，爸爸亲了妈妈，妈妈也亲了爸爸，妈妈的脸红了。"

桂淑兰拉过小义，轻声关了房间的门。

小义点头，告诉江澄："爸爸真好，爸爸会保护我们的。"

"小义，有爸爸开心吗？"桂淑兰搂着小义问，笑得很舒心，她的一桩心事了了，她也微微地感慨，其实，难在第一步。

"外婆，以后要多做一个人的饭，爸爸说，先住半年。"

桂淑兰松了口气，云齐第一次到出租屋，上门跟她认错，跟她讲六年的求学过程，她就感到这孩子厚道，诚恳，她在心里已经原谅了他，看到江荟担心再一次的失望，小心翼翼地不敢跨出第一步，迟迟不肯放一句话，在搬家后，她借江澄盘扣，把云齐引到家里。

小义不在，云齐倒规矩起来，他把江荟的针线盒挪了个位子，坐到她身边，看着她拿起了新缝的加工衣服缝纽扣，一时不知从何说起。

"在外面读书，很辛苦吧。"

江荟温和柔顺的目光瞟了云齐一眼，正好与云齐看她的目光交汇，在云齐深情的缠绵的目光里，江荟不好意思地低下了头。

"不辛苦，心怀希望，想着有奔头，使不完的劲。倒是你和儿子，吃了很多苦，荟儿，让我用爱和真心补偿你，我爱你和儿子，不与你们分开。"

江荟点头。

"以后，我带江澄和小义，一起练跆拳道，健身。"

江荟点头。

"江澄的情况你看到了，当初我不肯跟你回家，就是怕被嫌弃，他是我的亲人，我不可以对他有一丝的轻视。"

云齐轻声一笑："江澄也是我的弟弟，是我的亲人。"他拉起江荟的手，让她看着他的眼睛听他说。

"荟儿，你还记得在水墩镇幼儿园，你给过一个小男孩橡皮吗？那个从外地来的小男孩，就是我，在父亲的军营待了几年，完全是个野孩子。"

江荟惊讶地抬起头，"可你待了一个月又离开了。"

"爸妈都要忙事业，担心奶奶带着我不安全，把我送到市区的一个全托幼儿园，小学，读初中才回到丰城，在幼儿园，我的私人物品只有一块橡皮，你送给我。"云齐从衣服口袋里掏出了那块小橡皮，"它跟我去了英国，一直陪着我。"

江荟心跳的厉害，如有一只小鹿在心田奔跑，脸红了，红得像那天的晚霞。

"你不叫云齐。"

"可我记住了你的名字江荟。我妈说师傅脑溢血走了，师傅的女儿江荟没工作，让我推荐一个合适的。我欣喜若狂，终于找到你了。"

原来，云齐是王菊珍的儿子。江荟心里一沉，怎么办？

"荟儿，出国是为了有能力给你更好的生活，让你备受磨难蹉跎了岁月，错在我，荟儿，我不会让心爱的荟儿再流泪，让儿子再受苦。"

小义跑过来，看到妈妈和爸爸抱在一起，他遮住眼睛问江荟，可不可以念"敲糖粥"给爸爸听。

云齐把小义裹在他和江荟中间，"爸爸要听。"

"爸爸，听了儿歌能不能换个幼儿园。"

"能，小义去一个最棒的幼儿园。"

小义清澈明亮的眼睛里都是笑，像个小通讯员，唱完儿歌，又欢快地向外婆和舅舅传达最新消息，爸爸说我要上最好的幼儿园。

儿子欢快的背影，兴奋着，江荟知道她爱的云齐回来了，捧着一颗爱心而来，只要他的心中依然爱她，爱孩子，爱这家，她原谅云齐的不告而别，愿意接纳他，再一次把身心托付给他。

可是王菊珍——江荟有些挣扎。婆媳关系是世界上最头疼最难处理的关系，她听过也见过被婆婆嫌弃的媳妇，过得心酸，痛苦。

"你妈妈——。"

江荟一开口，云齐就伸手把她的嘴捂住了，坚定地看着江荟。

"荟儿，跟你过一生的是我，我做上门女婿，今天不走了。"

江荟看着云齐坚定的眼睛里小小的自己，含羞的脸，她低下头，心花怒放，她调皮了。

"六年都没遇到心仪的姑娘，我不信。"

"心仪的姑娘一直在我心里住着，爱着呢，不让别人进去。"

江荟低下头舒心一笑，爱心荡漾，如她一样，爱，一直在她心里坚如磐石。

看到江荟笑，云齐的笑意再次漾开，他用英式的求婚方式，朝江荟单腿下跪，直接求婚。

"荟儿，你愿意嫁我为妻，无论疾病，富贵，贫穷，不离不弃，相爱相守一生吗？"

江荟反问云齐："我们之间的差异很大，你确定无论未来我贫困，疾病缠身，你都能坚持初心，待我家人如亲人，与我相依相携走向未来？"

云齐不能让江荟对未来有所顾虑，他回答坚定，"我愿意。"掏出他在英国买的一对心字形婚戒，把女款套在江荟的左手无名指上，男款交给江荟，向江荟伸出自己的右手无名指。

"荟儿，我们永结爱心，不离不弃。"

江荟喜极而泣，百感交集，所有的矜持，骄傲，辛苦，在云齐浓烈的爱意面前，化为了一汪清泪，她流泪了，回答，"永结爱心。"

十二

江澄去幼儿园接小义打了人。

桂淑兰摁住疼痛的肚子等在幼儿园门外，听到小义舅舅打人的消息，听到小义舅舅大人打小孩太坏。也听到小义没爸爸被欺负，小义舅舅才出手的。路园长会不会把小义赶走？她趔趄着进幼儿园。

在小义的教室里，江澄僵硬的脖子，歪着脸，眼珠子如入了禅，捏紧拳头浑身还在颤抖，桂淑兰上前轻拍江澄的后背："放松，儿子，妈妈来了。"把江澄的拳头掰开，握在自己的掌心。

小义靠近了外婆，听外婆对着教室里的家长同学一连串道歉，没有得到原谅，小义低头，上前牵着舅舅，又上前牵了外婆的手，拉他们回家。

"江秉义，明天不要来幼儿园。"幼儿园园长路茹走进教室，直接对小义说话，话是说给在场的所有人听的，收获了家长们的不同表情。

"不行，我要来的。"小义高声喊道，"爸爸说过，这是最棒的幼儿园。"

路茹的脸上闪过一丝冷笑，她扫了桂淑兰一眼，目光落在江澄身上，又对小义冷冷地问了一句："你爸爸？"带着质疑，不信。

桂淑兰连忙跟路茹保证，江澄不会出现在幼儿园，她对天发誓，若还让江澄来幼儿园，她宁可被车撞死，遭雷劈死，只求路茹园长让小义继续上学。

"什么死不死的，好像我逼你的。"路茹明显恼了，在众多围观的家长面前，脸色很不好看。

小义愤怒的眼光盯着他的同学乔木，勇敢接受乔木的挑衅，他举起了他受伤的小手，给路茹看。

"路园长，乔木把我的手抠伤了，还踢我的腿，舅舅才推了乔木。乔木奶奶是自己摔的。乔木还咬了舅舅的手。"拎起舅舅的手和他的放在一起。

小义嫩嫩的小手背上，三个被指甲抠破皮的月牙形伤痕，鲜红，夺目。江澄小手臂上一圈圆形的牙齿印，清晰可见的红肿。

路茹向看热闹的家长们挥手："散了，散了，都带孩子回家吧。"

家长们陆续离开教室。

乔木奶奶不依不饶，要路茹对这件事负责，叫她不能轻饶江澄，这个傻瓜。

江荟从上海纺织学院进修回来，得知小义不能上学的情况，急坏了，给云齐打电话。

云齐把受了委屈的儿子抱在怀里，安慰他，别怕，有爸爸和妈妈呢。他拍拍江澄的后背劝他不要生气，不要难过，云哥哥会搞定所有事情，小义明天会去上学。

江荟和云齐，约路茹在她家附近的咖啡店碰面。

路茹看到丰城的海归云齐和江荟亲密地朝她走来，眼睛里闪着惊讶的光芒，她猛地发现，大名鼎鼎的留洋名教师云齐，与小义的长相酷似，路茹心中一乐，莫非云齐就是小义口中的爸爸？而不是已故的温州小商人，这发现喜人。

路茹的女儿中考没能进入丰城高中，她曾托人请云齐给她女儿补习英语，没成功，她还在想办法找人联系云齐，求他帮忙，云齐就这样姗姗来到她面前，还有求于她。

两个多月不见，江荟温婉漂亮，一条合体的旗袍裙，娇小，优雅，与云齐站在一起很般配，很养眼。路茹把白天的事情跟江荟和云齐做了详细讲解，说乔木奶奶带了十几个家长进园长室，非要幼儿园做出一个交代，不然去教育局告园长管理不力，忽视幼儿安全，放任精神有障碍的人进幼儿园。

路茹说当时现场有些混乱，好在小义遇到事情应变能力强，比其他小朋友稳重，他在幼儿园结交了不少好朋友，大家愿意跟他玩，乔木嫉妒小义才暗戳戳地作弄他，弄伤他。

江荟看了云齐一眼，说："想不到，幼儿园俨然是个小社会，路园长，您辛苦了。"她跟路茹保证，他们会配合幼儿园做好安全工作，不让弟弟出现在幼儿园。

路茹说，幼儿园申请增加两名保安，明天到岗，早晚接送孩子家长不让进园，幼儿在门口由保安和值班老师共同监护下进园，请他们放心，孩子上学不受影响。

云齐和江荟两人对了一下眼神，警报解除，江荟的一套恭维，把路茹哄得心花怒放，把江荟引为知己，说了许多体己话，让江荟放心孩子，江荟说，孩子不懂事，家里的情况也特殊，让路园长费心了，说着，拿出一袭旗袍，在路茹面前抖开，让她试穿。

路茹喜欢穿裙子，懂裙子的行情，抖开的旗袍她伸手一摸就明白价格不菲，连忙推辞："小义妈妈用不着这样客气，都是为孩子着想，理解理解。"摸着旗袍真丝布料的丝滑，爱不释手，"这么精致的旗袍太贵重了，不能接受。"

"自己做的，路园长不嫌弃我的手艺，就试试。"江荟很真诚，把旗袍塞到路茹手里。

路茹有些激动。江荟身上的旗袍优雅经典，她看了好几眼，以为是云齐从国外带回来的，一听是江荟做的，她宽心一笑，接过旗袍。

路茹出来时披肩长发盘成一个发髻，旗袍的立领使得她的天鹅颈更加挺拔好看，跳舞的身材把旗袍的完美诠释出来，旗袍合身，衬托了路茹的知性优雅。

江荟微微一笑："真好，果然合适。"上前整了整路茹的肩膀，腰围处摸了摸，宽松度正好，夸路茹的身材标准，很适合穿旗袍，她征求路茹意见，需要修改的地方，她做修改。

"不用修改，小义妈妈，我太满意了。"路茹激动地脸发红，像大明星般，在江荟和云齐面前转了一圈，夸江荟的手艺好，夸旗袍的款式棒，她穿了像荧幕上三十年代的明星，很浪漫。

江荟笑了，有三十年代的旗袍的风格，融入了新式旗袍的流畅，她边学边做还在尝试中，邀请路茹有空来她工作室。

"都有工作室了。"路茹惊喜极了，满口答应，"小义说你在上海学习，是学做旗袍，真不简单。"

云齐代替江荟回答："在上海纺织学院进修，主修旗袍设计和制作。"

"留洋的人就是眼光独到，丰城能把旗袍做那么高级，就属小义妈妈。我一定去捧场。"

女人互相吹捧后，轮到云齐上场。

云齐带给了路茹的是另一份惊喜，路茹女儿高中阶段的英语学习，由云齐负责把关，护送她考入大学。

"太好了，专业的问题交给专家，我放心了，云老师，小义妈妈，你们太好了，解除了我的后顾之忧，我衷心地感谢！"

路茹眼中流露的真情实意是真的，云齐夫妻对她的触动也是真的，不起眼的小义简直是她的贵人，她不该再对那些看似平常的孩子低看三分，谁也不知道，他的背后有什么人，路茹为自己临危不变而开心，云齐和江荟大方和真诚值得她深交。

路茹拍拍江荟的手背，亲昵地说："小义妈妈，孩子交给我你放心，都是自己人，小义在幼儿园不会受委屈。"

云齐听到了他要的结果，他可以放心了，起身与路茹握手告别。

路茹上前拥抱了江荟，对江荟做了一个"你好幸福"的羡慕表情，执意挽着江荟一起出咖啡馆，依依惜别。

丰城的夜晚凉风习习，云齐无事一身轻，一手推着自行车，一手牵着江荟走在大街上。

江荟主动挽着云齐的手臂，把脑袋轻轻靠上去："云老师辛苦了！"

"三年而已，只要你们母子开心，我时刻准备挺身而出。"

云齐摸着江荟的脑袋，这个亲昵的举动，是他们以前的日常，六年后的第一次摸头杀，没有时光的隔阂，没有久别的疏远，依旧如昨日一样，自然，亲热。

"父爱如海深，父爱如高山，小义很幸福。"

云齐侧过脸，"傻丫头，我是你的男人，替你遮风挡雨是福分，我不在你身边的那些年，让你受苦了，你要加倍幸福。"

江荟仰起头望着云齐，六年前，云齐就称自己是江荟的男人，似乎他们之间不是她依赖云齐，而是云齐一心依附于她，云齐对她的敬爱，一直是放下男人的自傲，以内心充沛的感情，爱她如初。她从路茹园长对云齐敬仰的目光中，意识到云齐的出类拔萃，一个优秀的男人自降身份依附她，是男人的深爱，是他心中有大爱，她得让深爱她的男人心中盛满幸福。

她低着头不好意思地说："云老师，小义睡了，不要打搅他。"

云齐眼眸一跳，把她的头捧起，低头吻住江荟。

秋风送凉爽，来往的路人看到他们依偎在路边，难舍难分，投来关注的目光，江荟难为情了。

云齐把她拦腰一抱，放到了自行车的横杆上，一抬脚，一蹬腿，自行车带着两人飞快向前，江荟整个人依偎在云齐的怀中，云齐铿锵有力的心跳，欢快，律动，熟悉的气息包裹着她。

"亲爱的。"江荟一仰头，吻了云齐的下巴。

心中燃烧的爱，浓情胜似那年。

十三

江澄的情绪一直处于低落，埋怨自己是笨蛋，动不动把自己关在房间里反省。

桂淑兰的担忧与日俱增，一根筋的儿子犯倔脾气软硬不吃，她不知道如何处理，只能在客厅里着急转悠，不懂人情的儿子，令她越来越感到揪心难受，儿大不由娘。

"江澄，出来跟云哥哥商量过十八岁生日的事。"

"有大蛋糕吗？"

"必须有。"

江澄打开了房门，低着头不好意思，美食不可辜负，是小义告诉他的，他记住了。

"男人到了十八岁就是男子汉，不能使小孩子脾气，尤其不能让姆妈担心，有不开心的事情跟云哥哥说。"

江荟在一旁摇头，弟弟怎么懂人生大道理，他温和，喜欢笑，生活自理，已经是他们的福气，拉了拉云齐，不要给弟弟压力。

江澄气鼓鼓地看了姐姐一眼，扔下筷子又要跑进房间，被云齐喊住，问江澄可不可以给他几个盘扣，用来装饰教室，见江澄答应回房间拿盘扣来，云齐故意跟江荟说，"江澄有情绪表现，说明他的脑子有想法，是个聪明的大人。"

江澄捧出一个盒子，朝桂淑兰和江荟微微一笑，神情颇为得意，打开盒子给云齐看，从一盒子盘扣里挑出四对，有一字扣，金鱼扣，蝴蝶扣，树叶扣，交给云齐。

云齐把盘扣托在掌心，眼眸一喜，无论哪一对，都漂亮无比，他意识到，江澄不喜欢听别人安排，他的心智开发，他的情绪变化由内而发，不能把江澄继续当病号看待。

江澄挑了二对小金鱼放到小义的手心："送你。"黄色和红色的老棉布盘扣，古朴结实，搁在小义掌心，如一双趴在沙滩上的调皮小鱼。

"好漂亮！舅舅真棒！"小义是最会哄江澄的，他喜滋滋地要把小金鱼拿到幼儿园，装饰宝宝树。

见弟弟出手亮出来的盘扣超乎想象，想起他们练摊卖小玩意的时候，江澄把城隍庙摊主的盘扣倒扣，说不好看，江荟翻看江澄的藏品，面露喜色，他果然有着异常的手工创造力，她伸手问弟弟讨。

"姐姐也要。"

江澄翻出盒子底下的一对大红的蝴蝶盘扣，笑眯眯塞给姐姐。

鲜红的盘扣是一对翩飞的蝴蝶，互相缠绕，双双对对，生生死死，红丝绒的喜庆和柔软，如一颗长了翅膀的心，微微飞扬。

江澄把盘扣放在姐姐一字领裙子的左胸，如胸花一样，得意地回头看了云齐一眼："好看的。"

云齐摸摸江澄的大脑袋，心里一热，这孩子懂事了。

桂淑兰惊奇发现好看的布条都成了江澄的私藏，她把手伸到儿子面前试探："姆妈也要。"

江澄定睛看了看桂淑兰，微微一笑跑进房间，变戏法似的捧着一对墨绿色的丝绒盘扣，交给姆妈。

桂淑兰的眼睛湿润了。

由一大一小两条金鱼组成的一对盘扣。大金鱼在上是钮扣，金鱼尾巴后面多了一个花结,又柔软地延伸了一个好看的花型,鱼妈妈的漂亮大尾巴在轻盈摇曳。小金鱼是纽襻,一条小金鱼摇曳着尾巴,亲着大金鱼,好像妈妈牵着孩子一起摇摆。

桂淑兰记得,这对盘扣最初用几条线画的小金鱼,让江澄跟着线条盘在纸上,用大头针帮他定位。江澄后来要大金鱼。桂淑兰在一条小金鱼的后面补上花结,让两边不对称。

江澄的脑回路很奇特,他嫌弃小金鱼的尾巴太小,花结弄不上去,闹着要大尾巴,桂淑兰才添加的。一对盘扣做成了妈妈托起宝宝起飞的快乐画面,艺术性超强。

江澄跑到小义身边牵着他的手站在三个大人面前,说:"小义和江澄。"

云齐的眼睛微微湿润,他抱起小义,揽着江澄的肩膀,他理解了江澄的生气,难受,也理解了江澄在幼儿园的行为,在小义面前他是大人,他要保护小义,托举小义的未来。如果云齐不回来,江澄是小义强有力的保护者,一个一心用自己的全力保护小义的舅舅。

墨绿色的金鱼盘扣,在桂淑兰眼里是她和江澄,在江澄眼里是江澄和小义,两代人都身怀着一颗仁爱的心成全孩子,托举起孩子未来。

云齐本来只是预定了小蛋糕给江澄庆祝生日,江澄的举动使他改变了主意,他说,江澄已经明白自己是个大人了,十八岁生日要做个成人礼。

家有儿子初懂事,她等了十八年,桂淑兰有点不相信,先天禀赋不足的孩子,真的让布条盘活了,开出了花,结出了果。

江荟搂住弟弟的粗壮的腰,把脸伏在他手臂,这个懵懵懂懂的大孩子心灵中深藏对小义的爱护,他单纯醇厚的内心世界,一心一意都在行使父亲的权利,只是他不知道怎么表达。

118

江澄十八生日，云齐和江澄一起在客厅布置"祝江澄先生生日快乐！"的横幅，云齐手把手教他点蜡烛，许愿。切蛋糕。

江澄把第一块蛋糕端给了桂淑兰，微笑着把每人的蛋糕端到他们面前，温和地笑着谢谢，初识人间美好的样子，令全家人欣慰，含着热泪吃江澄的十八岁生日蛋糕，十八岁的江澄，正在茁壮成长。

人间值得，因为成长。

云齐拉着江澄站在桂淑兰和江荟面前，他的一只手搭在江澄的肩上，问他，"江澄，做男子汉，与哥哥一起照顾姆妈和姐姐，好不好？"

江澄笑容灿烂，回答向云齐敬了一个军礼，响亮回答："好！"

小义挤到云齐和江澄中间，"是三个男子汉，还有我。"

云齐把小义抱起来，与两人击掌为凭："对，三个男子汉，一起顶天立地，爱护家人。"

桂淑兰多年里第一次开怀大笑，抹了喜悦的泪："你爸爸在天之灵会很欣慰。"

江荟很感激云齐，他珍爱她，真爱这个家，她内心早就承认，云齐是她今生今世的眷属。

十四

江才福的皮箱里珍藏着旗袍设计图，桂淑兰几乎忘记，见江荟对照讲义上的旗袍图片，画了擦，擦了又画，愁眉不展，笑她"擦破了就不要了，索性拿你爸的设计图顶上"。

"我爸小本子上是服装的尺寸，不算设计图。"江荟纠正姆妈的话。

"你爸在上海专门学的旗袍设计,要不是自然灾害,城市口粮紧,农村有饭吃,他继续留在上海,谱可大了。"桂淑兰说起江才福,一脸骄傲。

"真有设计图?"江荟颇为期待。

从小,她听十里八乡的人称赞江才福的裁缝手艺好,可没有好到成为大师的资格,父亲裁剪的大都是家常款的简单服装,顶多按照书上的时髦图片琢磨出新款式,在姆妈眼里父亲样样都好,她以"事非经过不知难,书到用时方恨少"。对应姆妈的嬉笑。

她翻过纺织学院藏书馆的资料,了解到旗袍知识甚少,1921年开始流行的旗袍原始设计图,根本没法找,即使馆藏的《历代妇女袍服考实》,《近代汉族民间服饰全集》,《中国古代服饰史》等大家名著,旗袍设计图也是稀缺。给他们上课的黄秋英教授,拿的教学用资料不知翻拍了多少遍,旗袍的细节模糊不清,只能看个大概。父亲倒是给她做过一件旗袍,三十年代最摩登的款,前无设计图,后无新的旗袍出现,横空出现的一件旗袍,她一直认为是父亲仿冒的。

"我爸要是留着设计图就好了。"江荟一筹莫展,跟云齐唠叨。

"回水墩镇一趟,不就清楚了。"

云齐从大衣柜顶上拿下一只深褐色的手提皮箱,放在地上。

江荟对这皮箱有记忆,父亲从不让她动这皮箱,她拿鸡毛掸子把箱子上的灰尘掸落下来,又拿抹布把皮箱擦干净,拎到八仙桌上。

"老江啊,你的宝贝设计图纸要派大用场。"

桂淑兰的一把长钥匙插进挂在皮箱上的铜锁眼,轻轻一拧,

"咔擦"一声，尘封多年的皮箱，终于露出它的丰富内藏。

江荟掀开箱子盖，有点泛黄的纸张竟然都是服装设计图，装了大半皮箱。

这么多？江荟有些不信，紧张得双手搓着裤子缝朝云齐询问，先拿什么？

"设计图。"

云齐的照相机刚拍下了江荟看到小皮箱的惊讶，正定格在江荟拿到旗袍设计图的激动时刻，江荟小心地把设计图和上面报纸一起捧出来，轻放到八仙桌上，瞄了一眼报纸上的皮尔·卡丹，1978年12月，他穿着时髦的宽肩长款羊毛大衣大步走在北京街头。

桂淑兰捡起掉下来的一片报纸，是江才福让她剪的一条新闻，"1979年3月19日，由法国著名时装设计师，皮尔·卡丹率领的法国时装表演团，在北京民族文化宫举行服装表演。"皮尔·卡丹启动中国服装时尚，触动了父亲沉积已久的梦想，曾经风靡上海滩的旗袍，也将重新回到人们的生活。江荟为自己与父亲一样钟情于旗袍，心中雀然。

八仙桌太小，不能放下父亲全部的旗袍设计图，她挑选了右下角落款日期为1978年12月3日的设计图铺开，顿时狂喜，这个落款的旗袍设计图一共五张，代表着不同的款，对应黄秋英教授提到的五个基本款，也是最早的款，设计图上，有江荟熟记的斜襟，琵琶襟，袖子采用时髦的无袖、削肩、短袖，按照"右衽大襟——立领盘扣——侧摆开衩"，旗袍三要素中的搭配公式设计，彰显在父亲的旗袍设计里。

父亲的设计细腻精致，缝纫的细节处理很详细，褶皱位置，下摆的圆角弧度，一对盘扣缝几针也有规定，线的走向都在设计图一旁标注，一件旗袍的盘扣画了几套。漂亮的开襟，父亲用了单襟、双襟、直襟，曲襟和无襟五种，一般领、企鹅领、水滴领，江荟连看都没看到过，即使在旗袍流行的三十年代，也是珍品。

一张设计图江荟看着眼熟，设计图上的女子细腰身，圆润的肩膀，丰满的臀部，跟自己很像，她细看女子身上的尺寸标注，跟自己的旗袍尺寸一样，这是父亲为自己的旗袍留下的设计图，把父亲盼望女儿长大，曼妙，优雅，留在旗袍设计图上，精心绘制，用小图示意，若干设想一一列出，父亲的设计是活思维，旗袍的因人而异，因人而成，是百变的旗袍，父亲标注的尺寸，直接可用作裁剪，缝纫成衣。

父亲留下了旗袍设计的稀世之宝。

江荟别过脸，怕自己的泪珠弄花了父亲的遗作，父亲已经给她的未来指引了一条大道，顺着这条大道，她想实现父亲所预见的，旗袍艺术的高度。

"云齐，这些珍贵的图纸怎么才能长久保存？"

"塑封。"云齐把江荟看过的几张设计图，对准了焦距，感慨万千，"原件全部塑封，拍下的照片，做资料，使用备份资料。岳父才华横溢。"云齐的赞叹很真诚。

江荟翻看了皮箱里的其他设计图，中山装，西装，大襟老人装，包括肚兜，娃娃反穿衣，包罗了人一生需要的衣着款式，父亲汇集在一起，他保存的是一个时代的服装风貌，父亲居于小镇，着眼于服装世界的未来，他精湛的裁缝手艺背后，是一颗工匠之心。

"荟儿，你看最早的设计图时间为1957-3-14，推算下，岳父才二十岁，一些婴幼儿的服饰，看起来跟最新的款式差别不大，沿用到现在，可见设计的合理性经过了时间的考验，一位服装设计大师三十年的设计精华。"

江荟点头："父亲留下了我未来事业起飞的助力器。"

"服装设计图属于个人知识产权，流入社会人人可以用来盈利，你去注册商标，你的工作室旗袍，以后要有个响亮的名字，也是自觉的进入合法经营。"

"服装行业最容易推陈出新，可创新很难，模仿别人并超越很容易，我得保管好自己的东西。起个什么名字呢？"

江荟陷入思考，荟吃荟做，之后是荟穿，不行，太俗，旗袍是高雅的，要雅俗共赏才能有未来，她看了专心开车的云齐，微微一笑。云齐却抢先了一步，脱口而出。

"云相荟。"

江荟愣了一愣，捂住了嘴笑，心有灵犀一点通，心意相通，他们总能回到最初相爱的时候，她的心里鲜花盛开。

"我的工作室兼店铺，也叫'云相荟'，同品牌，便于宣传。"江荟说，带着意味深长的笑。

云齐扭头也是深情一笑："心有灵犀，静好岁月好悠长。"

江荟不给云齐再啰嗦再调皮的时间，她给两人作了分工，她去工商局注册服装商标。云齐负责商标图案设计，找厂家定制。

江荟轰动丰城的第一套旗袍礼服，是给新娘子董颖设计的。

给董颖做一袭结婚礼服，一直是江荟的心愿，拿到父亲的设计图，她如虎添翼，着手设计。

云齐陪着去苏州买布料。桂淑兰做手工盘扣。全家总动员，就像齐心给自己家的女儿做嫁衣，集合了全家虔诚的祝福。

董颖对江荟的好，出于真心的善良，她带汀澄出去吃好吃的，给小义买吃的穿的，听说桂淑兰在电大上课去旁听，担心江荟花完了积蓄又要苦熬过日子，董颖的心意如涓涓细流，滋润着江家三代。

"我拿什么给你，亲爱的姑娘？"

江荟戏说过。

"拿你幸福的笑容。"

董颖认真的。

新娘子董颖换下洁白的婚纱，穿着红色的旗袍礼服再次出场，惊艳了全场宾客，婚宴大厅引起一阵骚动。

"哇！新娘子好美。"

"董颖人美心更美，值得最好的礼服。"

"哪家设计的，没见过这般十足气场的高级定制。"

"不是高定，仅此一件，是'云相荟'专为董颖设计的。"

"新锐设计师？没听说过。"

最惊喜的是江荟，礼服在婚礼上的效果出乎意料的满意。

董颖的结婚礼服她看过，高定款，她希望自己可以锦上添花，第一次用"云相荟"的商标，第一次以结婚礼服的规格设计，她要把旗袍最惊艳的第一次，献给美丽的新娘子董颖。

"连肩式的立领礼服，旗袍长到脚背，开衩到膝盖上面三寸，整个臀部在旗袍流畅的收腰线条，我看着就醉了，那个辉煌年代的明星款。"

董颖的同事，有懂行的开始点评。

"衬托出新娘子玲珑的身段曲线，完美诠释了她的娇美，高贵，给人视觉上非常浓郁的热烈的冲击，烘托了新婚的喜庆气氛。啊呀，我也想要一件。"

"中国红结婚礼服，恰好配新郎的深藏青西装，把他衬托得更儒雅稳重，一个风度翩翩，一个妩媚动人，幸福的伉俪，都帅。"

　　董颖每走一步，真丝材质的旗袍下摆跟着她脚步移动轻微荡漾，犹如幸福的涟漪悄然荡漾，每一步是幸福，步步生辉。

　　江荟很欣慰，一次大胆创新，在父亲的设计上增添了自己的灵感，她第一次站在父亲肩上，把旗袍推上了一个新的高度。

　　董颖和施展带着伴娘，伴郎一起来给江荟敬酒。

　　施展一定要跟江荟干了杯子里红酒。

　　伴郎云齐拿走江荟的红酒，说："我代替，"仰头一口干了，又倒了一杯跟董颖碰了杯，"早生贵子"也仰头喝完。

　　董颖小声说："他照顾你如照顾小婴儿，一直幸福。"

　　江荟点头："幸福。"

　　化妆间，挂着另一件休闲旗袍，董颖拉着江荟一起来换装，"施展要好事成双。"

　　江荟根据这款旗袍，给董颖梳发型，笑着说，"新娘子要早生贵子。"

　　"再早也追不上你了。"董颖高兴说，"何时再生一个，我们一起，也让这对做父亲的多交流。"

　　江荟含笑。董颖看着镜子里的江荟，眼睛笑得成了一弯明月。

　　两位要跟江荟预定结婚礼服的女客，是一对母女，姑娘半年后也要嫁作他人妻，婚礼种种已经预备妥当，被董颖的礼服惊艳到了，缠着老母亲一起跟设计师谈谈她的结婚礼服设计，正好看到董颖换上居家短旗袍，宽松的中袖，浅浅的花纹，恬静又不失时尚，非常的靓丽。

　　老母亲很懂行，上前摸了摸董颖的短旗袍料子，闻到了淡淡的花香，眼中有惊喜，新研制的香气的真丝，很名贵，估摸着这款休闲的短旗袍，价格上跟结婚礼服不差上下，极品。

　　可惜没有牌子。老母亲拍拍女儿的手背，轻叹了一声，"说不出牌子。"似乎不是名牌她家女儿不穿。

董颖把礼服内衬上"云相荟"商标翻出来给姑娘看，"怎么没有？丰城新锐设计师的作品，等你结婚的时候估计排队都排不上。"

江荟静静地坐着没吭声。

老母亲看到江荟身上的旗袍也非同一般，问江荟，也是云相荟的设计？

江荟点头："我只穿这个牌子。"

"丰城何时有过这样精湛手艺的旗袍师傅，董颖，你不肯把真相说出来，是怕我家姑娘的风头盖过你，这个设计师是国外的吧？"

董颖嫣然一笑："不着急，您多看几家。"

董颖在镜子前扭了扭身段，粉紫底带花纹的及膝旗袍，肩膀和袖子采用了改良旗袍的做法，布料跟身体的切合度非常完美，收腰的地方曲线圆润，勾勒了她盈盈一握的腰身，活泼灵动。

董颖被镜子里的自己美哭了，她拿纸巾轻轻擦拭了眼角的泪花，上前拥抱了江荟，跟江荟耳语："谢谢！"

江荟拍拍董颖的后背，替她整理着旗袍，替她把眼角的泪花拭去："新娘子，你值得最好的。"

董颖的两袭旗袍，在上个世纪九十年代初的丰城，品质独一无二，记忆是无花的蔷薇，美好岁月，在她的心底留着长久的清香，以及，今生不变的情义。

董颖的结婚礼服旗袍，成为江荟的"云相荟"品牌服装打响丰城的第一个里程。

不久，江荟接到一个恐吓电话，男人的声音不是本地人，说话狠辣，满带恶意，什么小裁缝做旗袍就专心旗袍，不要眼红别人赚钱，反复警告江荟，若插手参与婚庆公司活动，搅和他的生意，影响他的名誉，小心你的小命，还在电话里"哼哼"了两声。

江荟前思后想，她不明白自己挡了谁的钱道，无缘无故遭人要报复，她的脑子此时如雷达，快速扫射她的交际范围，得罪过哪家婚庆公司，并很快从记忆里排除，自己并没有与任何婚庆公司打过交道，这个讹诈的恐吓电话，来得不明不白，她在电话里也不客气地质问对方：

"你的婚纱不好看，价格贵，没人要对吧，你请的司仪，主持婚礼不会搞气氛，遭人嘲讽要退货，有吧，这些跟我没有关系。你生意不好迁怒他人，你想的太多了。"

" 你若想有人买你的旗袍，少管闲事。"对方继续野蛮要求。

"有胆就站到我的面前，阻拦我的客户，躲在角落里打什么电话。丰城不是你的，我只做衣服。"

"还嘴硬，别以为我不敢动你一个小寡妇。"

"这个你也知道，那你动动看。是我卖不出旗袍，还是你关门滚蛋。"

江荟也硬气了，对于蛮不讲理的人她毫不示弱，曾在温州遇到无赖到她的摊位上讹钱，她二话没说，骑上那个人停在摊位边的摩托车，朝那人冲撞过去，那人逃得比兔子还快，再也不敢招惹江荟。

江荟愤怒地把电话挂了。

从头至尾，她接触过董颖婚礼上的化妆师，她是婚庆公司派来的，嘴很甜，会来事，夸江荟那么年轻，儿子这么大了，福气好。夸董颖有钱就任性，把原本预定的结婚礼服退了，用了更加高级漂亮的特制礼服，在给董颖挑发型时，从化妆包里掏出一本发型汇集，递给江荟，惊喜地表示，江荟风衣里的旗袍特别漂亮。百般讨好江荟和董颖。

化妆师夸着夸着，就讨到了江荟店铺的电话号码，原来是派这个用场。

生意人目的是盈利，赚钱，斗气只会两败俱伤，江荟想，那就用跟他谈笔生意，有钱一起赚，生意场没有永远的敌人，只有永远的利益。

江荟去婚纱店找老板。

一听有人来洽谈生意，婚庆公司路老板壮硕的高个子很快出现在江荟面前。

"听说您有赚钱的路道要分享，您是做哪行的？"

老板殷勤地给江荟递上名片，又是倒茶，又是让座。

江荟听出就是那个恐吓电话的声音，虽然换了一副卑躬屈膝的嘴脸，笑得也是谦卑有礼，可他语气里自带的强势，本性上见利忘义的贪婪，难掩难藏。

"君子爱财取之有道，我来推荐一条财道，谈谈我们可以合作的方向，一起赚钱。"

老板听出了江荟的声音，"噌"地一下站起来："一个小裁缝有什么钱道可谈，难道你做一件旗袍赚的钱要分我一半？"抬起一只脚搁在沙发上，傲慢地让江荟有话就说，有屁就放，他的时间江荟耽误不起。

江荟指着婚纱店里的东西，不慌不忙说："新人要样样新，才吉祥如意，你的这堆破旧不堪的服装，谁喜欢穿，没有人穿，你赚什么钱。"

老板看了江荟一眼，眼睛看在天花板，散淡的目光，睨视江荟，说："拍个照而已，又不是穿着结婚的，多用几年不稀奇的。"

"拍照也讲究口彩，穿的衣服是破的，寓意不好，人家毕竟是新婚照。"

江荟拎起一件脱线的婚纱，又拿起一件掉了纽扣的西服，丢到男人身上，嗤笑道："你愿意穿这样的衣服结婚，不嫌丢人？"

老板看着衣服上的破洞，挠挠头皮不好意思了，谎称是员工在弄，他不清楚，但他搁在沙发上的脚放下了，催站着的员工去泡茶。

江荟随意地翻看衣架上的礼服，也以散淡的口吻笑着说："老板，有心想提高生意效益，可以谈谈。"

老板把一杯热茶放在江荟面前的茶几上，态度变得诚恳，谦和："江老板是做高端服装的，既然有备而来，不妨说说你的办法。"

"婚纱年年有新款，年轻人图的就是好看，你得顺应新人们的心思。"

"一笔婚庆生意雇人雇车花费挺大，添置费又是一大笔，越来越难做。"睁一只眼闭一只眼是老板的老套路，挣钱，少花钱才能生财。

江荟呵呵笑了，"买新的当然贵喽，改造呀，把纱换新的，加点花样点缀，有变化才能博眼球。当然，修修补补比做新衣服要繁杂的多。"

江荟点到了问题的关键，悠悠喝着茶。

老板急了，敢情你被我恐吓了一回，是来报复羞辱的，气恼地朝江荟喊："服饰翻新不要钱的。"

"这么大牌子的裁缝找上门，你还看不见呀，这种吃力不赚钱的活，只有我好心人，才上门揽到自己头上，看你急火攻心，连恐吓的事情也做得出来，才主动上门，替你分忧。" 江荟指了指自己，自我推荐道。

"重新做不行，又不是一家店，这是要我关门。"老板的头摇得跟拨浪鼓似的，眉头紧蹙，他心疼钱。

"你这也不肯做，难怪没生意，我真瞧不上你家婚纱店，你就不会想一想，把店里的婚纱礼服逐步翻新一下，各个店里互相流通，资源共享。你看看，你不是有照片吗？调剂一下现存的资源，你不会不懂吧。"江荟一字一顿地说，看着店里的员工，也看老板。

老板傻看江荟，一时没明白。

"把脏的，破的服装捡出来了，我给你洗干净熨烫整齐，破纱换新纱，用小成本翻新服装，达到赚钱的大目标。当然，我所做的一切是要收取合理的费用。"

老板看看杂乱无章的三大柜子服饰，摸着自己的脑袋，江荟说的有道理，服装只要是新的，干净的，漂亮的，有人欢喜才乐意来，他掏点小钱投资，值得。被江荟点醒的老板，摸着脑袋不好意思地笑。

"分批清洗，弄整齐了送来，顺便培训下员工怎么整理衣架。"老板的思路清爽了，下达了命令，双手撑腰，看着三个大柜子礼服婚纱，乱哄哄的挂在一起，空衣架扔在一边，他忍不住上前动手。

员工一看老板亲自动手，忙不迭上前拿下衣架，找出堆在柜子下面的服装，拎起来挂上，婚纱归婚纱，男人的礼服归礼服，把男女的服装先分开挂好，破的，脏的挑了出来，搬动了一番，老板仍然觉得不满意，招手让江荟过去， 你既然说起来一套套的，来指点下员工，算培训，他出费用。

江荟把空衣架用记号笔编号，A打头的西服，单号衣服，双号裤子，以此类推，B打头的为婚纱，C打头的为配饰，让员工根据编号分类放在三个柜子里。

一顿操作，第二次分类后的衣柜，老板巡视了一遍，满意点头，对员工要求，以后按照江老板今天的方法来做，不得懒惰，他会随时抽查，作为工作考核的一项内容，有奖有罚。

将会让员工清点地上的脏衣服，找个纸板盒子装进去，她拍了拍衣服上的灰，对老板说："我把最脏的拿走，一个礼拜后后给你送来。"

"洗，熨，改，加上培训员工，价格好说。"老板大手一挥，能够改变面貌，赢得生意，他凡事好商量。

江荟拿出两份合作协议书，交给老板。

老板接过协议书笑了，这个女人滴水不漏，是个材料。

江荟提了一个附加建议，如果客户对你的礼服不满意，可以介绍客户到她的工作室现做，旗袍，结婚礼服都可以，作为你店里资源不足的补充，介绍一个客户可以抽百分之五红利。

老板签字同意，笑着对江荟说："你步步设局，醉翁之意不在酒，在这里等着我呢。"他只要百分之三。

江荟也笑了，生意很小，装饰些小玩意的手工活，姆妈可以做，赚的是功夫钱，实打实花时间力气，借次宣传宣传她的旗袍。

有钱大家赚，江老板爽快，我们合作愉快。老板在两份合同上签下大名——路有范。

世上没有永远的敌人，只有永远的利益。

江荟伸手跟路有范友好地握了下手：合作愉快。

一周后江荟按照约定把洗干净，修补整齐的服装，送到路有范的店里，修改过的婚纱添加了古风，异域的风格，挂在柜子里确实亮眼。江荟送货后，又指点员工把搭配的鞋子，小道具放到了衣柜相关的位置。

路老板来到店里查看，询问了员工一些细节，拨了个电话。

"江老板，一个月内，给店里的全部员工换新工作服。"

十五

刘可章来江荟工作室，试穿一袭中袖的枣红色长旗袍，如考察一个项目，细致到挑剔，在落地长镜子前左看右看，扭过脑袋还要看后背。

江荟连忙把另一块穿衣镜移到刘可章的身后，让刘可章看清后背的曼妙，问她，姐，喜欢这款吗？

刘可章不回答，把旗袍下摆翻起来，细看行针是否匀称。

第一次面对严谨的刘可章，江荟有点心慌，她再次主动打破沉闷。

"姐，你身材丰腴，皮肤白皙，最适合穿旗袍，来一件。"

刘可章微微一笑："行！"

"同款吗？还是给姐做个新款。"江荟拿出了旗袍设计图，递给刘可章。

刘可章没接，把旗袍脱下来交给江荟，又去看了其他几件旗袍，摸盘扣，查看钉盘扣的针脚，对比着，跟江荟有一搭没一搭聊开了旗袍。

"做这样的一件旗袍需要几天？"

"从裁剪到完成五天，不算苏绣，姐急用，可以加班赶一赶。"

刘可章很认真地看江荟，如看一个功课预备不充分的学生，面对老师突然袭击检查，陪着小心，江荟的勤奋认真又有才能，刘可章逐渐了解并信赖，她朝江荟含蓄一笑，认真地告诉江荟，不是给我一个人，是 18 个女老板。

江荟看着刘可章，有点不相信，"18 个，女老板？"当她的目光与刘可章的在空中相碰，撞出了火花，江荟还是迅速回避。刘可章则安静地逼视江荟。

"县里组织女企业家去日本考察，活动中有个联谊晚会，计划穿旗袍走秀，秀一把中华服饰美，时间有点紧，五十天。"

出国服装？江荟掂量出里面的分量，这份订单是个艰巨的任务，刘可章考察她的裁缝技术后才告诉她，对她的手艺是满意的，时间上局促，可以找帮手，能不能拿下，看江荟有没有这本事。

见江荟没有立刻应承下来，刘可章表示，江荟拿下这活儿，她给老板们找走秀的指导老师，机会对江荟而言是难得的唯一，她要不要一搏，随她决定。

"姐，尽快安排时间给女老板量服装尺寸，她们挑了布样，我去苏州丝绸市场买布料。"

刘可章展颜一笑："如果感到勉强，我安排老板们玩别的游戏。"

江荟的决定影响着刘可章的安排，刘可章把自己绑在这单生意上，愿意一起承担风险和责任，江荟深受鼓舞，她的回答很朴素，但很坚定。

"姐，不给您丢人。"

"问苏欣借帮手，学着借借力。"刘可章拍拍江荟的肩膀，算是放心把活儿交给她了。

刘姐连师姐都考虑进来了，她的周到细致面前，江荟还能说什么，还有什么可担忧的，拿出真本事，患难见真情，这不仅仅是一单生意，是江荟能否在丰城立足发扬的机会，江荟点头。

"明天下午一点，老板们集中苏欣的电大教室，你拿上布料样品本，旗袍款式样本，量了尺寸，让她们自己挑。"

三个女人一台戏，二十来个女人聚集在一起，电大教室里好不热闹。

刘可章指挥老板们完成三部曲：先跟苏欣登记。然后拿了表格找江荟量尺寸。最后挑布料，旗袍款，填入表格交给苏欣。

江荟看到师姐苏欣捧着一叠表格，脸红了，自己没想到的师姐做了，师姐的表格设计很专业，旗袍每个部位需要的尺寸，都预留了填写的空格，省时省力，清晰明了。

父亲生前夸苏欣，是徒弟中最心思细腻的，缝纫成就也是最高的，从她的细致周到可见一斑。

刘可章的严谨，苏欣的细心，都是江荟之前没有体察到，在关键时刻，她们呈现专业的，认真的，严谨的工作态度，给了江荟信心，也给了她榜样，她把软皮尺挂在脖子上，铅笔横叼在嘴上，认真进入工作状态。

苏欣穿的旗袍，是江荟根据师姐的高挑身材，修改父亲的设计图做的，苏欣穿着新旗袍，也是展示给老板们看的，一进门，她们就上前摸苏欣的旗袍，眼中闪着小星星，羡慕极了，一听做旗袍的师妹专修旗袍专业，气质卓越的企业老板们一见江荟，直呼"江老师"，叫得江荟脸红。在事业有成的老板面前，她谦虚，认真，再谦虚，再认真。

苏欣不时抬头看门外，她在等候同门大师姐王菊珍。

王菊珍迟到了。

她在电大门口听到教室里传出的熟悉笑声，心情大好，这些女人也疯了，为了一件旗袍放下工作，还开心得忘了形象，真是时代变了，旗袍得了市场。王菊珍羡慕会做旗袍的裁缝，趁机有心来挖宝。

王菊珍发现江荟在量衣服，心里"咯噔"了一下，欲退出来。

苏欣已经看到她，朝她招手。老板们热情的喊声也朝她涌来："王厂长，我们在挑布料了，快来参谋参谋。"

做旗袍的师傅是江荟？怎么可能，师傅都不会做旗袍，没教过她，江荟怎么会？王菊珍不相信小丫头有这本事，一定在替别人量尺寸，她是打工的。

苏欣腾出半条凳子。王菊珍一坐下，眼睛就盯着苏欣的旗袍。

"自己做的？"

伸手一捏，真丝弹力缎的料子，意识流的花纹如行云流水，色彩洇开又糅合自然灵动。

"站起来，看看。"

苏欣个子高挑，皮肤白皙，五官漂亮，穿旗袍减龄不止十岁还加分，美人配美服，特别好看，怪不得老板们兴奋，以为她们穿了旗袍也像苏欣一样美，也不看看自己，腰粗得像水桶，手糙得如沙皮纸，敦厚身材的中年人，穿一件旗袍就能让自己回到最美的年代，做梦吧。

王菊珍的心里活动，都在脸上。

苏欣拉了拉王菊珍的手，目光转向埋头量尺寸的江荟："小师妹第一次接大单。"意思让王菊珍给小师妹撑撑腰捧捧场。

王菊珍这才明白，小丫头长能耐了，能独当一面，怪不得在医院张狂得不肯让步，自持身怀做旗袍的手艺傲娇了，她在心里冷笑，初生牛犊不怕虎，与政府合作，丫头，有你哭的时候。

王菊珍用不屑的眼神看着苏欣的旗袍："她做的？"

"师父生前留下的手艺，小师妹拾起来了。"苏欣没有正面回答，"玩命似要把师傅的手艺继承下来，还去纺织学院专门进修旗袍设计。"

能去纺织学院进修，有些门道。一丝不苟工作中的江荟触动了王菊珍，老板们亲热喊"江老师"的声音传到王菊珍的耳朵里，特别刺耳，她深知，要令这些见过大世面的老板信服，丫头得有真本事，她的服装厂如果有个像江荟那样的设计师多好。

王菊珍梦寐以求。

王菊珍低头看布料样品，陷入矛盾中，她竟然羡慕起江荟的手艺，问题是，自己做还是不做旗袍，王菊珍犹豫了。

苏欣的手肘碰了一下王菊珍，指着布料样品和款式图样，问她喜欢哪一个？拿出表格来填上姓名，要把布料的编号填进去。

"我厂里有老师傅会做旗袍，不麻烦你师妹。"

王菊珍一言既出，立刻后悔了。倒是苏欣，白了她一眼，笑着反问了一句：

"不是你师妹？"

王菊珍愣了一小会儿，与苏欣心照不宣的低头偷笑，说起来，真是的，她还是大师姐，不该吃小师妹的醋。何况，师父不在人世，她这个大师姐该拉一把小师妹。

她们俩先后拜江才福为师。苏欣是自由职业者，在电大教人裁缝是兼职。江才福死后，她是唯一一个保持跟桂淑兰的来往，逢年过节去看望师娘的徒弟，江荟不在家的三年，师娘和师弟有事，都是她操的心。

王菊珍走的是服装界的仕途，走到服装厂副厂长岗位，面临企业转制大潮，她独立承包服装厂转为私有企业，忙，分身无术，最后一次见师父江才福是在他的丧礼上，师父走后，她没有去看过师娘桂淑兰。

江荟的余光看到王菊珍跟苏欣坐在一起窃窃私语，她做了心理准备，不看僧面看佛面，因为云齐，给愿意给王菊珍一个柔和的态度，不管王菊珍不屑的眼神，朝她冷漠地一瞥，江荟忽视这些不美的表象，把她与老板们一视同仁。

苏欣已经从王菊珍的谈话中，了解到她的信息，喜欢的旗袍，布料，苏欣伸手去捏王菊珍堆积了脂肪的厚肚皮，笑她又胖了，又在王菊珍下垂的肥厚乳房上乱抓，被王菊珍没好气地打掉，称她"女流氓"。没承想，苏欣不生气，说，女流氓喜欢看屁股，搬过王菊珍的身体，盯着她的屁股看，点评道，你的屁股更大了。

王菊珍好气又好笑，似乎被苏欣惹恼了，起身要走。

正好刘可章点名王菊珍，催她上前量尺寸。

王菊珍无奈走到刘可章跟前，悄声说："科长，我的旗袍自己解决，不麻烦江荟了。"

刘可章看了王菊珍一眼，又看了江荟一眼："你确定你的厂里有人能赶上江荟的手艺？"

"当然。"王菊珍很自信地告诉刘可章，"厂里老师傅的老手艺，还是拿得出手的，联谊活动穿出来你就知道了。"

"提前一个星期，穿了旗袍来彩排。不许缺席。"

刘可章没戳破王菊珍的自尊，她所谓的老师傅的手艺，会被初出茅庐的小裁缝江荟甩进黄浦江，恐怕连露面的机会都没有，王菊珍自诩服装界大姐，她所有的任性后果都有她自己承担，刘可章负责任地追问了一句："真放弃？"

王菊珍爽快地跟她挥挥手，跟苏欣挥挥手，跟老板们挥挥手，摇摆着微胖的身体，得意地离开电大教室，离开江荟。

江荟看着王菊珍离去的背影，很惆怅，外事无小事，这也太藐视，太狂妄，刘可章要每人一件，王菊珍的一件不能拉下，江荟的内心不希望王菊珍在外事活动中行差踏错，希望她有出色表现，展示中国女企业家的卓越风姿，可您不留下尺寸，怎么给您做旗袍，有心也帮不上。

江荟只有叹了一口气。

云齐接到他妈王菊珍的电话，问他，要送件旗袍的承诺，能不能早一点兑现。

云齐肯定地回答，到时间会给她。

"最多半个月，我要拿到旗袍。"王菊珍朝儿子下了命令。

云齐一口答应，顺嘴多问了一句："穿漂亮旗袍要去哪儿？"

"日本考察。"王菊珍的回答言简意赅，漫不经心中透着骄傲，太随意，惹得云齐哈哈大笑，觉得他妈真幽默，想穿江荟做的旗袍还要找个不靠谱的借口，扯那么远："去日本考察，为何不说上月亮散步，不是更高调更离谱。"

电话那头的王菊珍听到儿子的保证把手机盖一合，往沙发上一仰，得意一笑，儿子，你又入坑了，这批旗袍出来，检验了江荟的手艺，想法把她揽到自己的麾下。

有了这样的想法，王菊珍暗暗告诫自己，以后遇到江荟客气点，大度点，有点大师姐的样子。

江荟看着王菊珍的表格里的两个信息：香云纱，中袖，苦笑。

刘可章把全部表格交给她时，悄声告诉她，王菊珍的身材大体跟她相似，屁股更饱满些，借用她的尺寸作参考。都知道王菊珍的傲脾气，都在暗中使劲帮江荟，苏欣是，刘可章也是，问题不在尺寸，而在于她的态度，有意为难江荟可以忽略不计，若要求江荟把旗袍送上门，没问题，以她不考虑大局为重的个性，若出国后也要犟一犟，不肯穿江荟做的旗袍怎么办？

刘可章看出了江荟的忧虑，撞了撞江荟的肩膀，丢了个眼神给她："尽管做，我有办法，不怕她不穿。"

江荟笑笑，答应刘可章，她明白这也不是问题的所在，她跟王菊珍前世有怨，今生每次碰面都要掐架，才是江荟的心事。

刘可章拍拍江荟的肩："辛苦了。"

晚上，江荟把表格摊在案板上，给老板们配设计图，脑子里不断高频率地回放老板们的神韵气质，17 个人像马灯似的在她的脑海里走秀。

人到中年，事业繁忙，因为职业，因为阅历，老板们的审美品味独到，很想给自己一份独特的美，把内心珍藏的爱美之心暴露在江荟面前，把自己当做小公主宠爱一回的小女儿心思，也泄露无疑。

时间已近半夜，经过江荟多轮的排列组合，终于把 17 个老板的旗袍款式搞定，画下旗袍的设计草图，一番烧脑操作下来，她累惨了，脑袋发胀，颈椎发酸，她靠在椅子背上伸了个懒腰，把头努力往后伸，拉一拉僵硬的脖子和背脊，直一直委屈。

云齐递来一杯热水，顺手整理江荟的表格，翻看标题为《丰城县赴日女企业家联谊会服饰——旗袍》的表格，心一动，原来不是玩笑，真有其事。

王菊珍的表格，没有尺寸记录，江荟怎么把他妈落下了。

云齐一边整理一边问，"荟儿，有没有落下的？"

"一个不少，17 个，妈呀，累死我了。"江荟的脑袋在椅子靠背上转动，颈椎发出沙沙的声音。

"有个空表格，她没来？"

"说让厂里的师傅做，不给我添麻烦。"

江荟扭头看到云齐思索的脸，苦笑了一下，轻声骂："老骗子。"看破不能说破，笑着跟云齐说："去买料子的时候给王厂长多买一块，她的一纸介绍信等于给了我一个绝好的上升台阶，给她也做件旗袍作回礼。"

江荟当然明白，云齐已经听懂了，而且，会拿到尺寸。

云齐的热吻落在江荟的额头，一句辛苦了！又把她拥在怀里，不管江荟如何反手揉着他脑袋上的头发，把对王菊珍的不满发泄到她儿子身上，手插进他的发间，手指轻轻的，慢慢地梳理他的黑发，一如梳理自己的慌乱，在云齐沉沦缠绵前，云齐听到了江荟下达的指令：

陪她去苏州买布料。

江荟每周有三天去纺织学院进修，师姐苏欣加盟，江荟如虎添翼。江荟不在工作室，苏欣与工作室的两位缝纫工成了缝纫的主力。

苏欣有一个缝纫铺，在电视大学兼任教学"裁剪与缝纫"，周六周日连续两个晚上，主要培养外来的年轻人，教他们一些缝纫的技能，白天，她关了缝纫铺，泡在江荟的工作室，做缝纫活，或者跟师娘一起，用裁剪下的零碎布料设计相配的盘扣，全身心地投入终有回报，紧赶慢赶，第一周完成了三件旗袍。

刘可章第一个来试穿，她要验货。

江荟从衣架上拿下素绉缎中袖旗袍交到刘可章手里，欢喜地催她："刘姐快试试"，其实心里很忐忑，她不知道按照老板们的心愿做成的旗袍，在刘可章的眼光里是否出彩。

刘可章拎起旗袍，看到一旁的桂淑兰和苏欣同样以期待的目光等待她穿旗袍，她像个小女孩不好意思的一笑，抱着旗袍躲到屋里。

旗袍很合身，端庄的套装换了旗袍，人的气质不同，她安静地看着镜子里的自己，从未这般优雅，轻轻拉领子，扣好盘扣，抹下裙摆，旗袍跟着她的腰身一起扭转，旗袍的贴合度合适，转过头看了眼有点厚实的后腰。

不相信镜子里的是自己，刘可章有一霎间的恍惚，自己竟也可以这般雍容。

江荟推门进来，问她怎么样，上下打量着刘可章，围着她转了一圈，直嚷："刘姐，你不穿旗袍亏了。"刘可章饱满的身材，凸出的地方有山峰，平坦的肚子加上屁股还微微后翘，富态"S"形，完全把旗袍的气质撑起来了。

刘可章扭捏地走出房间来到大家面前。

苏欣第一个对她鼓掌："漂亮！"

桂淑兰看刘可章，眼里全是温柔，上前帮刘可章把所有的盘扣都整了整："身材单薄的人穿旗袍撑不起来，你恰到好处。"

"真的。"刘可章脸上开了花朵似的，对苏欣说："真的好看呀！"

苏欣边把她的中长发用皮筋发箍扎好，用发夹在她脑后挽成一个小发髻："噱头，噱的是头发。"刘可章光滑的脖子露出来，有圆润的下巴，白皙的皮肤。

"自己瞅瞅，成熟美人，婀娜多姿，女人味道十足。"苏欣用一连串的词语夸刘可章："连我都要爱上穿旗袍的可章了。"

江荟拿出了一条长丝巾，搭在刘可章的旗袍上。

刘可章轻轻一甩，垂下来的长长丝巾，轻轻摇晃，是另一种曼妙，一袭合适的旗袍着装，颠覆了刘可章保持的朴素、简练的衣着习惯。美极了。

"刘姐，以后穿旗袍上班，那是国服。"说话间，江荟把丝巾挂在刘可章的脖子，让她随意走几步，丝巾摇曳，随意摇摆，风姿绰约。

"丝巾当配饰，另一番韵味。"

刘可章承认自己是喜欢极了这款旗袍，把江荟的工作室当做了走秀的舞台，每一个转身，每一个动作，每一个定位造型，她脚步坚实，头自然而然微微昂着，自然可爱，保持了高贵优雅。

"我找到了模特走T台的感觉，感觉甚好。"刘可章有点不好意思，眼中的光，脸上的笑，正颠覆了她朴素的半辈子，人到中年才发觉，旗袍很配她的气质。

江荟拿出了一大把丝巾，让苏欣和刘可章给老板们的旗袍配上一两条。

"苏欣，给老板们开一堂，讲一讲服饰搭配，如何做发型，老板们太缺乏这方面的修养。"

"先把你打扮得老唐认不出，托住下巴惊呼走错了门。"

苏欣的话，把四个人逗得开怀大笑。

王菊珍的旗袍要参照刘可章的身材，才是她来串门的主要原因，却有意外收获。

江荟给王菊珍先做了一件无袖真丝睡裙，真丝的垂感好，淡蓝色花纹做睡衣也很安静，打算让云齐带回家看他妈穿了看效果，拿出来问大家，妥当吗？

苏欣觉得不用那么麻烦，她跟王菊珍坐在一起对她动手动脚，还问她一些穿衣习惯的问题，在刘科长的旗袍尺寸上做适当修改，她相信自己的手感拿捏很准。

"云老师怎么答应他妈的，按照他答应的条件做，别节外生枝，师娘，你说对吗？"

桂淑兰一直念着王菊珍给江荟安排工作的恩情，云齐又住在他家，叮嘱江荟，挑好的料子做："菊珍喜欢出风头。"

刘可章估计王菊珍的旗袍大概也做好了，阿荟做的，她直接带到日本，给她个惊吓。市场经济了，她的日子不好过，王菊珍傲慢的个性适当的惩戒很有必要："王厂长的脾气得改一改。"刘可章轻描淡写地说了一句。

刘可章的话，代表着官方对王菊珍的评价，江荟懂，刘可章的这句话是说给她听，也是说给云齐听的，她把手里的设计图铺在裁剪案板上，喊苏欣来，让她说说哪些地方需要修改。

苏欣拿刘可章做模特，回想王菊珍结实厚实的身形，指出："顺着旗袍的腰节线，把臀围的弧度往外扩大四分，往上胸部放一分。"她提醒江荟，让可章下周再来试试，感觉下。

江荟不得不佩服苏欣的手感，有着几十年的专业素养积累，人称老法师不是浪得虚名。

江荟把修改好数据的设计图交给苏欣，让小师姐给大师姐做，如果她挑剔的话，师姐妹之间怎么聊都行，她在电大量尺寸，看出了苏欣可以拿捏住大师姐王厂长，把给王菊珍和刘可章买的布料拿了出来交给苏欣。

刘可章不懂布料，自己选的咖啡底色带花纹的布料稳重大气，她伸手就摸，香云纱的料子真的很舒服。

这才是她去日本要穿的旗袍。试穿的旗袍是试验品，江荟送给刘可章的。

苏欣拿起王菊珍的那块青色为底的料子抖出来在自己身上一披，走了几步跟桂淑兰商量："大师姐性格豪爽，穿旗袍让她温婉一点，这件旗袍底色有点嫩面，做盘扣用同色系深一点的布做嵌线，压压场。"

桂淑兰同意，刘可章的旗袍盘扣要嵌同色系浅一点的颜色，底色沉稳，盘扣做得轻盈一点。桂淑兰把她的藏品盘扣拿出来，其中一对碧绿和浅绿双色的琵琶扣如碧玉，奢华，低调，不失灵动。

刘可章说不要太花哨了，她的旗袍不能只在走秀的时候穿，上班时穿老气显得稳重。

"可章，香云纱的料反面也有花纹，利用这个特性，双色琵琶扣，有'大珠小珠落玉盘'的活泼元素，打破稳重咖色系的沉闷，庄重中不失可爱，更注重整体美感。"

刘可章对服装是外行，见识了桂淑兰的盘扣像艺术品，苏欣的灵动一直是她欣赏的，她同意，试一试，苏欣说的盘扣艺术。

苏欣又向江荟演示了裁剪连袖大襟衣服时，胳肢窝的处理，与运用在大襟旗袍裁剪上的操作手法，为江荟贡献了一个资深老裁缝的全部经验。

十六

王菊珍的恼恨，在刘可章拿出旗袍一抖的刹那，油然而生。她和刘可章住同一个房间。

她把宝蓝色的旗袍从行李箱拿出来一抖，旗袍"哗"的一声，在刘可章面前造了声势，王菊珍才挂上衣架。

刘可章可劲地夸王菊珍的旗袍，重磅真丝垂感好，宝蓝色富丽配王菊珍的气质，老师傅的缝纫技术有功底，针脚密实缝线笔直，旗袍款式古色古香，带着三十年代的古典味道。

最后还夸王菊珍的旗袍比照片上的旗袍美多了，到底是搞服装的行家高手，独具慧眼且眼光毒辣，瞧，领子袖子的搭配给旗袍添光加彩。简直夸上了天。

王菊珍心里美滋滋的，刘可章在单位出名的实诚，她说好看就是真的好看，王菊珍难得谦虚，客气地说还行，厂里的高级定制，师傅纯手工，流水线怎么能比。

嘴里哼唱起沪剧唱段"为你——打开——一扇窗，请你看——一看，请你望——一望……"翻动着小姑娘时在宣传队里学的兰花指，骄傲地摆出要么不做，要做就要最美的得意，她的"望"还没唱完长韵，歌声戛然而止，望不下去了。

刘可章的手里也拎着一条旗袍，深咖色织花的，对着窗户的玻璃高高举起，轻轻一抖，旗袍就静静地舒展出婀娜，极具神采地展示中国风的神韵。

此时无声胜有声。

王菊珍闭上嘴，收住兰花指，偷偷瞄了一眼刘可章抖动的旗袍，香云纱重锻，识货的王菊珍顿时神采黯淡，摸了摸自己的脸，情绪从高亢转到低沉，眼睛不由自主被刘可章的旗袍吸引，熟练地盯旗袍眼——全开衩的旗袍，一排巧夺天工的琵琶盘扣，把她引以为傲的一字扣，碾压得无地自容。

那排盘扣真美！如一排旋律，一曲老上海的小调《花样年华》的余音缭绕。

纯手工的琵琶盘扣，脱离了传统的做法，用双色布料互相缠绕而成，精巧的扣子是小琵琶，搭襻是大琵琶，大珠小珠落玉盘，耳畔似乎闻听到叮咚作响，可谓盘花。

王菊珍只是听师傅讲过，师傅说起，眼睛都会发光，今天见了，王菊珍的眼睛也是闪着光的，可这光，很快就暗淡下去了，这是刘可章的旗袍。

刘可章真老辣，真可恨，留了一手杀手锏，江荟，只是一个幌子。

"科长，旗袍是请哪儿的师傅做的？"

王菊珍想知道做旗袍的师傅是谁，比旗袍本身重要，她需要优秀的设计师加盟，有了这位，江荟靠边站。

"江荟做的，上面有商标，注册过的商标。"

刘可章漫不经心地回答，让王菊珍后悔得想跺几脚，后悔离开电大教室，后悔没有参与集体计划，更后悔费了一番心思做的旗袍，当睡袍穿都心生嫌弃。

肤浅了，没有摸清江荟的底牌，苏欣说，她拿师傅的手艺发扬光大，师傅的这个手艺从未示人，不知者不怪，可自己夹在尴尬的境地，骑驴难下，怨谁？

羞辱自己的，是自己本尊。

王菊珍坐在床头，头一次觉得自己该找个地洞遁行，躲过那场联谊会，目光扫雷似的把刘可章挂在窗口的旗袍，从领子，盘扣，收腰，下摆圆角狂扫了一遍，无处不完美，细节更体现出旗袍的高级品质，确实完美，近乎精品。

王菊珍是搞服装的，观看过大大小小的服装展示，眼界可谓不浅，可面前的这件旗袍，她真想揽过来，自己拥有。不可能的事，越想越懊恼，王菊珍深深吸了口气，急中生智。

"科长，我的旗袍跟你的风格不搭，估计跟大家的都不搭调，穿上台不好，怎么办呀？我不参加联谊会了。"

果然老奸巨猾，反应敏捷，把麻烦球踢给刘可章这个组织者。刘可章微微一笑，轻描淡写地拒绝。

"走个秀而已，别介意，各领风骚就好。"当初王菊珍离开的背影有多拽，这次就要让她有多衰，好不容易逮住个机会治你。

王菊珍低下头，心里早已兵荒马乱，仗着看过上百次服装走秀的优势，走台一直站在 C 位亮相，站在舞台最中间醒目的 C 位，她是骄傲的。而联谊会上，她将穿着宝蓝色的旗袍，像小丑似的，被一群高贵的女人簇拥。

王菊珍想不下去了，自己将成为日本舞台上最丑的 C 位，出丑出到国外，搞笑搞得上不得台，下不得台，这些年，她忘记了服装除了保暖还有展示美的作用，每一个走秀的模特华服加身，才把自己烘托得高贵优雅，即使面瘫脸也一样被羡慕，服装才是被人铭记的成功标准，才是打开市场的唯一标准。

王菊珍突然害怕站 C 位被聚光灯聚焦，她坐在床上把自己坐成了雕塑，丢人丢到国外，她埋怨江荟故意的，见她进门到离开始终没有跟她打招，连笑脸也不给一个，如果她笑意盈盈地上前给她量尺寸，当她是十八人中的一个，她也不打笑脸客，绝对大人有大量，不跟臭丫头一般见识。

臭丫头！臭丫头！

臭小子云齐，嘴巴没毛办事不牢，说好的旗袍没有按时送来，儿子真是滑雪衫，表面好看，贴心贴肺替她着想真的不行，枉费我把你送到国外读书，书都读到哪儿去了。

王菊珍舍不得埋怨儿子，算了，算了，他工作太忙，男人事业为重。自己怎么办？等着联谊会上出洋相。王菊珍坐不住了，得想个办法补救。

她抬头，看到刘可章又挂出来一条旗袍，青色底的香云纱织花布料，色彩比第一件艳一些更好看，莫非柳暗花明又一村，王菊珍的眼睛里闪出一丝惊喜。

"科长带了两件旗袍？"

王菊珍大胆上前，摸旗袍的布料，轻轻翻看盘扣，如一只只可爱的凤凰，定盘扣的针数都是一样，讲究，她的脸上抑制不住的喜欢，要是自己穿上一件不就完美了吗？走秀穿一穿。

刘可章轻轻拍打旗袍，其实旗袍上什么都没有，再弹一弹上面的盘扣，带着欣赏的喜悦把旗袍往前举起来，往身上摆一摆，自我欣赏也很陶醉，又轻轻抖一抖，香云纱发出轻微的沙沙声。

王菊珍的心都要抖起来了，高级香云纱！

她开始有一搭没一搭跟刘可章闲聊，话题围绕她们两人身材差不多，年纪相仿，青色靓丽旗袍适合刘可章的白皙皮肤，老气横秋的咖色似乎王菊珍也合适。她没合适的旗袍穿，上台

147

丢她一个人的面子不要紧，拉低大家的好气质，丢了集体的脸，甚至是中国人的脸，她可担待不起。

王菊珍观察刘可章的脸色，说着话，把自己挂起来的旗袍揉成一团塞回到行李箱里，意思再明白不过，我认输，我认栽，怨我不识货，你是领队得帮我。

刘可章慢悠悠地整理自己行李箱的东西，一副不管我啥事的冷漠，王菊珍对这次做旗袍表现出多冷漠，刘可章回馈给她的就有多冷漠，刘可章摆出从未有过的不好商量。

刘可章整理好箱子到卫生间洗手。

王菊珍紧跟着站在刘可章旁边，挽起刘可章的手臂，然后，走到刘可章背后，两个人背对背，对着镜子比身材。

"可章，我比你胖，你的身材管理不错的，如杨贵妃般丰满。"

刘可章忍不住一笑，一扭身，王菊珍对着她作揖，脸上明显写着"求你了"三个字，让王菊珍这般谦虚，不容易，刘可章认真看了王菊珍三秒，很无奈地说："我的旗袍第一次给你，为了走秀。"

王菊珍得令，把咖色旗袍拿下来："就这件。"要去卫生间试穿。刘可章的眼光淡定，看着王菊珍把身上的衣服一脱，把旗袍穿上。

"啊呀，有点紧身。"

旗袍把王菊珍的肥厚的臀部包得太紧绷，真丝布料不经撑，王菊珍心里一急，紧张得连盘扣都扣不进去。

"小心盘扣。"刘可章上前帮王菊珍把盘扣扣了几粒。

王菊珍不敢坚持，镜子里那个贵气高雅的女人，此刻一点脾气都没了，她站在镜子前不知该脱还是绷住不脱，喜悦变成了失望，比没有希望更让她难受。

她的目光转向衣柜里的青色旗袍，看了刘可章一眼，怕她说一样的尺码，咖色的穿不了，这件甭想穿。

"试试吧。这件布料贵，想多穿几年，让江荟放宽了尺寸。"

王菊珍听到了刘可章贴心的鼓励，如天籁。

把咖色旗袍脱下来的时候，王菊珍怕旗袍会疼，连兰花指也翘了，手指轻盈，穿青色旗袍的动作迟缓，带着敬畏的仪式感，她怕旗袍再次绷紧在身上，捏起旗袍的侧边扭动了下身体，有点宽余，才大胆地把凤凰盘扣一一扣好。

刘可章帮她把领子拉直，把后背抚平，拎起下摆放好，对旗袍特别的珍视。

"这件似乎可以。"

王菊珍把肩膀打开，低头看着旗袍收腰的地方，把她腰部的赘肉遮住了，臀围也是恰到好处凸起，她整个人挺起来，双手很自然重叠放在身前，笑眯眯等待刘可章。

"王厂长，放松。"

肩膀，腰身，都很服帖，王菊珍的前凸后翘，被香云纱自然的垂感所掩饰，只有富态的丰满，刘可章走近看，退几步看，绕了一圈看，心想直夸江荟，好手艺，好细心，把握挺准。

她把王菊珍的肩膀往后掰了掰，让王菊珍走一走台步试试："转个身，凹个型，摆出你在 C 位亮相。"

王菊珍照做了。

"感觉怎么样？"

"心情美丽极了。"

王菊珍看到刘可章松了口气，同意借出这件旗袍，她似乎看到了，中日女企业家联谊会，中年女强人卸下一贯的雷厉风行，演绎中国旗袍风韵逸致，华美典雅的东方美。

正式上舞台，王菊珍敏锐地直觉恢复了，旗袍轻盈摆动的幅度，贴合她脚步的自然摆动，轻柔荡漾的节奏下，她深信，这件青色旗袍是为她量身定做的，与她站立的 C 位，相得益彰。

我要带回家。

王菊珍嘴上不敢说，毕竟她没有留下尺寸，儿子也没问过她的衣服尺码，她需要这件旗袍的裁剪数据，以及设计图纸。

"科长，你这件旗袍尺寸给我抄一份，太适合我了。"

"你没量尺寸，不知道江荟有没有。"

刘可章很轻松，一切推给江荟，最好王菊珍上门找江荟要，打破两人的僵局。

"王厂长今天表现太棒了，众星捧月。"

刘可章当面称赞王菊珍，又在心里佩服江荟，这个善良聪颖的姑娘，真是用心。

"谢谢科长。"

王菊珍真心感谢，丰城服装大姐大靠借衣服撑场面的新闻传出去，用脚趾头想，她这个服装厂老板当得真差劲，被同行笑掉大牙王菊珍不怕，被后世贴笑大方，怎么行。

王菊珍小心翻出旗袍侧面的商标，"云相荟"的中英文商标，她的心"砰"的一跳，这小丫头鬼精鬼精，注册了商标，仿冒是违法的。

"中日企业家联谊活动的旗袍秀"，在长岛电视台，长岛的报纸杂志的宣传下，轰动了日本。

联谊会活动视频在丰城电视台播放后，旗袍不再是电影里的明星服饰，开始走进丰城的寻常百姓家，丰城掀起了一股旗袍热。

回国那天，刘可章通知老板们，"穿上旗袍，在长岛机场再走一场秀。"

王菊珍接过刘可章递给她的旗袍，冲她意味深长地一笑，此刻，王菊珍的心很柔软。她得偿所愿。

十七

　　刘可章收到市局发的通知才知道，王菊珍的服装厂自行设计制作的旗袍作品，参加"上海市纺织系统旗袍大赛"，获得二等奖，市局通知这个奖项的获得者凭本通知，和获奖证书复印件，参加市局为期一周的服装设计活动。

　　刘可章很头疼。她预感，送去参赛作品是江荟送给王菊珍的那件旗袍，带着"云相荟"的商标，她必须把王菊珍冒用别人的设计作品这事压住，王菊珍丢了在丰城服装界的地位和颜面事小，再派她单位的人去参加设计活动，搅浑这趟水，刘可章分管的丰城县工业局企业科，应她科长的不察之责，殃及整个行业。

　　往深处想，唯一能救场的是江荟。由她参加设计活动，于公，她代表丰城的服装企业的设计水平。于私，获奖作品出自江荟之手，再一次展示个人设计的能力，让努力的人有机会上更大舞台，也算实至名归，才是这件获奖旗袍带来良好效益。

　　证书复印件，相关获奖作品的介绍，王菊珍已经送交局里档案室，缺了获奖作品的照片，这个狂妄的女人，关键的资料空缺，可见还是心虚。

　　而云齐保存了所有走秀旗袍的照片。

　　与王菊珍碰面，已经不可避免，刘可章要把参加设计活动的名额给江荟要过来。

　　王菊珍正哼着沪剧，翻看小本子上画的旗袍设计草图。

　　从毛阿敏在南斯拉夫国际音乐节上，穿淡绿色的旗袍唱歌获大奖，她捕获到传统旗袍焕发新的生命的时刻到了，开始送厂里的设计师到苏欣的电大学习，请苏欣到厂里给工人做旗袍缝纫工艺的指导，四处物色会设计旗袍的裁缝。

设计需要灵感，更需要天赋，怎么可能轻易就碰到。

王菊珍去日本前收到了要上交参赛作品的通知，作品可以是设计图，也可以是成衣，才有了她怂恿工业局领导，搞旗袍机场秀的招数，计谋得逞，她把旗袍穿回家，旗袍获奖她高兴没几天，随之而来的消息把她搅得想遁形。

市纺织局举办"中国风旗袍"设计活动，为1990年9月北京亚运会的热身赛，亚运会首次选择旗袍作为礼仪服装，纺织局通过旗袍设计赛，挖掘民间的能工巧匠，设计亚运会的礼仪旗袍。作品评比结束，组委会要求获得一二三等奖的单位，派出获奖设计师参加市里的设计培训，王菊珍获了奖却没有设计师，她抓紧时间把她画的老板们的旗袍图中，挑选最简洁的两款，让厂里的设计师速成学习。

刘可章姗姗来到王菊珍办公室前，看到了王菊珍正在研究的旗袍图，是她在日本偷偷画下的。

王菊珍明知刘可章为获奖旗袍而来，只要旗袍不现身，她依然很笃定，她忘了，她是借的旗袍，有借有还。

"王厂长，恭喜呀。"

刘可章的开门见山王菊珍并没领情，她收起图纸放进抽屉，对刘可章笑道："今天刮什么风呀。"起身给刘可章倒了一杯茶。

"知道王厂长忙，也不能耽误领导们给企业打分，看，我带着照相机，给获奖作品拍照，然后老规矩，要一份获奖证书的复印件，获奖作品介绍，局里保管企业资料要求完整数据。"

王菊珍依然不急，笑盈盈地跟刘可章解释："获奖作品在展示，等组委会通知把作品送回来，我让助理把照片送到局里。"

刘可章听出了，王菊珍的缓兵之计其实不想把旗袍送还，这女人是鬼精灵中的奇葩，已经猜出是专门为她做的旗袍，装糊涂。

聪明人之间打交道简单，也费心机。

刘可章绕过王菊珍的有恃无恐，说："见一下获奖者，领导有口头通知带给她。"

王菊珍的脸色微微一震："通知交给我吧，我转达。"就是不肯请设计师出来。

刘可章推说不妥，来送通知的，本人亲手拿到通知，才能回去交差。

王菊珍笑着拨了个电话，摁了免提，对着电话喊："设计部的王主任来一趟厂长办公室。"

电话里果然传来声音，王主任出去了不在。

王菊珍搁下电话两手一摊，真不巧："要不，等她回来我让她去你那里听口信。"

刘可章不能让王菊珍演下去，看似淡定的无所谓地说："设计部主任来取了通知也没什么大用，她去参加旗袍设计培训活动，估计没这设计的本事。"

王菊珍的笑僵在脸上，全厂五百多人加在一起也无法超过江荟的设计本事，谁去，结局都太难看。刘可章没有直言她的获奖作品是盗用她人作品，来一趟是为了借这个通知，跟她要个人情，推荐江荟去，顺水人情而言。

"科长有合适的人选，推荐给我，我给技术员待遇，如何？"

"看她在活动中的表现吧，庸才，王厂长也不会欣赏。"

刘可章的太极也是练了多年，她知道王菊珍打的什么鬼主意，不见老鹰不撒手，同意参赛只是借口，留下人才是目的，江荟要不要留下，由不得王菊珍做主，先送江荟参加培训，随后温和地笑笑："我转告她。"

王菊珍眉头一挑，有希望，吐出两个字"不送"。算是许诺了刘可章，由江荟参加活动，待刘可章离开，她从抽屉里拿出小本子继续研究，她跑到老板们的房间偷偷画的旗袍草图，此刻成了她心中的一团乱麻，越研究心越乱。

刘可章拿着加盖了政府图章的通知到江家，一家人正在欣赏云齐编辑的纪录片。

纪录片从江荟去苏州采购布料开始，与丝绸店老板洽谈合作，工作室里与裁缝师傅一起研究，桂淑兰和江澄联手做盘扣，旗袍成品挂出，老板们走秀成功的过程，云齐添加了"步步高"的背景音乐，DVD机与电视机连线播放，呈现亲临现场的逼真感。

桂淑兰端了一碗喷香扑鼻的玫瑰花红烧肉，据说，江才福在上海做裁缝时，给隔壁饭店的扬州老板娘做了件旗袍，老板娘喜欢旗袍，才传授的菜谱，菜谱来得不易，吃一顿更不易，江才福规定，过年以及家里人过生日，要吃。

新鲜的五花肉，每块切成铁塔砧大小，在开水里淖淖水，再用冷水冲洗干净放进铁锅里，清水加到肉块没顶，烧开了又焖一个钟头。肉的香味把江澄的馋虫勾起来了，好几次跑到厨房要夹了白肉解馋，被桂淑兰赶出去。

江澄只能在一旁观看饱眼福，看着姆妈在砂锅底铺一层薄薄的姜片，把焖酥的肉一块一块夹出铁锅排在姜片上，倒入锅里的肉汤，加料酒，盐，浓红酱油，一些冰糖，最后放进去一小簇红玫瑰干花，开着锅盖用小火慢慢收汁。

闻着锅里四溢的肉香和玫瑰香，江澄的口水几乎流出来："姆妈，教我。"

"儿子，把盘扣做漂亮，就有肉吃。"

江澄看着姆妈，挠挠头皮，回去做盘扣。尽管，他很想学做做菜，给姆妈，给姐姐，给云哥哥，给小义做，姆妈只让他学做盘扣。

肉端上桌，饭菜放好，桂淑兰感到手脚有点发酸，有点接不上力气，她留刘可章一起吃饭，自己到房间里歇一歇。

"桂姨，我吃过了。"刘可章坐在一旁看纪录片，分享他们的欢乐。

江澄夹的第一块肉，放到了小义碗里："很好吃。"

小义夹起碗里的肉，塞了自己满满一嘴，又接连吃了两大块，嘴边流油，嚷着要多吃一碗饭。

这个丰盛的夜晚，江家终于迎来了他们的丰收日，欢乐应该让全家人共享，让全家人心满意足。刘可章跟江荟使了个眼色，起身告别。云齐出来相送。

"刘姐，谢谢您！"

"江荟努力所得，好好待她，是个实诚勤奋的姑娘。"

"会的。我妈让您为难了。"云齐说这话的时候有些踌躇，在丰城人面前王菊珍是个人物，在刘可章面前，云齐不用护短，他知道亲妈有几斤几两。

刘可章带回来的照片，女老板们的出场，气场排开，最后亮相的镜头，王菊珍如大明星般微微昂起头，优雅高贵，藐视全场，霸气十足。云齐第一次看到母亲微笑的仪态，精致利落中透出优雅，他非常感激刘可章。

刘可章笑了："王厂长有范儿，不愧为老缝纫人。"

"她一直想优雅。"

刘可章笑着说："王厂长无心栽柳柳成行，成全了江荟，也是一桩美谈，云老师，不是一家人，不进一家门。"

云齐点头："谢谢刘姐的斡旋，帮了荟儿。"

"她会有好的发展。"刘可章朝楼上看了一眼，"愿她步步高升，平稳发展。"

云齐点头，这次老板们的旗袍，震撼全场的效果，出乎云齐的意料，荟儿的成长是几何级的，她大踏步往前，云齐该考虑让江荟离梦想再进一步。

屋里，江荟把老板们的旗袍设计图摊在案板上，要带几件有代表性的旗袍参加设计培训，说是培训，其实就是把设计稿拿出来。

小义和江澄在争谁的妈妈漂亮？

"我妈妈。"小义肯定回答。

江澄慢一拍地回答："我妈妈。"

云齐马上欢快地参加进去，抢答："我妈妈。"说完哈哈大笑，走秀的母亲，很漂亮，是他从未见过的，荟儿的旗袍，把他的妈妈打扮成众星捧月的中心人物，他左边一边右边一个，搂着两个男孩，朝江荟那边望了望，悄声对江澄和小义说："我们一起喊，'我们的妈妈是世界上最美丽的女人。'"

小义点了点头，回头看见外婆在笑，低头轻声说："外婆和妈妈都好看。我没有见过爸爸的妈妈。"他很抱歉地看着云齐。

儿子心中的遗憾何尝不是云齐的遗憾，他也问自己，儿子何时能够见到爷爷奶奶。

江荟朝小义和江澄喊："快拥抱一下美丽的妈妈。"

小义抱住江荟的瞬间，云齐也抱住了江荟。

江荟捧着云齐的脸，认真问他：

"看到你心里的公主了？"

云齐摇头："我的小公主是江荟，看到妈妈的另一面优雅很欣慰。荟儿，谢谢！"

云齐抱紧了江荟，抱紧他至亲至爱，至诚至真的眷属。

"假以时日，王老板会是一个时尚妈妈。"

"希望在我们的婚礼上，她这般优雅。"云齐双手合掌，低头一拜，脸上很快闪过一丝遗憾。

云齐拷了一份纪录片，寄给一个叫涂强的丝绸店老板，他编辑时，添加了江荟在他店堂翻看丝绸，与涂强交流，以及签订合作约定的细节，这份纪录片，涂强放在店里反复播放，音乐换成了轻柔，优美的"好一朵茉莉花"的旋律，与店里各种丝绸产品，与整个丝绸市场交相辉映。

苏欣也拷贝了一份，做教学资料。

云齐帮苏欣的修改，以江澄做盘扣为开头，镜头上，江澄胖胖的手指，慢悠悠不失灵巧，适合初学者能看清一枚盘扣完成的过程。而江荟抖开一段丝绸，画线，裁剪，以及缝纫的录像，作为苏欣开设旗袍裁剪班教学资料，江荟已经答应，去师姐的新班讲课，传授旗袍缝纫技术。

"云老师，你真贴心。"苏欣把纪录片放进DVD，镜头出现了她和江荟一起研讨旗袍包边的缝纫工艺，旗袍裁剪的细节要点，非常适合初学者，非常适用于苏欣做课堂教学用。

"师姐帮的是大忙，我借花献佛。"云齐很谦虚。

旗袍，盛开便是一朵高雅，瑰丽的花。

十八

江荟到达组委会指定的设计活动地点——夏阳湖度假村，与五位设计获奖者，以及纺织学院服装系的四位教授在会议室集中。

盛华主任代表组委会把设计要求的打印稿，分发给大家，根据上次设计获奖类别，六位设计者分三组，每一组有一位教授做导师。

江荟与纺织学院的大三学生齐鸿姑娘一组，两人都是设计长旗袍取胜，组委会要求她们设计开幕式礼仪小姐着装旗袍，活泼秀丽；闭幕式上的礼仪小姐旗袍，华丽典雅。

导师黄秋英教授，对江荟和齐姑娘说了指导性的一句话："发挥你们的专长特质。"

江荟和齐姑娘对视了一下，更糊涂了。

齐姑娘面露难色，跟黄教授悄悄抱怨："我的设计风格是简洁明快，获奖的也是一款清新亮丽明快的短旗袍，让我把古典和现代的美糅合成秀丽，典雅，华美，已属勉强，让长旗袍活泼，太难了，不伦不类。"

两套旗袍应该是一个风格的系列，把两个风格不同的设计师的设计合并，连贯和承袭有点难。江荟低头思考，在教授面前，她没有把自己的观点亮出来。

"要不，我和姐姐分别设计两套，让教授您定夺。"齐姑娘见江荟不接茬，替黄教授做了决定，歪着脑袋问江荟：

"姐姐，你看呢？"

齐姑娘的提议倒是合乎江荟的想法，江荟不可知否。

黄秋英微微一笑，把波浪长发往后甩了下，坐在沙发上的屁股稍微抬了抬，双手贴紧臀部把身上的旗袍往下捋了一下，又把腹部打皱的地方往下抹了一抹，冬天的厚旗袍，在她的一番伺候下，腰围稍显臃肿，整体看起来挺括优雅。

散会后，江荟和齐姑娘手挽着手臂去导师黄秋英教授的房间。

三人坐定，黄教授指定齐姑娘，负责开幕式的活泼秀丽，而江荟成熟，把闭幕式的典雅华丽尽情发挥出来。

齐姑娘是学院派，教授们首肯自己学生的作品，是给自己脸上贴金，给自己的教研成果添上亮丽的一笔。黄教授袒护自己的学生，江荟理解。

黄教授端了两杯热水过来，一杯递给齐姑娘，江荟连忙把另一杯接过来："教授客气了。"

"齐鸿的建议可以，你们按照要求设计，把各自看家的本事拿出来，咱们丑话说在前头，这次设计宗旨是合作完成，结果出来，不论谁的设计被选中投入生产，另一个设计者的名字要排在后面。"黄教授特意盯了齐姑娘一眼。

江荟看着黄教授得体的笑容，妥帖的话语，朝齐姑娘点头一笑，两个人都愿意："听教授的。"

"那好，旗袍细节的设计处理，我跟你们单独聊，毕竟风格不同么。"

江荟和齐姑娘异口同声说好，两人回到房间，开始工作。

组委会给了五天的时间完成设计，审核定稿，跟指定的生产厂家设计师做对接，节奏很紧凑。

江荟有备而来，她带了自己的设计图来的，典雅与轻快，古典与秀美组合的两张设计图，腰部尺寸采纳父亲的经典，用她花季少女的尺寸，礼仪小姐年轻貌美，细腰只有盈盈一握。

第三天晚上，她去黄教授的房间，把设计稿摊在教授的桌上，跟教授谈自己的设计初想，与教授做进一步推敲。

黄教授没有对江荟的设计提出疑问，让江荟回去再琢磨琢磨，第四天，教授们对完整的样稿图作审阅。

琢磨的结果，江荟的开幕式的旗袍，妩媚轻快，突出秀丽。闭幕式的滚边旗袍，凸显典雅华美。江荟把琵琶扣的样式画在图纸的右上角，作为设计图配件。

江荟的设计全票通过入选，当天，服装生产厂家来人跟她对接，一些细节处理也做了详细交待，拿走她的设计图复印件，以及三对不同样式的琵琶盘扣样品。

外行看热闹，内行看门道，三对琵琶盘扣到了服装厂厂长的手里，见了宝贝，跟她签订了八十八件长旗袍的全部盘扣的手工制作合同。意外的惊喜，鼓励江荟，妈妈和弟弟的这门小众手艺有生命力，值得继续传承。

江荟开着房门，等待云齐来接她。

隔着窗户，她欣赏湖对面的水上图书馆，隔着波光粼粼，在凉风中，涟漪柔美的波纹，蓝水环抱的图书馆，远远看去如一艘停靠在河面上的船。

高跟鞋咯咯咯的声音直驱房间，映入江荟眼帘的是一张怒气冲冲的脸，黄秋英教授拉着行李箱站在她面前，涂着鲜红指甲油的食指几乎指在江荟的鼻子上，跟手指甲一样鲜红的嘴唇，哆嗦着。

"算计我，丑女人，独占设计活动的红利，休想！"

江荟连忙跟她解释："教授，设计图纸上，指导导师是您，齐鸿的名字写在我的后面，我都做到了。"

黄秋英鲜红的嘴唇里吐出一个词："狡辩，"举手朝江荟扇过来。

江荟的头一低，让过了黄秋英的手掌。

黄秋英咬牙切齿指着江荟，一字一顿说："休想再进纺织学院的大门。"

"黄教授……"江荟惊愕地看着黄秋英一双漂亮的杏眼，失去了往日的傲娇，闪着轻蔑的光，怒视她，脸上色彩随着情绪的变化由青转为红，连手中行李箱也当敌人，愤恨地拎起来，重重地放下去，对着江荟叫嚣：

"没我贴心贴肺的悉心指导，你能入选出圈，呸，凭什么跟我抢荣誉，你也配上服装设计的大舞台，癞蛤蟆想吃天鹅肉，做梦去吧！我警告你，别跟人说认识我，呸！"

黄秋英一顿歇斯底里地发泄，拉着行李箱，想挺直腰背，脚下不稳，人与行李箱，都摇晃着离开。

160

门外的云齐，安静地看着黄秋英离开。

他先去看望了盛华主任，得知江荟获奖的作品马上投入生产，同时已申请了商标注册，替江荟高兴，没想到看到了黄秋英对江荟人身攻击，和恐吓的一幕。

江荟眼中含泪，神情茫然，抱紧云齐，眼泪顷刻间滚滚落下，"我们回家。"

云齐牵着江荟，看她颓废的样子不适合见人，推着行李箱离开了宾馆，没有带她去见盛华。

江荟被齐姑娘和穿大红羽绒服的同学拉住了。

齐姑娘扑闪的大眼睛，像 x 射线把江荟从头到脚扫描了一遍，轻声告诉江荟，学院停止了你的进修资格，不让你旁听。

"为什么？"江荟问。

穿大红羽绒服的姑娘轻声告诉江荟，黄老太喜欢别人的创意，不满足她，会在背后耍手段，轻则流言蜚语，重则警告处分，开除学籍。

"我没得罪她。"

齐姑娘提醒江荟："姐，盛主任给你的获奖设计申请了专利，她捞不到好处急眼了，恼羞成怒。"

原来如此。

穿大红羽绒服的姑娘神秘地告诉江荟："老黄被解聘了，离开了纺织学院，她被人举报恶意中伤，盗窃别人的成果，这次，搬起石头打自己的脚。"

齐姑娘眼珠子一转："姐，老黄走了，你的冤枉可以澄清，你问问盛主任，我们遇到困难也都喜欢找他，比较公正。"

江荟来不及多想，她渴望这次进修能够圆满，心里着急，脚下着急，她气喘吁吁直闯盛华的系主任办公室。

"盛主任，既然黄教授是诬告，为何还要停了我的进修。"

盛主任坐在办公桌前伏案写东西，听见问话，抬头见江荟要哭出来的样子，明白她已经知道院里的处理意见，连忙起身把江荟请到沙发上坐下，

"江荟，别急。"盛华起身给江荟倒了热水。

"盛主任，我想完成后面的进修课程。"

盛华不能告诉江荟，黄秋英无法"借用"江荟的设计图计入她的教学成果业绩，迁怒盛华和其他两位教授，污蔑盛华是老狐狸玩阴招，指使江荟跟她对立，她以"你不让我满意，我不会让你舒服的"报复心。要不是云齐收集证据，绊倒黄秋英，他也会靠边。

"江荟，你的事情我跟院长室解释过，学院出于对名誉的保护，严格审查进修生，是规矩，不是针对你。"

江荟默然，不舍有何用，教学楼，图书馆，弥补了她的大学梦，短暂的进修时光，她终生难忘。

盛华主任语重心长地告诉江荟："不要迷恋学院，社会才是个大课堂，能人巧匠都在民间，专注于自己喜欢的事业，相信自己的旗袍设计会走在时尚前列。"

盛华主任从书柜里抽出一张画报，摊在办公桌上让江荟仔细阅读，问她。

"'中国杯丝绸之路服装大赛'，参赛者要设计一个系列共五件作品，你要不要试试？"

"是旗袍吗？"

"不全是，但你可以用旗袍。"盛华把大赛的要求复印了一份给江荟，"回家考虑，准备应战。"又从文件夹里抽出了一张打印纸，她获奖作品专利申请，"主办方同意用'云相荟'的设计商标，参加'丝绸之路'，你可以用个人品牌，代表自己参赛。"

江荟懂盛华主任的盛情好意，她不会放弃旗袍设计，机会是给努力的人准备的，江荟眼睛一亮："我要参加！"

"古老的艺术中，敦煌已经被很多人喜欢，飞天的服装有人青睐，你的'云相荟'有着与飞天异曲同工之妙，隔着时空的千年传承，你可以从敦煌中寻找设计灵感，借鉴他们的艺术手法，打开你的脑洞，伸展你思路的触角，跟你最擅长的旗袍结合，大胆去做，更大的舞台等着你。"

"江荟，不要被一时的困难捆住手脚，禁锢了思想，勇敢朝自己的目标前进，你奋力跨越时，世界会为你打开一条顺畅的通道，展现灿烂的远景。"

江荟点头，她带着一腔怒气而来，被盛华主任指出的新希望消化了，她连声道谢。慢慢走在学院大道上，江荟的心中有很多的不舍，她的大学梦，只为她展示了短暂的魅力。

她把书包夹紧，紧紧抱着她的新希望，她要全力以赴，破茧为蝶，乘风而飞。

白玉兰尖利的枝条，直刺天空，刺骨的寒风丝毫不讲情面地刮向她的脸上，脖子里，似乎冷气吹进了心里，侵入了骨头，江荟感觉特别的冷，好像要把她冰冻了。

迷糊之前，有一点她很清醒：要全力以赴参加"中国杯丝绸之路服装大赛"。

十九

丰城的夜晚华灯初上，天气寒冷，仍由行人沿街散步，浪漫而亲近。

云齐不懂如何挑香烛，看得眼花缭乱，问自己也问江荟，挑什么样的蜡烛,冷不防脑袋上被人敲了个栗子头,抬头,王菊珍的鼻尖与他的只有一个拳头的距离,母子俩大眼瞪着小眼,互不示弱。

王菊珍的手,还在云齐眼前晃动,似乎还想再来一记栗子头。

"妈,你来干嘛?"

"这么好看,我也来看看。"

云齐语塞。

"阿姨好!"江荟上前问候。

王菊珍的眼睛在云齐与江荟之间来来回回好几趟,儿子说学生晚自修要值班要备课,还有学生要辅导,找了那么多理由,为了方便与江荟同居了?可婚房里没有江荟的任何东西。

王菊珍狠狠瞪着云齐:"不好,看见你们在一起就不好。"

目睹王菊珍咄咄逼人的气势,云齐冷了冷的脸很快恢复了温和的笑容,跟王菊珍说:"妈,我的未婚妻,江荟。"

"呸,呸,呸。"王菊珍连呸三声,一张脸上挂了冰霜,盯着儿子严厉地质问:"一点都不懂得忌讳,平时教你的礼节都喂了狗。"

云齐很尴尬,自己又点燃了母亲的情绪,江荟被她呸得满脸通红,如被人踩住尾巴又疼又无法挣脱,垂下眼皮,一副任你打骂的委屈样。

突然,云齐一只手抓住江荟,另一手拉起王菊珍,把两个人往店外拉,边走边说:"大街上敞亮,大灯光照着,百无禁忌。"

王菊珍甩开了儿子的手,目光死死盯着江荟。

"痴心不改,你够长情的,凭你怎么耍手腕,云家不会让你进门。"

江荟与王菊珍再次狭路相逢,正好观察云齐的态度,她抬头看到他鼓励的目光，她不再掩藏自己的感情，也不再担忧王菊珍对她的态度，清楚地告诉王菊珍："我们一直很相爱。"

"你也配说爱。"王菊珍的讥笑是针对江荟的，她见不得江荟与云齐缠绵的眼神交流，傲慢地刮了一眼江荟，转向云齐，换了一副慈母的脸，附在云齐耳畔低语："周末回家一起商量。"王菊珍分明看到云齐眼中的惊喜，他理解为商量结婚的事，王菊珍暧昧地一笑。

云齐很爽快地答应王菊珍，他和江荟的婚事被母亲认可，幸福来得太突然，得来全不费工夫。

王菊珍贪恋江荟的设计天赋不是一天两天，一心要把江荟收入麾下，冷待江荟，是看丫头能否抵挡云齐的热恋，听从云齐的话，进服装厂当设计师，她丢下了鱼钩，没有棒打鸳鸯。

谋事在人，成事在天。王菊珍等待云齐回家告诉她答案，美好愿望值得期待，分别时，她给了江荟一个淡淡的笑容。

听见屋内的王菊珍开怀大笑。

云齐不免一喜，母亲心情愉悦，如喜鹊报喜，令他信心倍增，今天可以把事情搞定。

推门，王菊珍与一个长发飘飘的姑娘亲昵地窝在沙发里，翻看相册。

"凤儿不让哥去接你。"

没人答应。

沙发里的姑娘不是妹妹云凤，而是在英国读书时的同学盛彧，纺织学院系主任盛华的宝贝女儿，云齐与盛华的忘年交，盛彧牵的线。

盛彧介绍来英国考察的父亲与云齐相识，初衷是叫老父亲考察云齐，她很欣赏很喜欢朴实、勤奋的云齐，已经在心里给他留下了重要的位置。

盛华接触云齐后成了忘年之交的哥们，他甚至警告女儿，
"云齐有心爱之人，切不可为难云齐。"让盛彧郁闷至极，老
父亲还振振有词，叫"帮理不帮亲"。当得知老父亲委托云齐
多多关照她，盛彧对父亲的怨气一笔勾销，夸盛华是个好父亲。

不料，云齐提前完成论文答辩，回国了。

"盛彧，贵客！"

"来看看你。"

盛彧看到云齐的眼睛发亮，痴心不改，她粘着云齐的妹妹
云凤一起到丰城，醉翁之意不在酒，她要看的是云齐心爱的姑
娘，那个让云齐牵肠挂肚，奋力拼搏提前完成学业的女子，究
竟是何方神兽，把云齐拽得紧紧的。

她笑吟吟地从沙发里站起来迎向云齐，淡黄色羊毛衫，白
色的裤子，清新得如春天校园里的一棵小树，上前轻轻地拥抱
了云齐。

王菊珍侧头看着两人相拥，满含笑意对云齐说："很般配。"

"妈，盛彧是个小妹妹。"

云齐立刻阻止了王菊珍的话，明知道他的来意还这样调侃，
成心回避关键问题，云齐不能让母亲在盛彧面前说三道四，拿
出长袖善舞给人画汤圆，彩色的，漂亮的，却是空心的，有时，
还真能够麻痹人。

"说了多次要去查你们兄妹的读书，云齐回来了也没去成，
幸亏盛彧贴心，看她的相册解了我多年的思念之情。"

云齐笑笑，母亲的场面话，是说给外人听的，她不会只是
看风景那么简单。

盛彧哪里洞悉王菊珍想看儿子跟别人的合影，她不相信六
年里儿子只惦记江荟，而拒绝美好的女孩。

"妈，相册是盛彧的宝贝，你翻翻还给她。"云齐提醒王

菊珍。

"怎么没有你们俩的合影呀。"王菊珍问盛彧。

"他从不跟人拍照。"

王菊珍看云齐的眼神带着探究。倒是盛彧，一脸坦然。

"盛彧的家世背景，个人学识，脾气性格，观察了两天，真的是百里挑一，错过了不会再有。"王菊珍果然当着盛彧的面开始挑事。

"妈，你想多了，门当户对还是要的，孔雀要配凤凰。"

王菊珍白了云齐一眼，摇着头假装惋惜，对盛彧说："我儿子太自知之明了。"

云齐从王菊珍不断变化的神情，猜出了她把在香烛店的承诺忘得一干二净，此时谈他与江荟的婚事，以王菊珍的脾气，不会搭理，这事，还得与父亲云有志商量，父子俩一起找王菊珍，家庭大事，王菊珍还是认同云有志是一家之主。

"盛彧，王厂长素来热情好客，对你这样优秀的后辈，她更乐于亲近，比自己的孩子还要亲，你在这里不要拘束。"

云齐要告别，见盛彧往王菊珍身边靠了靠："阿姨对我很好。"他主动邀请盛彧去江荟的工作室参观。

盛彧欣然答应，江荟，是父亲口中的奇女子，勤奋又善良，她起身跟王菊珍告别，手臂很自然地上前勾住云齐。

云齐一挥手，回避了盛彧的亲近："走吧。"

王菊珍冷眼看儿子与盛彧保持距离，朝盛彧笑笑，去吧，玩得开心。眼眸一沉，继续专心翻相册，其实，她在心里笑，云齐不是自讨苦吃，看盛彧怎么从江荟身边把云齐挖走。想到有了盛彧这个送上门的外援，不费吹灰之力把江荟从儿子身边撬走，她忍不住偷笑。

云齐手头有两件大事要办：一是江荟的店铺装修接近尾声，

要验收。二是江荟要参加五月份"中国杯丝绸之路服装大赛"，还毫无头绪。于情于理，云齐在忙，念着与盛华的相知，对他的敬重，他必须尽地主之谊把盛彧招待好。

盛彧坐在云齐的车后，想象着江荟，父亲夸她是聪慧灵气的设计师，云凤吹捧她是单纯善良的痴情人，她觉得，应是一个嘴甜手巧的小裁缝，透着小机灵。

三个人各怀心事。

"荟儿，盛彧来看你。"

江荟从缝纫机上抬起头，云齐身边高挑文静的姑娘，果然跟凤儿说得一样，好气质，好才学，站在云齐一起，很登对。

"盛彧，坐呀，别拘束。"江荟倒水，端茶，像个勤快的大嫂，笑如春风，口吐软语，看着家里的凌乱，不好意思朝盛彧一笑。

"来了两天，太麻烦王阿姨了，她人真好。"盛彧竟然忘了自己是来跟江荟示威的，一进门被软化，心里只有好好表现的幼稚想法。

江荟点点头："她是个热心的人，尤其喜欢有才学的姑娘。"

"其实，云齐才是大才子。"盛彧看向云齐的目光大胆而热烈。

"你也一样，女才子，更不容易，更珍贵。"

江荟的夸赞很真诚，盛彧很好受，在江荟面前，她不需要摆出自己清高，随和一点更显得她知性有礼，比起在王菊珍面前的拘谨，她对江荟，像跟老朋友见面，好奇地四处张望。

"旗袍，果然很有气质。"

盛彧走到了旗袍陈列柜前，隔着玻璃看旗袍，"真好看，太好看了，要是我妈看到，肯定挪不动腿了。"像个不谙世事的小姑娘，其实她也挪不动腿了。

"师母喜欢旗袍，太好了，盛彧，你知道师母买旗袍的尺码吗？”

"我陪她买旗袍，还是我出国前，她去机场送我一定要穿新旗袍，说，旗开得胜。前年回来，妈妈胖了点。"

"有了尺码，可以给师母做一件，盛彧，你看看这块料子，适合师母吗？"

盛彧脸红了："料子很合适，真的做呀，不好意思的。"她看到江荟一双微笑的温和的眼睛，她看到江荟身上的得体的格子旗袍，像个安静的女学生，盛彧闭上了嘴，真的难为情了，她放松过度，言多必失。

"师母知性优雅，我考虑适合她的款。"心意已经表达，江荟想知道盛师母的审美。

"妈妈喜欢在旗袍外搭披肩，很优雅，但跟我爸争论学术问题，常常面红耳赤，不顾形象，对学术研究，她很较真。"

江荟大概明白了适合盛师母的款，朝盛彧点头："这样，穿搭，旗袍的韵味更足。"

"盛彧，江荟的手艺很不错。让师母放心穿。"

云齐见盛彧推说不了解妈妈的身材尺码，补了一句。

这款料子，盛彧很喜欢，做了旗袍妈妈穿上，比她挂在家里的任何一件都漂亮，她不忍心酷爱穿旗袍的母亲，错过她最完美的旗袍。

"旗袍配上我姆妈的手工盘扣，一绝，盛彧，来，欣赏下。"江荟打开玻璃柜的门。

盛彧的目光焦点落在旗袍的盘扣上，如精致的花蕾，细细触摸，真丝缎手感舒服，缝纫工艺考究，参照她领略过的旗袍市场，盛彧已经给旗袍定了价格，太贵重。

"嫂子，你的旗袍太贵重，不能接受。"

"自己缝纫的衣服，没那么贵。"

江荟已经拿出了另外的三块真丝料子，来得早不如来得巧，她让盛彧挑一块，给她也做件旗袍。

"别别别，嫂子，无功不受禄，我得走了，坐下去要把你家搬空了。"

盛彧起身，才来没多久，江荟就要把两件高级旗袍送给她和妈妈，她从未收到过这么贵重的礼物。

"盛彧，一件衣服而已，你不嫌弃我的手艺，应允了，我抓紧时间做出来。"

"云齐，真不要。嫂子，我不能要。"

盛彧向云齐搬救兵，朝着云齐和江荟作揖道谢。

"盛彧，嫂子的心意，若喜欢，别客气。"

云齐没有帮盛彧，而是朝江荟："把料子抖开，让盛彧自己挑。"云齐高大的人站到小凳子上，伸手等着娇小的江荟，拿了一块布料递给他。

自觉配合，心意相通，这样的场面，盛彧看得眼热，心生羡慕。

三块布料很快挂到架子上，铺在其他布料的上面："凤儿也有的，嫂子给你们的新年礼物。"云齐跳下小凳子，"挑喜欢的。"

盛彧一下子明白，在云齐眼里，她跟云凤一样是妹妹，她跟云凤享受同等待遇——嫂子江荟定制的旗袍，一进门，她就得到江荟温和热诚的招待，江荟的真诚大方，是她接触过的女子中少有，面对江荟的诚意，她恭敬不如从命。

挑了块白底青花的真丝布料。

江荟把青花布料从架子拿下来，往盛彧身上一披，左右打量，夸赞盛彧有眼光，退后几步对云齐说，靛蓝衬出盛彧白皙的肤色，洋气高贵，兼具古典美，很配盛彧的幽兰气质。

　　盛彧觉得好笑，怎么一见江荟就缴了械，她的傲娇，留学硕士的清高，在江荟面前，不经意化为共情的小女生，乖乖看江荟把一条软尺往脖子上一挂，把一支圆珠笔夹在笔记本里交给云齐。

　　云齐无声地接过笔记本，趴在案板前，像个小徒弟，等候师傅发号施令。

　　一递一收，两个人还是没有一句话，交流都在动作和眼神里，所谓心有灵犀一点通，莫非如此，语言很多余，唯有深爱，才能深知，无声之处，两情相悦的幸福在流淌。江荟身上的那种笃定，安静，柔和，真心真情的实诚，打动了盛彧，令她折服。

　　盛彧想起了父亲的话。老人言，不听不行。

　　"荟儿，装修师傅让我明天去验收，你要一起去哇？"

　　"你去吧，带上红包糖果点心，把小义和江澄带上，他们等了很久要去看新房子。"

　　江荟捕捉到盛彧的疑惑，向她解释，这间工作室是她弟弟江澄的房子，他们住在小区的另一栋房子里，小义是他们的儿子。

　　"你们有儿子？多大了？"盛彧很惊讶，他们有两套房子，而她和父母在市区，住了三十多年，没有搬过家。

　　"出国前怀的。六年，荟儿一个人带大儿子。"云齐微笑中满含歉意，"荟儿是我的支柱，是我坚定完成学业的坚强后盾，她带大孩子，挣钱养家，置办家产，承担了这么重的责任。"

　　"云老师，又开小差到云端了。"江荟笑着对盛彧说。

　　盛彧低头，自己还在花着父母的钱，江荟年纪跟她相差不大，自立，自强，看她恬静如兰，似乎生活从未在她身上落下过一片雪花，一滴冷雨，一阵寒风，她暗自惊呼，还好刹车及时。此后，她只有远远看着他们一家幸福。

彻底放弃云齐，盛彧有一阵心如刀绞般地疼，她的身体不由自主地缩了缩。

"冷啦？把手臂伸直。"

江荟正在量盛彧细长的手臂，隔着毛衣，觉得手臂太细，问盛彧袖子是短袖还是中袖。

盛彧一时不知道如何选择，让江荟拿主意，挑你认为最美的款。挺了挺背脊，肩膀平直。

"很好的衣服架子，身材高挑，无袖的旗袍更能衬出知性，优雅的高级感。"

小义扑向云齐说悄悄话："爸爸，姑姑在做酒酿小圆子。"

云齐弯腰一把抱起儿子，让他喊盛彧："姑姑。"

盛彧沉迷在小义的神态里。

一双眼睛像云齐，一笑一颦神似江荟，这孩子投胎有技术，选择性挑选了父母的优点长，温润可爱，天真活泼，盛彧忍不住要抱抱小义。

云齐看着儿子。

小义难为情地摇头："姑姑抱不动。"把盛彧说得脸红了。

随着一声"来了"，云凤端着盘子，盘子上是五碗冒着热气的酒酿小圆子，一股酒酿的香甜味，从厨房间散开，在房子里弥漫。

"果然是亲侄子重要。"盛彧的话带着醋味。

"血浓于水，你懂的。"云凤把一碗酒酿小圆子端给盛彧，"给你赔礼了。"

云凤先招呼小义和江澄吃，才招呼大家趁热吃，她又去厨房，端着酒酿小圆子到沙发上，挤到小义身边要喂他。

"爸爸做的酒酿，好甜。"小义拒绝姑姑的讨好，自己吃得不亦乐乎。

云齐做的酒酿？

盛彧第一次吃甜蜜醇香的酒酿，竟然是云齐做的，甘心洗手作羹汤，这个男人心中有爱，喜欢烟火味的生活，盛彧见惯了父母生活上相敬如宾，学术研究上相互帮衬，觉得父母是她未来爱情生活的榜样，云齐和江荟的爱情婚姻的模式，她更向往。

嫁给爱情。

"盛彧，多吃点。"

江荟舀了一小勺酒酿，倒入盛彧碗里，端着碗坐在盛彧身边，悄声说："多住两天，我把旗袍做好了，你试穿。"

盛彧没有回答，酒酿糖水般甜蜜，清澈，轻盈的爱恋，平凡快乐，有一餐一菜的对饮，有一早一夕的陪伴，相守相爱，平凡踏实，一生一世一双人，心中太多的感慨，盛彧情绪有些低落，闷头吃东西，她听得江荟跟云齐说：

"明天带盛彧去逛逛丰华园吧。"

"好主意，丰华园是个新公园，有些文化故事作底蕴，小桥流水，亭台楼阁，颇有江南园林的味道。盛彧，上午去转一圈。"

云齐邀小义和江澄一起去。江荟说天冷，等天暖了带他们去划船。

小义嚼着嘴里的小圆子，跟江澄说："舅舅，我带你去划船。"没等江澄答应，小义追着问他，"送个盘扣给盛彧姑姑，姑姑，舅舅做的盘扣可漂亮了。"

江澄对小义的建议二话没说，去房间里拿出了一对嫩黄色的小金鱼盘扣给小义。小义转交到盛彧的手里，带了一句，与凤姑姑的一样好看。

云凤被亲侄子点名，忙不迭从包里拿出了一对蝴蝶盘扣摆在盛彧的小金鱼一起。

看似痴呆的青年，是个做盘扣高手，是其乐融融的环境开启他的智能，还是融融的爱促进他的大脑发育，盛彧不敢这样问，目光朝云齐扫了一眼，是一个怎么样的家庭，如此迷恋着云齐，让他心系，心醉，沉迷，盛彧为自己带着勃勃私心来到丰城，来找云齐，感到羞愧。

因为懂得，所以慈悲。

二十

盛彧和云齐结伴出游，盛彧明白，是第一次，也是最后一次，唯一一次。

云齐是个不错的导游，跟盛彧讲丰华园的设计者如何施展才华，集江南园林精华与民间收藏于一体，新旧结合的园林荟萃，传承和创新一起共存，设计具有清明建筑风格特色，古朴典雅、清静舒适的休闲公园。

"很年轻的园子。"盛彧环顾四周，"是丰城历史与未来的结合。"

云齐讲起了丰城的历史。

丰城从唐代天宝十年（公元751年）起，历经唐、宋、元、明，直到清雍正四年（公元1726年）建县前，长达975年的时间，丰华不减。丰华园壁照背面，镶嵌青石浮雕，是孔子七十二徒之九言偃，他在丰城传播学说，礼乐人民。

"言偃是孔子的学生中唯一的南方人，丰城地杰人灵。"盛彧说，"敬奉贤人的宝地，出才子，你沾光了。"

云齐点头，笑言不敢辱没先祖："盛彧，有两座园中园，我们先去看兴园。"盛彧巧笑嫣然，因为云齐陪伴，丰华园清冷冬景，别有一番情趣，"冬天来了，春天还会远吗？"她想起这句著名的诗句。

兴园门前的一块石碑上，记录了兴园的古往今来。原古兴园始建于明代，乾隆年间重建后再废，小园以池为中心，主建筑怡晚堂有三楹，单檐硬山顶，堂内陈设"福""寿"等为题的大型木雕，吸引盛彧的是"金陵十二钗"为题材的木雕壁挂，人物，景物雕刻得唯妙唯肖。

堂南临水，有养正书屋，适合赏花读书，有老人在对弈。池东宝稽轩，几位头发花白的老人在吹笛子，拉二胡，自娱自乐。远一点的翠竹林旁，有人在舞水袖，唱京腔。兴园是老人颐养天年的福地。

"云齐，等我们老了能这样琴瑟祥和吗？"盛彧顽皮地问，明知答案，她还是有些不舍。

云齐答道："好呀。"目光看着远处，扇亭、度鹤亭，在翠竹秀妍的寒风中，两座小亭相隔一汪小池水，隔湖而望。

盛彧要在翠竹下留影，想起王菊珍的话，笑着问云齐要不要合个影。

云齐笑而不答，举起相机对准盛彧。

摇曳的翠竹细碎的沙沙声，似乎代替云齐回答了盛彧，傻呀，连翠竹都懂云齐，盛彧岂能不懂。人的情感，有时就像经历百年的文物，也如一株株摄入镜头的植物，成为人生的珍贵纪念品，只深藏，不泄露。

"去秋水园吧，看一看南塘第一桥。"云齐站在桥上，看着丰华园的河面上，涟漪一波接着一波，很像他此时的心海，微波起伏。

一早，他把盛华和两位教授从市区接来，在丰华园东侧的鼎丰苑吃丰华名吃早餐，吃完早餐他们也来逛丰华园。

盛彧站在桥上，抚摸着古老的石头，问云齐："此桥被称为第一，是因为年代久远，有多远？"

"你算算，嘉庆四年，1736 年到现在。"

"255 年了。"

盛彧站在南塘第一桥南塊，有个诗碑刻有清代汝霖的赞桥绝句："先德重勤问俗轺，漫随竹马人风谣，南塘 0 浓于酒，佳句争传第一桥。"她指着诗句中的"0"，招呼云齐。

"这里留了个题目，怎么解？"

云齐凑过去一看哈哈笑了："你读过张弼的诗词吗？"

"读过，最喜欢他的一首《方文美画》，"盛彧轻声朗诵：

"花落春归客未归，仲宣楼上倚斜晖。

故园遥在三江外，绿遍蘼芜燕子飞。

我在英国常会在康河的小桥旁回味这首诗，想念故园遥在三江外，绿遍蘼芜燕子飞。"

"我倒是很喜欢他的一首《络纬词》：

络纬不停声，从昏直到明。

不成一丝缕，徒负织作名。

蜘蛛声寂寂，吐丝还自织。

织网网飞虫，飞虫足充食。

事在力为不在声，思之令人三叹息。"

云齐说，蜘蛛自织，和人的耕织，一样为了糊口谋生，生存是每个时代的人的本能需要，为之努力的动力。

他跟盛彧讲了小时候的一件趣事。

"我最无聊看外婆织布。外公担心我捣蛋，刻了几个木陀螺，扔给我一把细麻绳，喊来村里的小孩子跟我比赛打陀螺，陀螺的铁钉在泥地扎得坑坑洼洼，我害怕泥土场地不能晒麦子，谁知，外公有办法，竹扫帚把浮土扒拉来扒拉去，填回到坑洼里，洒了水，等水吸干，在上面慢走，浮土结实了。小孩子多单纯，为了得到外公编的蒲草小动物，每天来打陀螺。愉快的无与伦比的夏天。"

盛彧从侧面看沉浸在小时候光辉里的云齐，脸上短短的绒毛，温暖柔软，她有一种冲动要抱紧云齐，喜欢云齐那么久，爱的萌芽一直蠢蠢欲动，可她连云齐的手都没有拉过。

没有开始哪有结束。

没有开始就已经结束。

盛彧的上牙咬紧下嘴唇，努力克制自己，不去亵渎心中的爱情。

"盛彧，余庆桥边的东海亭，以张弼命名建造，他自称东海翁。"

盛彧被云齐拉着走进依水而筑的一座小亭子，两人在张弼的记事碑前停下。

"一冬天气暖如春，除夕将临更骇人。"盛彧觉得张弼写的是今天，是眼前，她抚摸着被云齐拉过的手腕。

"'欲向梅花问消息，不知桃李已争新。'这大概就是我未来的写照。这首流传百年的《冬暖》，写到了我的心里。"

盛彧面对暗恋多年的云齐，很伤感，但她的脸上依然是笑意盈盈。

亭子后面的河面上，梅花花瓣飘在水面，与远处小瀑布潺潺水声，一动一静，是春节前的冬日，盛彧感受到暖冬的安慰，开始便是结束，她来丰城的全部使命。

"张弼的足迹曾留在丰城，专门写了一首《丰城夜行》：踪迹劳劳愧野鸥，眠沙泛碧蓼花秋。烧灯夜发丰城道，谁信临江五日留。"

盛彧对云齐的解释哭笑不得，向他提出抗议，能不能不要这么绝情，我在你家住五日，你拿张弼的诗句来取笑我，"谁信临江五日留。"我自己信就可以了。

云齐爽朗大笑："盛彧，别为了一句应景的诗句破坏了心情，历史总是惊人的相似，你跟丰城有缘，跟张弼有缘，你们同样在丰城，待了五日，与名垂千秋的诗人同行一个小城，这小城的故事里便有了你，何其幸哉！"

一席话，说得盛彧几乎落泪。知交半零落。

在云齐的床上睡了五日，丝毫感受不到他的气味，原来他不住家里，与他同游丰华园，是她这辈子跟云齐最近的接触，刻入她一生的行程，也许，未来想起，会有一把泪，也会有一些安慰。盛彧心里有些空洞，有微风吹过，胸口微微的疼。她再次咬住了下嘴唇。

"弯弯绕绕的，走过了多少座小桥？"盛彧掩饰自己的失落，回身看着树影丛中的各类小桥，很好奇。

"丰城是个水乡，也可以称为桥乡。丰华园建有十一座桥。南塘第一桥起，启秀桥、接秀桥、香花桥、环秀桥、福寿桥、飞虹桥、小云台桥，我们都走过了。"

"桥多河长，有多少故事隐若其中。"云齐讲了另一件轶事，

从新场镇的外婆家回水墩镇十八里，走路要半天，走路怕累，云齐在新场镇的大青石桥上坐等，有船走过，问船公去不去水墩镇。他们只要说经过，就央求他们带他一段路，发誓一定躲在船舱里不露面，到水墩镇下船。

上了船，云齐活泼得跟一尾鱼似的，跟船公一起摇橹，看船尾被桨橹划开的河面水花朵朵，有时还会折一根芦苇划水，细长的芦苇划过一道水波，会很快融合，水真是奇妙，最有劲的，一条白鲢鱼跳到船头，被眼明手快的船工搃住了，熬成了一锅鱼汤。

"我吃过的最鲜美的鱼汤。"云齐回忆时，还咂巴着嘴，似乎他的嘴唇还留有那日的鱼鲜。

"看不出，你也是皮大王。"盛彧坐在元宝造型的石凳上，笑得灿烂。

"小皮猴一只。"云齐不否认，"挺讨人嫌。"

"你跟小义不一样，小义懂事得有点心疼。"

云齐的笑容有点落寞。

"小义，我心中的疼。"

盛彧听出了云齐心底的自责，家家有本难念的经，盛彧不再继续这个话题，她对小义的疼爱，也深藏。

"过了小云桥就是三女祠。丰华园的最后一个景点。"

"为何叫三女祠？是三个女孩牺牲的地方。"

"不是牺牲，是活埋，那是亡国的代价。"

春秋时代吴越争霸，越王勾践的铁骑逼吴王夫差弃姑苏城南逃，吴王夫差恐怕三个亲生女儿落入勾践之手，惨遭凌辱，就将三女活葬于此。历代有不少文人墨客曾前来游览凭吊，留下佳句甚多。

最著名的是宋代梅圣俞《三女冈》诗："吴王葬三女，因留此冈名。已化彼粲质，合有兰蕙生。婵娟夜月照，暗蔼朝雾平。古魂如未泯，不远阖庐城。"

王安石的《三女冈》诗写到："自古世上雄，慷慨擅功名。当时岂有力，能使死者生。三女共一丘，此憾亦难平。音容若有作；天乃倾人城。"

"做帝王家的女儿遇到个无能的父亲，家破人亡还要受侮辱，真是可怜！"

盛彧正踩着小碎步走上三女祠的台阶，却听见里面传来父亲盛华的声音，云齐还约了父亲。

她示意云齐不要上前，两人就站在台阶上，听里面的人评论夫差。

"夫差的性格，有'妇人之仁'，比较仁慈，比较保守，心态平和的君王，这种君王，作为和平时期的帝王，守城绝对称职，黑吃黑的战国时代，让他去开疆扩土肯定不行，对于城府极深，把周天子不放在眼里的勾践来说，两人不在一个级别，只得失去时势造英雄的大好机会。"

"妇人之仁，是帝王的致命缺点。勾践做了吴国三年奴隶，甚至肯为吴王尝粪便诊病，属于马屁功夫中的绝杀技，向夫差传达一种信息：我彻底臣服于你，你放心。对自己这么狠辣，对付敌手岂能手软。"

"想当初，夫差铸的夫差盂送给女人时，盂的肩部刻有 12 字铭文：吴王夫差吴金铸女子之器吉。君王的霸气十足，三个花一般年纪的女儿被他逼死，结局可谓悲惨。夫差后来自刎而死，也是他愧对女儿呀。"

盛彧的眼泪都要流出来了，云齐煞费苦心，借游园之名，谈古论诗，表明立场，不给她一丝妄想，又为了避免她孤单零落，把父亲请来，安排离开的盛宴，云齐，你可不可以不要这样周到。这份周到，伤了盛彧的心。

她委屈极了，哽咽着几步上前，抱住了父亲盛华的脖子，一声"爹爹"，把脑袋紧贴在父亲的胸前，眼泪在瞬间纷落而下，紧绷多日期待已久的心，化为了与父亲的惊喜相会，终于在父亲怀里释怀。

盛华的棉服胸前被女儿的泪弄湿了手掌大的一片。

"小彧，你怎么在这里？"盛华心疼不已，看到稳步上前的云齐，心里明白了，女儿还是放不下。云齐再一次拒绝了女儿。

云齐不放心盛彧。把他和教授们请来。

盛华一颗老父亲的心有些难受，他朝云齐投去责备的目光，既然不喜欢还这么亲近，还那么贴心。

云齐与盛华的眼神对上，坦然，笃定，他微笑着跟教授们打招呼，接上教授们谈论的行列。

"说起父亲，吴王夫差不配，盛华教授才是父亲的楷模，做他的女儿是幸福的。"

盛彧破涕为笑，低落伤感的情绪稍稍扭转过来，挽着父亲的手臂跟众人一起游园。

云齐与教授们的谈话神采飞扬，不时惹来盛彧的热情点评。

一群人朝丰华园大门口走去，人声笑声不时惊动丰华园里西湖边上的鸟雀，和正在孕育新希望的花草树丛，正如当年张弼在《花鸟图》描写归途的鸟儿。

"人来人去花不知，金衣鸟啼春满树。"

对盛彧父女，云齐深怀感激，盛华用他的能力支持他和江荟事业的发展，对盛华无论在情义还是道义的倾心而出，云齐视作恩情，重如山，难忘却，人生路上的良师益友，云齐记在心里，一生不忘。

二十一

江荟深陷一九九零年初春的时尚风，头晕眼花。

《HARPER'SBAZAAR》杂志，中国版本的《世界时装之苑ELLE》和《MarieClair嘉人》，时尚潮流的窗户一经打开，便如踢倒的一桶彩色浆糊，来不及一探，脑子被堵塞了失去灵感，她捕捉不到需要的时尚信息，云齐说"他山之石可以攻玉"，江荟被他乡之风砸晕。

她闭上了眼睛，让迷糊的思绪随风飘逸，轻盈地飘逸，远离，然后，她自由落体，回到了现实。

云游回来了？云齐笑道。

江荟摇头。"云老师，为何我只感到旗袍舒服，轻松，宁静，可以永恒。我跟不上全世界的潮流，我想采撷一朵中国风。"

云齐把江荟拉在怀里，安抚她的焦虑。

江荟揉揉发胀的太阳穴，向云齐诉苦。

"设计师是引领时尚，而不是追逐。我没有引领服装潮流的能力，我想，设计的作品能影响一些人，改变他们的生活。大部分人对旗袍的需求都只停留在夏季，而我一年四季穿旗袍，厚薄长短不一，我觉得简单，随意，方便。"

"盛华教授说过，全国服装大赛考量的不仅是自己的喜好，还有大众审美兴趣，你喜欢的旗袍，有着大众喜好的趋势，相信自己的感觉，从旗袍入手。"

云齐托起江荟抵在他的肩头的下巴，看她的手指插进自己浓密的黑发，揉着，揉着，似乎要把心里的乱麻揉成云齐头上的一团烦恼，然后薅掉，丢掉，还给自己一片澄明清澈。

云齐拍拍江荟的手："我的头发里只有头皮屑没有方案。"

江荟"扑哧"一笑："没有金刚钻，真的不能揽瓷器活儿。我有点过于自信。"

"旗袍进入寻常百姓家，挖掘打动人心的特质，成为大众喜爱的服饰之一，才是设计师的设计方向，舞台有限，生活才是无限，旗袍该有一席之地。"

江荟点头："打动人心，激发热情。"脸上露出了明媚的笑，把借来的杂志收拢放在一边，铺开设计纸，用铅笔密密麻麻罗列出所有可以做成旗袍的布料名称，质地，以及小配饰，箭头纵横交错，心中的梦渐渐明朗清晰。

睡觉穿的裙子面料轻薄，款式简洁。居家的旗袍可以宽松，面料要结实。珍贵的面料，款式要精致端庄。逛街的休闲旗袍可借助 A 字式下摆，不宜拖沓，倾向于运动服装。

江荟的思维进入另一个层面。

长袖，短袖，无袖，看季节需要，秋天外套毛衣或风衣，过年天冷可以是泥料大衣，还有皮草……一年有四季，春夏秋冬四款，睡衣是每日必需品不可或缺，一个系列的五件旗袍组成一套参赛作品，搞定。

江荟把涌进脑子里的设计图，向云齐一一解说，清秀的眼眸里有星星闪烁，有破茧而出的欣喜。

"旗袍足以提升女性的言行优雅，譬如我妈，走秀就与平时的她判若两人，我建议每个女性至少要有两件旗袍。"

"为何是两件？"

"薄纱样的睡袍，不能少。"

江荟举起了粉拳。云齐举手投降，可下一句话："服装生活化，才是对设计师的最高褒奖。"江荟不知道该把粉拳打下去，还是该感谢云齐的提醒。

江荟伏案挥笔画设计图，夜晚的灯下，江荟的脑海里只有线条流畅，造型优美，胖瘦皆宜的旗袍，旋转，飘逸。

穿着及膝旗袍的身影周旋于锅碗瓢盆，背影淳朴。

捧着一本书沉静阅读的女子，一袭飘逸的无领旗袍一角在微微迎风轻扬。

温暖的室内，脱去裹着厚重的大衣，露出的一袭长旗袍，妖娆了冬雪弥漫的世界。

她在稿纸的右上角列出选用的布料，写到睡袍时，江荟的笔停顿了一下。

桑蚕丝是首选，可颜色呢？

五个系列在色彩的搭配上以红黄蓝绿紫为主，黑白用一点做点缀，颜色的深浅根据适合的季节而定，唯有睡衣统管全年，明艳不利于睡眠，素净又不够性感，最好在五个颜色中起到调和作用。

毕竟，这个系列的旗袍要经过模特的舞台表演，考虑舞台的灯光照耀下的效果。江荟一时间选不到合适的颜色，她起身查看了家里的存货，如数家珍般翻看，没能从中获得满意的。

日有所思，夜有所梦，江荟梦见自己在山里跟着二舅妈葛翠玲一起割艾草，染土布，竹竿上五颜六色的布，被山风吹得"刺啦，刺啦"的响。

江荟在梦里笑醒，怎么忘了自己还会用植物染布这一茬。

江荟跟葛翠玲通了一次电话，商量染布的事情。

"真丝料是纯天然的，吸收染料没问题，植物皆为染料，一种植物的不同时期染出的布料，色泽有差异，差异会是惊喜，不一样的期待，多选几种植物尝试，大胆去做。"

葛翠玲给江荟一颗定心丸，就如她在李家的三年，始终有葛翠玲在背后给她勇气和智慧，让她的内心充满力量。

一大捆嫩艾草，用刀切成黄豆大的小段，洗净后塞进石磨的眼里，像磨豆浆时一样，塞一把艾草，舀一勺水倒进去，随着石磨转动，黑绿的汁水夹带着泡沫源源不断的，顺着石磨的嘴流到大木盆里。

她找了个干净的棉纱布袋放到另一个干净的木盆里，把汁液一勺一勺舀到纱布袋里，拎起纱布袋轻轻抖动，木盆里留下纯粹的染液，连丰富的泡沫也被过滤掉一大半，只在汁液表面堆积薄薄的一层，江荟用手撩拨掉，黑绿的艾草染液如一款沉浸多年的墨玉。

她把干的白色桑蚕丝，浸到艾草染液里，浸没，拉起来展开，又摁进染液浸染，捞起来轻轻地揉搓后又充分展开，又完全浸染。一个人磨蹭了十几分钟左右，白色的桑蚕丝变成了嫩嫩的绿色。上色效果非常不错。江荟把布拎起来拧干水，抖开，进入下一步：媒染。

明矾兑了水，是媒染的媒介。

江荟在一盆清水里放入一大勺明矾，用竹竿搅拌，让明矾彻底溶解在水里。等江荟把拧干水的桑蚕丝放进明矾水里，同样的展开，轻揉，不断揉搓，充分媒染之后，桑蚕丝的颜色呈现出江荟心中的目标色：嫩绿黄。

她把色彩定型的染布用清水反复地冲洗掉浮色，晾干的桑蚕丝充满文化气息的初春嫩黄绿色，在春天的微风里飘动，嫩嫩的黄绿色，如柳条刚冒出的嫩芽。

江荟被自己染出的嫩绿黄所吸引，达到了预期的颜色，可爱，充满希望的色彩，一直是她心中的生命蓬勃向上的希望之色。小义曾自豪地转动身上的嫩黄绿色的夏日套装，显摆黄中带绿的可爱，山里人称断肠色，江荟叫作小希望。

小希望与其他五种布料放在一起，显得特别的稚嫩，和谐，可以中和热烈的红，沉稳的蓝，是绿和紫之间的过度色。

在所有的成品中，江荟的这款睡衣，成了她之后的保留产品，本白色桑蚕丝，经过人工采用植物浸染而成，永不褪色，每一款都是孤品，绝品。

夜晚桂淑兰病了，发出痛苦地呻吟，脸上的皱褶如一枚老核桃。

此刻，江荟在梦里。

蔚蓝的大海，一条鱼儿长了翅膀，一跃而起展翅飞到云朵里，一群小鱼围在她的脚边啄她的脚趾头。她刚要伸手要去抓鱼，听见有人喊救命，转身四处找，看到陈山离她而去的背影，被海面的薄雾阻隔，渐渐隐去。她被吓得一个激灵，听到了"啪，啪，啪"的拍门声，混合江澄喊"救命"。

桂淑兰的慢性阑尾炎，继发性疼痛有一段时间了，她太能忍，医生建议，先消炎，不疼了再开刀切除发炎的盲肠。

江荟去拿药。

医院走道上，清洁工拎着消毒药水和抹布走过，消毒水的气味直冲江荟的鼻孔，空空的胃里不断翻腾，翻江倒海般，她抑制不住地干呕，连忙跑进厕所。

一阵撕心的干呕，江荟什么也呕吐不出来，她抚着胸口把药交到护士站，回到桂淑兰身边，在椅子上坐下，干呕还在继续。

桂淑兰在江荟的手背上轻轻摩挲了几下："去妇科做个检查。"

江荟想解释是空腹的缘故，看到桂淑兰意味深长又略带伤感的眼神，江荟明白了姆妈的意思——你怀孕了。

江荟不再坚持。

云齐曾经跟桂淑兰保证，春节带江荟回去见家长，眼下四月将过，两人在一起大半年，不该来的来了，该做的还没有做，云齐一直行使着一家之主的责任，不能让江荟有个归属，给她们母子一个希望的未来，是王菊珍，是她不同意江荟进门，日子如小河的流水安静地淌着，云齐不提。江荟不说。桂淑兰独自伤神。

言之凿凿犹在耳畔，又怀孕了，桂淑兰五味杂陈，心痛，阑尾痛交织折磨着她，她闭着眼睛把自己的心事藏在眼睛之内。

江荟拿着化验报告一脸喜色，看到桂淑兰的脸色吓了一跳，"姆妈，我们去住院。"蹲在桂淑兰跟前，理了理姆妈额头被冷汗粘住的白发。

桂淑兰微微睁开眼。

"有了。"江荟轻声话语里带着喜悦，如释重负，似乎怀孕这件事，是喜讯，是期待已久，是快乐，她的笑很灿烂，由衷而发。

桂淑兰的心又是一揪："有了"两个字扩充了桂淑兰脑容量的无限想象，担忧如脱缰的野马，马蹄声声，把桂淑兰的脑子踩踏疼了，傻姑娘！头疼，心疼，肚子疼，桂淑兰感到久坐的腿抽筋了，小腿肚子也一缩一缩地疼起来，揉又揉不得，她把身子微微蜷缩了一些，侧坐在椅子上，背微微弓着，如一把累垮的弯弓。

云齐的耳朵伏在江荟的肚子上，听到的是江荟肚子里咕噜噜饿了的声音："没有胎心。"

江荟推开他："十三周后才能用听筒听到心跳声。"

"一定是个机灵鬼。"

云齐与江荟十指相扣，沿着沣水河边漫步，听江荟主动讲她怀小义时的情况，往事回首，江荟平静得如同讲别人的故事："我担忧怎样把他养大成人，担忧他耳闻目睹弟弟的日常，环境造就人，我产生了带他离开家的念头，可天下之大，谁能把小义当自己的孩子来爱护。李山的父母，是伟大，他们对儿子的爱，都给了小义，足够的爱，足够温暖，足够的亲情，才有阳光开朗的小义。"

"没有他们，就没有幸福的我们，他们就如我们的再生父母，要去认亲，等你生下孩子。"

"我也是这样想的，他们是我远方的亲人。"

春风轻柔吹送，透着别样的亲切，路灯照耀的沣水河上，波光粼粼，沣水河边的柳树条上片片绿叶，新生命生机蓬勃。

"王厂长呢？"

江荟笑问，她一直没有问，也一直不敢问，她没有跟云齐提过跟王菊珍在中医科的冲突。

"我们安排好婚礼的事宜，一起去请我爸妈来喝喜酒送祝福。"

江荟点头，只能这样。

云齐扳着手指跟江荟算："养胎，母乳喂养，孩子进幼儿园，小义读小学，你的婴幼儿服饰发布与销售，江荟是最忙碌最富魅力的妈妈。"

江荟的头在云齐的胸前蹭了蹭："云齐，你回到我身边，陪我成长，助我事业一步一步朝前走，又挑起一大家子的责任，我大树底下好乘凉，很幸福。"

云齐单独去见王菊珍，告诉她，要和江荟结婚。

王菊珍皱着眉头很不情愿地追问一句："跟谁结婚？"

"江荟又怀孕了，我们奉子成婚。"

王菊珍气恼地提高了声音："知道她怀过孕还要跟她结婚，我不同意。"心里在骂江荟，鬼丫头要逼着我承认她是儿媳妇，做梦！

"今生今世，我要娶的始终是江荟，她是我唯一的爱人。"

云齐的话语，引爆王菊珍积压的怨气，她冲着云齐喊："不行，我不会让你替别人养孩子。"

"江荟怀的孩子始终是我的。"云齐也生气了。

"她跟别人生过一个孩子，又跟豆腐郎去了山里三年，不自爱不自重的女人我嫌恶心。"

"江荟的孩子我的种，是我云家的骨肉，她和儿子在山里，给救她们母子性命的恩人守孝三年。"

王菊珍理亏了，气场不能输，低声逼问："你去浙江真的是为了找江荟？是你领他们回来的？"

"六年前如果我跟她道个别，我的孩子不至于流落山里，母子俩不至于吃苦受罪，孩子病了，她去董颖那里，我才找到。"

云齐抹了一把眼泪，此时，在王菊珍面前，他像个受尽委屈的孩子。

"装吧，编吧，唐氏症有遗传，我不会接纳她进云家。"

云齐听到世界上最冷酷最恶毒的话，他巴不得将自己的心捧到母亲面前，一颗热血沸腾的红心，不是冷漠的，也不是黑色的。

"妈，孩子是我们爱的结晶，是我们苦尽甘来的见证，我入赘江家。"

王菊珍从沙发上站起来走到云齐面前，愤怒地紧盯着他的眼睛："你贪图她的床上功夫，至于当真。"

"妈，这是你一个长辈该说的话吗？"

眼前的女人如果不是他亲妈，云齐会放下绅士的修养，扬起手赏她一个巴掌，骂她一句："无耻。"

云齐忍了，他颤抖着声音问："你尝过失去的滋味吗？那是钻心蚀骨的痛。"

人的内在修养是与同一个频道，与同样修养的人碰触，才能闪现智慧火花的，云齐无法跟自己母亲谈论下去。

王菊珍的脸一红，退到沙发里坐下低着头，把埋藏心中的往事一五一十倒出来。

那年碰到江荟做检查，怀孕了，我果断提前把你送出国，不让你回国，把时间用在读书上，怕你旧情难忘。

云齐已经非常清楚地知道了出国的真相，王菊珍误会江荟，控制他的书信，不让他与江荟有联系，六年的两地苦相思，信息无通，是他敬爱的母亲大人一手遮天造成的。

云齐的心被深深刺痛了。

云家欠江荟太多，欠孩子太多，他用三生三世的爱都不能弥补。

"妈，我的儿子会打酱油了，而你，没见过。"云齐一脸冷峻，哑着嗓子说，心却疼得厉害，他们本是一脉相承，却无缘相见。

"你再说一遍。"王菊珍的脸色铁青，"你的孩子？怎么会是你的孩子？"

"我和江荟早就在一起了，江荟怀的是我的儿子，你的亲孙子。"

王菊珍冷冷地看着儿子往事不堪回首的痛苦样子，心里恨透了江荟，竟然拿孩子骗云齐，不把她的真面目撕下来，云齐还会继续被江荟迷惑。

此时不剥下江荟的伪装，还待何时？

王菊珍冷眼看着儿子，问："当初求我把江荟弄到招待所，你是可怜还是因为喜欢？"

"我从小就喜欢她，爱她，希望与她有个美好的人生。"

王菊珍的眼睛里能喷出火来，一个管不住下半身的男人，果然不可相信能有多大的出息，枉费她六年里披星戴月辛苦挣钱供养他，以为学识可以提升眼界，原来王菊珍只是感动了自己，儿子还是愿意回到那个污浊的泥潭。

"她与暴发户赵刚在一起。赵刚老婆到招待所吵闹，江荟才被除名。"

王菊珍连珠炮似的话把云齐激怒了，他的压在心里的火爆发出来。

"妈，是你错了，你把她逼上绝路的！"

王菊珍震惊了，对着愤怒的儿子一顿训斥。

"混蛋，你血口喷人，我保护自己的儿子有什么错，孽是她自己作的，自作自受遭报应，为了一个不自爱的女人针对你妈，你是个混蛋，混球！"

"混球"二字王菊珍是吼出来，她气炸了。

"妈，江荟怀的是我的孩子，幸亏她生下来了，不然，她跳进黄浦江都洗不清。你诋毁的是一个吃尽苦头，依然肯为你儿子生儿育女的人，妈，你醒醒。"

云齐要唤醒王菊珍的良知，解开她心中的死结。

"赵刚的现任才是被他搞大肚子藏起来的姑娘。赵刚被老岳父蒙骗说弱精症，其实江荟的表姐是石女。妈，你让我痛心疾首，没有一个人能替她们母子遮风挡雨，妈。"

云齐的话戳中了王菊珍心里的所有活动，她自知理亏，但一贯的强势不容她在儿子面前败下阵来，继续强词夺理：

"我怕你吃哑巴亏。"

云齐用沉重地语调说："你得向江荟母子道歉，必须。"

"我的脸往哪儿搁呀，你不怕江荟受不起，折了寿呀。"王菊珍似乎被烫着了，从沙发上跳起来愤怒指责云齐："傻儿子。"

云齐坐在沙发里双手掩面，在强势的母亲面前，他愧疚难耐，男人有泪不轻弹，只是未到伤心处。

王菊珍抽了张纸巾递给儿子，看儿子肩膀抖动，终于不忍心地坐到他身边，她想起自己在中医院对江荟说的狠话，自知求得江荟谅解有点难度。

一个女人一而再地肯为男人生儿育女，那是她心里把男人看得比天高，是彻彻底底地爱他，愿意身心交托与他。世间唯有真爱不可辜负。

王菊珍沉默了，第一次安静地听儿子絮叨，诉说他和江荟之间的六年各自努力的经过，王菊珍的心，一点，一点的软着，她的眼中闪着光，泪光，她很愧疚，师父死了，她没有再去看望过师娘和糖宝宝师弟。

江荟带着儿子在温州卖豆腐，服装厂做工为生，积劳成疾，一直用中药调理修复身体机能，我以为她不可能怀孕了，我满心希望我在她身边照顾她，不再哭泣，不再苦难，老天垂怜我的一片至诚挚爱，她又怀孕了。

王菊珍第一次听到江荟的艰难，第一次佩服江荟的坚韧，江荟柔弱的身体里有一颗强健的心，王菊珍自叹不如，有母如此励志，孩子自然也不会差。

"那个孩子……"

王菊珍小心翼翼地问道，她的心里惦记着亲孙子，算起来，那个孩子跟云齐从水墩镇接到丰城差不多大，见到人怯怯的，胆小又谨慎。

"小义聪明可爱，开朗，很会体贴人。凤儿没有告诉过你，给你看照片吗？"

王菊珍难堪地摇摇头，不敢说凤儿提过一嘴，她没听进去，更没放心上，在她心里，从未认同过江荟，从未在意过那个被她误解的孩子。

云齐擦干眼泪。

"江荟参加的服装大赛已经进入评比阶段。她的旗袍店也将择日开门营业，一切都在顺利进行。我和江荟已经登记，正在筹备婚礼，我来是告诉你这个喜讯。"

王菊珍叹了口气，儿子抛开父母操办婚礼，难堪也是自找的，她想争取机会，摆出一副好商好量的样子，说四月份不能办喜事，五月商量婚事的具体日期。

"你们来喝酒道喜。"

王菊珍的心一下子落空了，凉凉的。

"那个孩子……"

王菊珍此时想见小义，说到底，小义是他们云家的骨肉，她想从孩子下手，求得江家原谅，求得江荟的原谅。

云齐拒绝了。

"婚礼上会见到他。江荟不需要母凭子贵，她本身很珍贵。"

二十二

"中华杯丝绸之路服饰大赛"的颁奖晚会，民间设计师江荟以"云相荟"为主题的五件作品获得银奖，组委会评价"'云相荟'系列的旗袍，将旗袍的领型、开襟、扣型、袖型、摆型、滚边、盘扣等传统元素与时尚巧妙地结合，以其美轮美奂的设计，完美的细节处理，把东方女性的温婉、优雅、华贵，柔美的独特形象，表现得淋漓尽致。设计师江荟深谙女性，一个系列的五个款式，囊括了女性生活的方方面面，服饰时尚不仅在于舞台，而是在于生活，与寻常百姓相结合，达到了服装的实用性，美观性和时尚性相融合的朴素设计理念，是女性生活的引领者。"

齐鸿大学生模特队对参赛作品的演绎，董颖率领丰城十七位女企业家，身穿旗袍，走秀T台的优雅，组成流动的美，魅力四射，江荟的作品引起了轰动。

江荟忙得腰酸背疼，她揉了揉被电风扇吹得发晕的脑袋，又轻轻锤了几下沉重的后腰身，踱步到店铺的窗户前，居高临下欣赏丰城夏夜的街景。

街上穿旗袍的女人多了，身姿婀娜，色彩斑斓，给丰城的夏夜平添了一道靓丽的风景。

江荟的眼皮一跳，发现街上有两个女人撞旗袍，同花色同款式的旗袍，面对面撞个正着。不同的女人穿旗袍，果然是不一样的风韵，父亲的眼光顶好，能根据女人的身架决定旗袍的样式，有道理。

江荟目送两个女人走远了，回味她们在大街上擦肩而过，自傲，笃定，似乎，这条平安街就是她们的 T 台。

旗袍给女人增加底气。

父亲留在设计图上的话，江荟领悟到了，但从她专业设计师的眼光看来，这款旗袍整体一般，一般的服装质量拥有一般的价格，都买得起，都穿，才撞衫，可旗袍不是热闹的服饰，这衫撞得有些牵强。

江荟灵光一闪，不是巧合，内在有蹊跷，只是她不明白，她从未做过两件一模一样的旗袍，每一件旗袍独立成衣，总是千方百计让同一样的面料呈现不一样的效果，在小细节加以区别，满足穿旗袍的人唯我独美的傲然，也是"云相荟"手工旗袍独一无二的魅力，因为特别，因为特殊，顾客频频回头。

窗口吹来凉爽的风，江荟若有所思，心，突然一跳，能撞的旗袍，需要一定的数量支撑，难道是流水线下来的产品，可款式有点眼熟。附近有服装厂在做旗袍。

肚子里的双胞胎刚刚舒展开身体，开始踢腿运动，一番拳脚把江荟的肚子左撑起一个包，右突出一个包，全然不顾母亲的胸怀也是有限的，江荟抚摸着肚子，安抚这对活泼好动的双胞胎，宝贝，别闹，妈妈带你们去散步。

外行看热闹，江荟看出了门道。

旗袍的门道，是这款旗袍开衩的尺度，她从父亲的设计图上做的修改，她从未向任何人透露过这个细节，只是在自己裁剪时拿捏分寸，避免高一分带点风尘，低一分有些保守，因人而异，不会有人模仿得如此精准，前来"云相荟"做旗袍的客户，

194

江荟在设计图上备注了细微的差别。

到底是怎么回事？

店员许琼上楼催她，你早点回去辅导小义读书吧，有客户来我会好好接待。

江荟在许琼的搀扶下出了店铺，沿着大街缓慢地往步行街的文化广场走去，人多的地方才有热闹可看，乘凉散步的人不时与江荟碰面，熟悉的，不熟悉的碰到她都微笑走过。

广场进口，穿白色桑蚕丝睡裙的女子，站在街边跟人讲她的睡衣是"云相荟"的正宗货，拿着蒲扇指点了几位穿旗袍的乘凉女人，露出讥讽："穿冒牌货还好意思得逞。"

"你怎么知道，她们不缺钱，犯不着去弄件冒牌货。"

"你是州官，穿着睡裙到处晃，别人穿件好看的衣服就因为不是正牌，不能穿出来。"

女人翻起白色桑蚕丝睡袍的侧缝，让人看她裙子上的商标，以及缝纫线的质量，眼不瞎的看看，质量摆在眼前，做工地道不地道一眼就看得出来，过硬的是牌子，放在侧面，低调哇。

江荟顺着她的蒲扇所指，几个在一起扭腰的大妈，她们的旗袍撞在一起，裙袂飞扬，舞得要飞起来，她们不以撞衫而失落，反而有一种我穿得跟你一样，不比你差的优越感，只要撞衫的不觉得尴尬，江荟饶有兴趣地走前几步，站在三三两两聊天的人群中间，观察旗袍。

又一个路过的女人，发现自己穿的旗袍撞了一堆，眼睛视角一下子往上调高了45°。另一个慢慢散步的女人，低头用力推了男人一把，等不及男人呵斥，顺势抽出挽在男人手臂上的手，像牵着宠物狗遛弯似的把男人牵走，远离了人群，留下同款旗袍的背影。

江荟"噗哧"一笑，机敏的女人真可爱，撞衫对于女人来说，还是很介意的。

化纤面料，缝纫工的手艺一般，细节不到位，模仿的是她获银奖的五件参赛作品中的夏装。女人们喜悦的表情告诉江荟，她们穿上的是获奖款的旗袍，得意着，欢喜着。

江荟替女人们抱不平。

仿冒者借高品质的获奖名誉，以低质量服装推向市场，损害消费者，侮辱获奖者，给获奖品牌抹黑，仅仅出现在电视里的服装，就能大量生产，仿冒者太厉害了。

侵权已构成，怎么办，江荟心跳加快，触及到自己的名誉，侵害自己的利益，她不能袖手旁观，听任造假者肆意妄为。

"版型挺好看，价廉物美，颇受欢迎，服装厂正在大销售。"

女人看到大肚子的江荟关注旗袍，热情介绍："本土设计师的获奖作品，电视里播放过颁奖典礼，太美了，一个系列共五件我买了两件，还有一件是睡裙，更加飘逸轻盈。"

女人的脸上是买到心爱衣服的幸福，她看了看江荟的肚子，很惋惜她今年穿不成了，赞美她身上的旗袍款孕妇装很别致。

"我自己做的。"

江荟想起几天前，许琼跟她讲，有位姑娘要看江荟的"云相荟"获奖作品的样衣。问她是不是要定做一套。

姑娘说，有个地方卖的"云相荟"同款服装，质量不好，她想确定，电视里看到获奖结婚礼服和睡衣的实物。江荟今晚才明白，群众的眼睛果然是雪亮的，那个年轻姑娘的眼睛更是毒辣，看一眼就能辨出真伪，看出了本质，不肯被假货蒙骗。她代表消费者提出了对自己利益的保护。

江荟问女人，服装厂地址在哪儿？

女人很大方地翻出领子上的服装商标。

竟然是"云相荟"。江荟懵了，是谁假冒产品款式不够还要盗用她的商标，不经她本人允许，利用她的商标进行生产和销售，牟取暴利。还有天理王法吗？

有人出卖商标？不可能，商标每次预定的数量，云齐做得很细致，又是谁？

江荟压抑着满腔的愤怒，她要顺藤摸瓜，找出肆意妄为，罔顾法纪的大瓜，你对我不仁，我不会对你客气。

女人见江荟脸色有变，看她揉着大肚子，心疼地劝："身体很笨重，想赚钱早去，城西菊珍服装厂。"

"菊珍服装厂？"

江荟追问了一遍，很不信。

王菊珍假冒她的注册商标进行生产销售，她触碰了法律的底线，一个经营了十几年服装厂的老厂长难道不懂这个道理，动别人注册过的商标就是违法犯罪，罚款事小，要坐牢的。

江荟揉揉肚子，安抚肚子里面两个烦躁的宝宝。

王厂长真会挑时间，云齐在市里参加骨干教师培训，封闭式一个月，她是狐狸转世，弄这么一出，想瞒天过海，江荟无语了，当务之急，拿到王菊珍假冒"云相荟"的证据，如何处理，她再仔细斟酌。

苏欣气得失去了往日的温润，把手里拎的五个服装袋全部扔在江荟工作室的案板上直喘粗气："你看看，越来越不像话。"

江荟心里"咯噔"一下。

苏欣是个八面玲珑的老裁缝，待人和蔼，很爱惜自己的羽毛，秉承和气生财的原则，遇到事情总能和颜悦色，她能气成这般模样，事态严重。江荟把服装从袋里一件一件掏出挂起来，无论是材质，还是做工，就是她在街上看到的质量，五件服装的商标都是"云相荟"的商标。

"是不是跟你的商标一模一样？还让不让人活了。"苏欣提醒道。

"师姐，有差别。"

江荟翻看商标的背面，缺少了最关键的防伪标记，显然是假冒。

"云齐设计商标时，采用的隐藏式记号在商标的背面，折起来使用遮住了那个记号，不细看不会注意的，而表面上，字母变形的几何图形，模仿很容易。"

"服装顶着'云相荟'的商标，宣传也自诩正宗'云相荟'，以次充好昧着良心赚钱，坑自己人，出一个品牌多难，不知她在想干什么。"

苏欣直摇头。

"师姐，这事我得管，不管谁背后搞鬼，我都要送他进法庭。若王菊珍定要把我置于身败名裂的地步，我也不会与她做家人。"

"王菊珍太任性了，没有什么是她怕的。"苏欣眉头紧蹙，"她计划生产一万套，厂里在打包发往外地的商场。这样下去，她要吃官司的。"

"五万件？"

吊牌上的价格为 299 元，即使对外销售打八折，按照目前的销售价，五万件服装全部销售一空，王菊珍假冒注册商标违法经营额超十万，刨去成本，她的盈利额也足以被重重处罚。服装质量摆在台面上，一旦消费者有人举报服装质量差，上级部门查实是假冒商标，王菊珍吃不了兜着走，难逃法律的制裁。

王菊珍已经闯下大祸。

家里有个知法犯法的妈被送去吃牢饭，云齐的前途算是到头了。他父亲从部队转业在政府部门，恐怕也要受牵连，受牵连的还有孩子们的前途。江荟的失望，在心里集成一摊冰冷，异常沉重地压在心上，又冷又疼。

肚子里的一对双胞胎似乎感受到了妈妈的冷淡，开始不安分地躁动，把江荟的肚子顶得左边疼，右边疼，她轻声安抚，宝宝乖，妈妈没事哦，安静点。

江荟立在这堆衣服前，烦躁地把衣服一件一件拎起来又扔到地上，猛踩几脚，如果王菊珍在她面前，她一定扔在王菊珍的脸上，谴责她的无耻，对跋扈无礼的王菊珍踢两脚，让她知道什么叫疼。

"阿荟，等云老师回来再做决定吧。"苏欣不知道该安慰江荟还是该谴责王菊珍，陪着江荟等她拿定主意，师娘讲过江荟一路走来的艰辛，"云相荟"的声誉等于江荟的生命，王菊珍的恶意操作，会要了江荟的命，牵扯到母子三人的命，她不敢轻易插手，又担心江荟面对这般打击撑不住，在一旁小心陪着。

明知道哭没用，江荟的眼泪还是流了满脸，心中有多恐惧，泪流有多流畅，眼泪成了稀释她沮丧心情的唯一道具。

孩子们似乎懂得妈妈的心意，开始停止拳打脚踢，渐渐安静下来。

苏欣把江荟扶到沙发上坐下，拿靠垫垫在她的后腰。

苏欣不能跟江荟讲，王菊珍的销售人员向客户介绍，口口声声说我们厂长家儿媳妇设计的产品获过银奖，电视里播放过，如王婆卖瓜自卖自夸，把江荟的设计成果当成自家院子里种的白菜黄瓜，想摘就摘，想怎么吃就怎么吃，轻松随意。

她不敢把在"菊珍服装厂"大厅里听到的不同的声音，告诉江荟，有人已经识别出假冒的伪劣产品，质疑获奖设计有内幕，有暗箱操作，还有人说为了出名掏钱买的奖，花出去的钱借着这些廉价服装疯狂敛财，堤内损失堤外补。

言语中对获奖者江荟充满贬义，甚至有人说江荟能耐挺大，商品房，店铺，都有人半送半买，话里话外是对江荟的轻蔑，讥讽，和陷害。

"阿荟，事情慢慢做，稍安勿躁，找个熟悉的律师了解下相关的法律。"

"冒用注册商标罪，盗窃商业机密罪。"江荟说，"她作死做活把自己送进去，我不能眼看着她要陷入囹圄不管，管，又怎么管，她不是个肯听人话的，怎么办？"

江荟问苏欣。也是自问。

"由云老师出面解决比较好，你单枪匹马怎么跟她较量。"

江荟点头，又摇头，"恐怕到那时候一切都成事实，无法挽回，不能眼看着王菊珍疯癫，从山头跌下山崖，自己粉身碎骨浑然不怕，我不能眼看她把一家人都拖下深渊。"

苏欣复杂地看着江荟，看她揉着肚子，听她缓缓地讲述。

"云齐呕心沥血替我开路筑台，是希望我通过努力，心随愿达，过上我想要的生活。王菊珍千方百计毁路拆台，她只要儿子给她带来荣耀，她不懂儿子的心。"

江荟已经无法估计自己将遭受的名誉损失，以及经济利益，她深信只要手艺在，只要肯努力，不会挨饿受冻。而云齐不一样，两害相权取其轻，办法比困难多，想办法保住云齐这一头。

江荟无限伤感："师姐，这样的妈，云齐会悉心保护不让她受伤害的。有些事必须让她自己面对，才知道错了，没有机会后悔。"

苏欣点头，她替江荟难过，一个云齐折腾她六年，她差点丢了性命，云齐回来了，王菊珍，又要成为江荟人生中的麻烦，她还能经受得住王菊珍的几番算计？

苏欣着实心疼小师妹。

董颖抱着他们的女儿施小悦，陪施展来到江荟的工作室。

小义担任了临时看护施小悦的任务。两小只在一起，玩得很投入，小义是个合格的哥哥，拿出了他的所有玩具，糕点，哄施小悦开心。

施展了解了王菊珍假冒注册商标的大概情况，给江荟快速补习相关的法律法规，分析王菊珍的侵权行为可能触及法律法规，以及将要承担的后果。

"其一，《假冒注册商标罪》情节严重的，非法经营销售额五万元以上或者违法所得数额在三万元以下。《中华人民共和国刑法》第二百一十三条，以上情况处三年以下徒刑或者拘役，并处以罚款。另一种情况，伪造、擅自制造他人注册商标，或者销售伪造，擅自制造注册商标标识二万件。

其二，《中华人民共和国刑法》第一百四十条的规定，生产、销售伪劣产品罪，有以次充好，销售价格达到五万元以上。

其三，《商标法》第二十六条规定，商标注册人可以通过签订商标使用许可合同，许可他人使用其注册商标。"

"只有经过注册商标人的许可，在同一种商品上使用该注册商标，才是合法行为，不构成假冒注册商标罪。"

"我怎么做，可以免去王菊珍的牢狱之灾？我不能眼看着她往牢房的路上走，什么也不做，她损害了我的利益，我依然想拉她一下，或者，帮她减轻些罪责，云齐不在家，我得把这件事处理妥当。"

云齐有这样的妈，江荟满是无奈，焦急。

董颖拍拍她的手，让她稍安勿躁，让施展去处理，你放心。

"量刑以造成的损失，以及达到的价值为准，想帮她，就要想办法阻止服装销售，她获得利益越小，罪责越小，对你的负面影响也越小。"

"她怎么可能放下屠刀立地成佛，她以为抓住了发财的机会。"董颖说的时候，看着施展，"你让江荟一个孕妇怎么办？面对如此强势不要脸的婆婆，骂不过，打不过，又不能上门教训，云齐怎么有个坑人的妈。"

施展看着把施小悦逗得咯咯咯笑的小义，看着江荟的大肚子，劝江荟，经济损失在名誉面前不算事，主要保护自己的名誉不受损害，就要立刻行动，马上截胡，追回王菊珍送往外地销售的服装，阻止她在本地的服装销售。

施展停了停，又说："我会留意是否有人举报商品质量问题。这些事有人发现吗？"

江荟点头："我得自己去陈述事实，别人去，乱说一气，混淆视听，更加麻烦。"

施展笑了，跟江荟推心置腹。

云齐很烦恼，他妈服装厂这两年效益不好，培养的缝纫工技术成熟就跳槽，留不住人，订单越来越少，难以支撑。他找我商量，想想办法帮她找条出路，大半年了，没有人来盘下这个服装厂，估计王菊珍也是觊觎你获奖，搭一趟顺风车，饮鸩止渴也要走一趟，她被利益蒙住了眼睛，没想到深处，远处。这事宜早不宜晚，等云齐回来，局面不可收拾。

"我夹在云齐与王厂长之间，太难，不插手，牵涉到自己的利益名誉，真跟王菊珍较真，对簿公堂，我和云齐被整个丰城看笑话，我们还怎么活。"

"人言可畏。从可畏的人言中走过来站起来，有多苦多难。"董颖爱怜地看着江荟，拉着江荟的手，对施展说，想起过去，董颖的眼中起了雾。

"旗袍是时令服饰，你若放她一马，就怕她尝到了甜头，贪心不足，一而再，再而三。"

施展的语气是沉重的："若有人举报了，她就逃不了。江荟，你要三思，尽快决断，事情早解决，后续的麻烦越少。云齐不在家，没有人能压制她的疯狂，唯有釜底抽薪，从根本上断了王菊珍的贪念。"

江荟心事重重。低着头。

她的孩子需要一个情绪稳定、精神愉悦的母亲，她不能因为自己的优柔寡断，让孩子受到伤害，当断不断，还受其乱。

"王菊珍跟你没有往来，盗窃你的设计图或许另有其人，不会是家贼吧？"

听到董颖的提醒，江荟摇头，云齐不会，不然不会是假冒商标，顶多是劣质产品。

董颖不解，看着江荟，又看施展。

"云齐是商标设计者，把商标原图给她妈，就不是假冒了。"施展解释道。

江荟的眼睛一亮，看着董颖和施展："王菊珍知道谁盗窃我的设计图和商标？"

施展精神一震："让她开口，举报有功，给她一个将功赎罪的机会，严惩盗窃商业机密者。"

江荟郑重点头，她知道该怎么做。

江荟去了一趟邮局，通过在邮局工作的俊芳，查询到王菊珍寄出丰城的包裹，委托俊芳全部拦截下来，已经送达目的地的包裹，根据地址，请她联系那边的邮局，以"商品有瑕疵急招回，补贴运费"的方式追回，退到丰城邮局。

　　俊芳的办事效率很高，十天后，她把所有召回的包裹送到江荟的工作室，同时继续拦截其他要寄出丰城的邮包。

　　另一路，苏欣找到在服装厂当销售员的徒弟，提醒她，这么低劣的服装最好不要卖，不然退货时也得你来接受，烦不烦。

　　徒弟迟疑："会影响收益。"

　　苏欣说有人会补偿，当即掏出五百块钱作为预付奖励，如果结果满意，奖金增加。

　　有钱能使鬼推磨。只要有钱赚，谁给的钱不是钱。徒弟收了钱心领神会："师父放心，我明白。"

　　江荟对店铺员工和工作室的三位缝纫工做了一次排查。设计图泄露机会只有一次。

　　苏欣要给客户做件获奖款的睡衣，来店铺看设计图。江荟把锁在柜子里的文件夹拿出来，抽出睡衣设计图给苏欣。苏欣看了设计图，跟江荟交流了几句细节处理，就告辞，两人下楼。

　　那个时间，许琼上楼。

　　江荟回到楼上时，文件夹还摊在桌上没动。

　　苏欣觉得，店里有样品可以参照，一般人看衣服成品就可以了，设计图给专业人员看的。

　　难道是许琼？

　　窗外的街上人来人往。

　　江荟冷眼扫了那个笑容甜蜜，言语热情的姑娘，思绪万千。

　　许琼家有个失去劳动能力的肝病父亲，兄长成家分开过，兄嫂不肯分担老父亲的医药费，靠着她看店和老娘责任田的收入维持一家三口的吃饭用药费用，日子过得紧巴巴。

　　江荟有过艰难的生活经历，她特别同情生活遭受困难的人，她愿意帮许琼一把，拉她一程，看在许琼做事勤快，嘴巴又甜，能撑得起店铺里的生意，加上苏欣的推荐，江荟信任她，重看三分，许琼除基本工资外，还有每笔生意的利润分红，她的工资跟平安街上其他看店的姑娘比，高出一百多。

许琼与父母住在农村，种菜养鸡鸭养猪不用买菜，一百元钱，可以给她父亲买两瓶金水宝胶囊，养护肝肾增强体质，冲着这一点，许琼不该背叛江荟，是王菊珍许诺她更多。

熙熙攘攘皆为利来，江荟无力指责人性的贪婪，见利忘义，但她有权让贪婪的人，破坏商业市场秩序的人，得到应有的惩罚。

二十四

云齐培训结束，风尘仆仆回家，被江荟带到工作室，把五件服装扔给他。

"新订单样式？大手笔！"

未等江荟回答，云齐看服装的眼神严肃了，他触摸到布料后脸色严峻，是化纤。又把睡衣拎起来一摸一捏，粗糙扎手，线头下垂拖沓，缝纫质量也差，云齐皱起眉头，看江荟的眼光凌厉了。

"有人买吗？"

"你去问王厂长。"江荟答道。

云齐看了江荟一眼，把五件服饰挂在一起，看清了是一套旗袍，神似地仿照江荟的获奖设计作品系列："外包工的服装厂做的，设计师如此糟蹋作品，你的职业操守呢？"

云齐对江荟的责问毫不留情，连续责问。

"什么时候进了这么差的布料？创品牌不易，保住品牌需要日久天长的努力维护，你不懂吗？赚快钱，你不该搞服装设计。"

"你妈做的，我买回来做证据。"江荟没好气地回答云齐的灵魂三连问。

"证据？帮别人找证据，替别人做事，有闲功夫你不精进业务，不陪儿子。"云齐把衣服往桌上一扔，"我没闲工夫操别人家的心。"

"你不想管也得管。"江荟拎起云齐扔下的衣服对他说，"这样的衣服保守算有一万套，还销往外地。"江荟指着角落里堆着的包裹，"这些都是被我截胡召回的。"

云齐双手叉腰，不相信地用脚踢了踢包裹，这么多包裹里的服装都是劣质产品，是他妈做的穿不得的衣服，她可是个老厂长，连服装质量是生存保证都忘了。

他拿剪刀"咔擦、咔嚓"几下把包裹都剪开，分别拉出里面的服装，清一色的劣质品，看到最后，他把手里的衣服摔到角落里，拍拍手很无奈，发现江荟脸色苍白，抚摸着肚子，那对小淘气又在运功打拳。

"我看到这些旗袍就生气，两个宝宝感到我情绪不好也跟着急躁，跟着难受，在我肚子折腾不停。"

江荟脸上除了不开心还带着忧郁。

云齐搂着江荟，分别一个多月，江荟的肚子又大了一圈，她顶着大太阳，冒着生命危险，带着笨重的身体去把那些服饰弄回来，一定有她的道理，看她走路看不到路面的危险样子，云齐替她捏了一把汗，心疼地亲着江荟的额头，似乎要把她满脸的忧郁，吸走。

"都自顾不暇，还有心思管这些破衣烂衫，瞎操心。"云齐的埋怨里都是心疼江荟。

"我不管怎么办，假冒了我的注册商标，孩子们的亲奶奶你亲妈的服装厂在做在卖，货都是从她厂里发的。"

江荟的嗓音提高了，委屈得嗓子哽咽，鼻子发酸，她下意识地捂住鼻子嘴巴。

"我妈？假冒？"

"别人妈我才懒得管呢，直接举报假冒注册商标生产和销售劣质产品，是她掺和了，扣上大帽子她吃不了兜着走，还要殃及无辜的你和孩子。"

江荟又气又恼，她对王菊珍的无法无天感到害怕，又实在没辙。

云齐明白了，江荟不顾自己的大肚子替他管他妈的事，江荟心里太多的委屈，把柄在握，等候他给她一个公道人心。他妈这般玩命，又是为何，为钱？

云齐的心软了，两边都是他深爱的女人，他一手抚摸着云齐的大肚子，安慰两个宝宝："乖，别折腾妈妈，爸爸会处理这些烦心事。"

云齐的掌心经受了东出一脚，西出一拳的袭击，两个宝宝似乎在埋怨爸爸没有保护好妈妈，让他们不开心，云齐只得细声细语给两个宝宝承诺："爸爸不会让妈妈和你们受委屈。"

云齐把劣质衣服揉起来塞进了塑料袋，跟江荟保证，"我们没必要把别人的过错拿来惩戒自己，荟儿，放宽心，一人做事一人承担。我去找她。"

"不看看商标？"江荟没好气地说，"说了半天你还是不信你妈会假冒我的商标。"

"好，看商标。"

云齐掏出塞进袋子的衣服，一连翻了五件，只看一眼，云齐就没了好脸色，翻看动作越来越快，他把拆开的几包衣服也翻出几件抽样查看，没错，假冒江荟的注册商标。

云齐气得呼哧呼哧的，把衣服揉作一团，直接扔在地上，又猛踩了几脚，对财迷心窍的愤恨，对假冒商标行为的不齿与愤慨。

"就这破烂货，还让我老婆操碎了心，她怀着大肚子容易吗？她创立个品牌多不容易，告！告她假冒注册商标生产和销售。"

云齐讲出重点，江荟才泪眼婆娑，问他："不管谁假冒我的商标，你都要一告到底？"

"那是犯罪，怎么能放过。"

江荟知道，云齐不是做戏，是真的恨了，不惜冒着坐牢的风险也要犯法的人，她也要看看，是法律的条款硬，还是那人的脑袋铁。

"你亲妈操刀的，告她到法庭，吃牢饭你愿意？"江荟逼问云齐，脸也一下子刷的冷若冰霜，眼神冷冷的。

云齐愣住了，对江荟凌厉眼神非常陌生，他非常不愿意对视这样的眼神，可见江荟心里已经有答案，只等待他的态度。

于情，他不愿意是她妈干的，他妈一直在做外贸服装，外贸服装做成这样的质量，怎么能让她验收过关。属于自行设计自行生产自主销售，与外贸订单无关，是她独立操作。云齐有些后悔，把他和江荟登记结婚的事情让王菊珍知道，她有机可乘拿捏江荟利用江荟，是他的疏忽造成了，他再一次疏忽大意，再一次伤到了江荟，如果是外人他直接诉诸法庭，按照法律法规办，该赔偿损失，该认错道歉，绝不手软。

面对自己亲妈罔顾法规，云齐的心情复杂了，事情也变得复杂，他感到棘手，真的要把她送进监狱吗？让她晚年在牢里

208

度过，辉煌的人生留下擦拭不掉的灰色大尾巴。

他又如何面对江荟，和他们的三个孩子。

有妈如此欺人太甚，再一次踩到江荟的底线，清官难断家务事，他要保护妻儿老小，保护江荟不受伤害的初心，被挑战了，云齐左右为难，心里很矛盾。

妈蛋！他在心里狠狠地发泄道，他也只能在心里发泄不满，江荟宽宏大量，已经把影响降到最小，等到他来处理，把王菊珍的罪责减至最轻，只剩经济处罚。

王菊珍能不能领江荟的情，云齐问了也是白问，他把江荟搂在怀里，用情感软化江荟心里的痛恨，可江荟把他的心思猜摸透了，瞒不过她，她的行动力已经改写了王菊珍的结局。

"她亲口说出，盗窃设计图的人，举报抵罪。"江荟跟云齐提出要求。

"撬王厂长的嘴，不是容易事。"云齐挠头皮，抓耳朵，不由自主地把自己的脑袋挠了一遍，又不放过耳朵根，似乎耳朵根藏着好办法。

"不然，由她一个人端锅，坐牢去。"江荟毫不示弱，在她做好了失去的准备后，她反而平静了，云齐真是遇到世纪大难题，老妈吃官司和老婆被倒牌子，他选帮哪个？弄得不好，两败俱伤，他好不容易才拥有的爱情家庭婚姻全部失去。

云齐真正感到了为难："待我弄清楚到底是为何，再商议解决办法。"

"你一定要问出谁卖给她设计图，内贼必须找出来。"江荟坚持。

"放心，我会给你公道。"

云齐抚摸着江荟的肚子，跟两个宝宝说："乖啊，爸爸有事出去，不要让妈妈烦恼，跟哥哥一样乖乖地体贴妈妈。"

他直奔"菊珍服装厂"大厅。

果然如江荟说的，这里成了临时的销售大厅，销售人员懒散地跟穿梭在衣架中的顾客推销，很淡定地问，喜不喜欢，喜欢就带件回去。

云齐从推销员的工作态度，猜出江荟已经做了工作，当着顾客的面轻声劝顾客不买服装，拿着报酬不干事，脸比树皮还厚。云齐心里忿忿，可又能怨谁呢？

他又来到裁剪车间，缝纫车间，熨烫车间，一遍走下来，他知道了老妈经营服装厂的艰难，车间不到五十人在流水线上完成外贸服装订单，看他们使用电动缝纫机的熟练程度，就知道又是招的新手。

眼前的情况证实了江荟说的，服装厂的外贸逐渐减少，处于吃不饱的状态，导致大部分熟练员工跳槽，还在厂里做的，基本上是厂里委托电大培训的生手。

云齐轻叹了一口气。

他又去成品仓库，指着堆在仓库角落的几个大包，问打包员："这些没邮出去？"

打包员看到厂长的儿子来查询，很爽快地告诉他，人家退货不要了，还拿出运货单子，翻给云齐看，通过邮局送出去的订单存根。

云齐翻看了订单存根，发货到本市，外省的都有，出库数字跟江荟拦截的数字相同，江荟是花费了多大的精力才避免了一场家庭灾祸，他在心里估算，除了大厅里还在销售的服装，库存并不多，他的心里踏实了许多。

他大步流星走进厂长办公室。

王菊珍正在给她的助手安排工作，见儿子来有些激动，跟助手交待几句，得意洋洋看着儿子。

"男人当爹了果然懂事。"

王菊珍起身把自己的老板椅让给儿子坐，讨好儿子："喝茶还是饮料，有可乐。"

"不喝，有事找你。"不知道怎么开口，指责，批评，埋怨似乎都不适合，他的眉头不由得皱起来。

儿子神色阴郁，遇到难事来求她，王菊珍大方表示，有什么事说，多难也给你办好。

"大厅里的服装不要再卖了。"云齐表情严肃，说话语气带着不容置否。

"笑话，卖得好好的为什么不卖？"王菊珍一副你不懂的表情，她圆滑地绕过云齐的话题："你跟钱有仇啊。"

"大厅里的旗袍不要再卖。"云齐重复的时候，眉头更加紧蹙，额头皱成了一个"川"字，"你不怕名誉受到损害。"

"我的投资还没赚回本钱呢。"王菊珍扭头看窗外，放下二郎腿，说话也不再温和，一副不容商量的傲慢，"谁告诉你的，江荟？她能见我一点好吗？"

"妈，你在犯法。你假冒他人的注册商标，是要坐牢吃官司的。"

"他人？她是我儿子的老婆，是一家人！"

王菊珍的手指敲在茶几上，尖锐的问话，把母子间的天，聊死了。

"……"

云齐语塞，王菊珍竟然真的算计他，不同意他跟江荟登记结婚，却利用江荟的设计堂而皇之造假，她什么时候变得有钱缝就钻，不念亲情，罔顾法制，她怎么变得如此厚颜无耻，两副面孔对人，江荟的身份她没认可，利用起她的服装品牌获利，却理直气壮，大言不惭，天下还有的人认识"不要脸"三个字吗？

"妈，你清醒点。"

云齐已经不会发怒了，叫不醒的人，再大的怒气只会伤了自己："你偷偷摸摸地瞎弄，你的职业操守你的良知呢，你挂在墙上的法律法规，是要约束自己提醒自己，做个遵纪守法的经营者，行吗？"

"小兔崽子，轮不到你教训我，你不当家不知柴米油盐贵，你结婚不要钱，你生孩子不要钱，你睁开眼睛哪天不要花钱，你以为住别墅开汽车，钱是跟着雨下来的，都是我白天忙了夜里加班赚的，瞧你，坐着说话不嫌腰疼，你是清高了。"

王菊珍拿眼睛刮了儿子几眼，万般委屈地诉说生活的琐碎，这是谁也绕不过去的，家长里短的事情说起来只有同情的份，身在此山中的切身体会。

云齐沉默，做儿子的不能罔顾母亲的辛苦养育，王菊珍的每句话都是针对他的，他还是低估了亲妈是有备而为，铆足劲要跟江荟较量一番，是明知不能还是做了，她在赌，赌的就是儿子叫云齐。

那一刻，云齐懂了江荟的悲伤，懂了江荟步步后退，是为了他的颜面，原生家庭将给他带来的伤害，殃及后代，云齐这一刻，悲伤得不能自已，无法言说。

云齐体谅母亲王菊珍十几年独自经营一个服装厂的艰辛，她对江荟的多次作妖云齐始终以一颗包容心不去计较，连他和江荟的婚礼也考虑自己办，用自己挣的钱。

回国后，见王菊珍拍马哄人请人吃饭，把云齐拉去作陪替她撑场面，直到喝得醉醺醺被儿子带回家，靠在沙发上喊累。一个五十几岁的私营企业家为了多拿订单，真的把自己豁出去了。

市场经济只认市场，不认年龄。

云齐对王菊珍着迷于使用假冒商标进行生产，已经走火入魔，他自知靠他一个人说服不了顽固的母亲，他请父亲云有志出面，父子兵一同出场，共同阻止王菊珍在犯法的路上继续走下去，挽救她远离监狱的大门。挽救这个家。

至亲至疏是夫妻。

二十五

王菊珍见云有志和儿子如两尊神，严阵以待地等候她，很意外，出于心虚，出于西风有压倒东风的架势，她眼神慌乱，一贯的强势在两位真神面前瞬间破防，瞬间被威慑住了。

她暗自提醒自己：阵势上不能输给他们，不能在男人和儿子面前失去了威风，这两个男人没少享受她的辛勤付出获得的红利，不能让父子俩得逞，不然，这个家没有她说话的份了。

"同一个战壕里的，要一起吃了我？"王菊珍拿出了十二分的凌厉先发制人，目光傲视父子俩，狠狠盯了云有志一眼，一番话直接打脸云有志——你仗儿子的势欺负老婆，还是男人嘛。

一屁股坐在沙发里，仰着头看天花板，对着天花板说："掏钱买房买车的时候，从未见你如此积极配合。"

"嘭！"的一声，王菊珍的手提包带着怒气从沙发飞到八仙桌上，抱着双臂拉着脸，就像眼前父子两人欠债不还，还敢摆脸色，反了你们。

云齐见父亲的脸拉长了。触到父亲的底线，把他惹到了，有戏。

"我整天忙得脚不着地，巴不得自己是孙悟空，可以72变，变成无数个自己，回家要看你们横鼻子竖眼，这还是家吗？"

父亲慢了一步。云齐对发威的王菊珍不吭声。

云有志看到王菊珍霸气外漏心里发笑，这女人虚张声势起来果然有一套，这惯用的招数吼住云有志，不是因为王菊珍厉害，而是云有志心疼她一个女人做企业不容易，他帮不上她，回家宠着她。平时发发威风无伤大雅，迁就她，小吵小闹发发脾气包容她，生活上尽可能的照顾她，把她骄纵成这样，全家人都是窝囊废，都要靠她养的。

今时不同往日，王菊珍有犯法的嫌疑。

云有志听儿子讲了王菊珍做衣服销售的情况，江荟已经把事情安排到最理想的状态，王菊珍牢饭免除，罚款的事情有上级部门来操作，让她交出同谋由云齐解决，儿子又让父亲出面，其中的难处云有志懂。

他跟儿子表态，她若坚持不肯合作，把一家人拖进可怕的深渊，我会壮士断腕。父子俩的任务是从王菊珍口中，掏出盗窃好设计图的人，所以，父子俩不着急，慢慢套王菊珍，找出王菊珍的破绽，获得需要的信息。

王菊珍看父子俩谁都不说话，以为被她震慑住了，她站起来猛地拍了八仙桌一下，想呵斥这对无声示威的父子，可一掌下去，肉做的手心拍在坚硬的木头桌上，王菊珍手掌心疼了。

十指连着心，她的心脏也跟着震撼了一下，一颤一抖地疼，她皱着眉头，带着一脸恼怒又坐回到沙发上，扭过身体摆出老娘也不想搭理你们的架势。

王菊珍背过身嘬起了嘴，呼着疼痛的手掌心。

云有志被王菊珍这莫名的一拍桌子震惊了，怒气直冲头顶，起身走到王菊珍的面前要责问她，发现老婆侧过身体正在揉着发威弄疼的手，痛得脸都皱了。

　　王菊珍咧着嘴揉手掌的样子，揉软了云有志的心，他顾不得责问王菊珍，弯腰低下头帮王菊珍吹手掌。

　　"菊珍，疼吗？"

　　云有志低头哈腰开口一哄，把王菊珍的眼泪给哄出来的，王菊珍含着眼泪别过头。

　　云有志见状，抓紧王菊珍那只拍过桌子的手，轻轻地吹着。

　　王菊珍顺从云有志的爱抚，眼泪在眼眶里转了转，泪珠还是成串滚落而下。

　　云齐难得看到父母你情我浓，他的心里有个愿望，父亲会说服母亲，把那个卖给她设计图的人说出来。

　　果然，云有志动之以情，晓之以理，劝说王菊珍，以情服人。

　　"我和儿子都很担心你。我们家在你的经营下很好，一儿一女也很争气，江荟的肚子里怀着双胞胎，我们还没有给她一个像样的婚礼，连接纳她祝福她的态度都没有，她肯给我们生孩子，是个好姑娘，这么齐整完美的家庭，我感到幸福，我也很珍惜。"

　　知妻莫如夫，云有志的开场白直接点到王菊珍的心里，太感人了，云齐知道他妈王菊珍最吃这一套，此时眼中泪光盈盈，显然被感动了。

　　云齐期待老爸能够旗开得胜，撬开王厂长的嘴拿到他要的信息，他安静地看着父母互动。

　　"菊珍，你事业兴旺我们全家有目共睹，天道酬勤，两个孩子因为你的努力能够出国留学，我们一家人齐心合力勤奋工作，相信我们的日子会越来越好。"

　　"你别给我戴高帽子，不珍惜别人辛苦付出的大有人在，我不在意别人羡慕还是嫉妒，我只要全家过上富裕的生活。"

　　王菊珍把手从云有志手里抽出来，身体也别过去不要面对云有志，身体语言是不想跟你多说，你滚一边去。

"生意场上没有常胜将军，我们要承认老了，落伍了，我们要学会后退，把舞台让给孩子。"

"你说得轻巧，谁来接我的班？儿子有自己的事业，女儿不喜欢操心，你让我退到哪儿去，这么大的一个摊子，还不是死撑着。"

王菊珍一脸艰难困苦，她的难处一言难尽。

云有志见王菊珍的脸色缓和了，倒出了心里的苦衷，心有不忍，他对云齐看了一眼，让他看戏，继续听老夫妻道家常。

"儿子设计'云相荟'衣裳的商标用了防伪记号，你不知道吧。他的设计是为了防止外人假冒，把江荟的努力占为己有，说到底，保护江荟获奖的荣耀，保护的是我们家的体面，孩子们都不容易。"

王菊珍把眼眶里的眼泪用手掌抹去，臭男人假惺惺地讨好原来还是绕到了服装上，凭自己能力赚钱有错了，她不服气地教训云有志："别不懂装懂，"一脸的不服，扭过身体又摆出一副老娘不理你的架势。

"市场经济是有秩序的，保证消费者的利益，才能保证你的利益，你破坏了原有的公序良知，还能让人相信一分价钱一分货，群众的眼睛是雪亮的，谁也不傻。"

"买卖一直是公平的，愿意买愿意卖，我没逼着谁买我的衣服。"王菊珍不吃那一套，夫妻俩的谈话谈崩了。

云有志与儿子面面相觑，家丑尽量不外扬，面对着浑身长刺软硬不吃的王菊珍，父子俩没了对策。

"妈，设计图哪儿来的？"云齐上来直接问核心问题。

王菊珍白了云齐一眼，没吭声。

"你包庇盗窃商业机密的人，假冒商标罪和盗窃商业机密罪你一个人挑，两罪并罚，你掂量掂量，罚款难免，坐牢也未必不会。”

王菊珍从沙发上跳起来，指着云齐的鼻子吼道：

“你就看不得我一点好，记住你如今的地位是我辛苦挣来的钱砸出来的。江荟是你老婆，我是她的婆婆，是你们的长辈，你如今学会跟老婆联手打压老人了，江荟获奖属于云家，我用了怎么了？肥水不流外人田。”

“妈，你好好用了吗？你跟我和江荟商量过吗？擅自假冒商标，拿江荟的获奖作品作为卖点忽悠消费者，消费者冲着电视里看到的高档服饰而来，你的产品和获奖作品的质量不匹配，当然敢告你卖假货。”

“谁告了我？把那个人拉出来让我瞧瞧，她有多大的胆？”

王菊珍“蹭”的站起来，拉开了撒泼的架势。

“你们父子俩又是批评又是逼供，就差用私刑了，来，你们一起上，想把老娘怎样，打一顿出气还是拉去告官，说呀，我还不知道你们肚子里的小九九。”

云齐见雷厉风行的王厂长一点都不肯接受他们父子的劝告，明知自己有错故意搅乱视线，尤其反感家人的苦口婆心的劝阻，怕家人的攻心术把她深藏的秘密揭穿。

其实，她没必要用撒无赖来抵制，把矛盾的焦点引到他们父子身上，与父子对着干，胡搅蛮缠，不可理喻的王菊珍，云齐不敢紧逼，她的反常正好说明她心虚，欲盖弥彰，不想暴露内心的真相，她应该比他更焦虑。

云有志看到王菊珍在是非曲直面前依然强词夺理，他不能再迁就王菊珍的蛮狠，他把沙发上的王菊珍拉起来，第一次冲着老婆发怒。

“王菊珍，你有脸说，江荟是你儿媳，你接受她了吗？你

217

去祝福了吗？她叫你一声婆母，敬你喝一杯婆婆茶了吗？你好意思开口儿媳，闭口儿媳，法律承认她跟云齐是合法夫妻，你承认她是你的家庭成员了吗？既然没有，你开你的厂，她开她的店，井水不犯河水，你为何要赶这趟浑水，去霸占不属于你的东西，摘取江荟几番辛苦努力才获得的成果，你还有做长辈的样子吗？"

云有志说完，拉着王菊珍起身往门口走，威严地站到门口，指着门外对王菊珍说。

"你想往后一家人和和睦睦过日子的，把事情的原原本本跟我们父子俩讲清楚，或许还有补救的机会。你要一个人承担死扛着，那好，你吃官司也好，你被工商重罚也好，你先跟我去离婚，我不要跟你一个铁石心肠，顽冥不化，宁可把家拆了，也不肯跟我们父子交心的人过后半辈子。"

王菊珍怔在门口看着云有志。

当真生气了，结婚三十年，第一次说这样无情无义的话，还狠厉地把她往外推。

王菊珍知道自己犯法，知道买下江荟的设计图是盗窃商业机密，在云家她说了算；在厂里她说了算，生意上能不能赚钱她说了算，她不会被两个胆小谨慎的男人吓着了，乖乖地说出秘密。

王菊珍低头站在门口，倔强地与云有志对峙。这对夫妻第一次僵持着，谁也不肯让一步。

云齐心软了，上前扶着王菊珍坐回到沙发里。

"妈，我爸的话不是危言耸听，不是吓你，你心里比我们明白，等到法院传票送到你手里，谁也救不了你。"

王菊珍的眼里闪过一丝惊慌，儿子似乎知道更多对她不利的消息，不然不会这么说，看来，真的有人举报她。

"儿子，你一边是爱人一边是妈妈，两边都是你最亲最爱的人，两边都是你要保护爱护的人，你不做主谁做主？"王菊珍的语气软下来了，开始盘算退路。

"母债子还，天经地义，你让我替你坐牢，还是替你付罚金？"

儿子不吃她的一套，王菊珍语塞，开始相信事态真的如儿子说得这般严重，她会进局子，她局促不安地看着云有志和云齐，坐在沙发上进退两难。

"我跟江荟分账，五五分成，她出技术，我出资金，算是我们婆媳的一次合作，这样公平也合理。"

王菊珍的眼珠一转，等待家里两个男人的反应。

"妈，你还执迷不悟，这不是钱的问题，你毁了江荟在服装界的立足之本，她不忍追究，重点是你犯法了，会有法律管制你。"

云齐几乎要跪在他妈王菊珍面前。

"菊珍，江荟发现你假冒，把你发往外地的货都截胡拿回家，把你的罪责减至最低，她在拼命维护你。"

"她维护的是她的名誉吧。"王菊珍的目光盯着儿子，"这丫头一路走来满满的心机，你们都被她骗了。"

王菊珍挑衅地看着云有志。

"电视上得个奖，市场就是她的，去菜场买菜还要放个篮子，搁块砖头先占个位子呢，她福气好，找了个百般呵护的好男人。"

云有志看着王菊珍蛮横的样子，巴不得上前撕了她这张利嘴，可是又下不去手，气得指着王菊珍鼻子，发抖的手，发抖的声音。

"你不是抢占市场位子，你是扰乱市场，是捣乱，是犯法。"

王菊珍翻着白眼看云有志，"你好意思联合儿子一起来攻击你老婆，你咋不学学儿子，像个男人一样呵护自己的女人，你哪有夫妻的情义做丈夫的担当。"

云有志对王菊珍的一顿抢白无法反驳，继续垂头听王菊珍撒泼。

"关起门来就是一家人，说来说去江荟鬼主意多，搅得云家母子反目，夫妻情断，她还想进云家门吗？休想。没进门就能闹翻了天，她进门了还得，还能有我的好日子过。"

王菊珍又避开了核心问题，她针对的始终是江荟一个人。

云齐再也听不下去。

"妈，你搞事情坏她的名誉在先，触犯法律，影响我们全家乃至几个孩子的未来在后，江荟不是让你好欺负的，她始终敬你是长辈。妈，我再声明，我入赘江家。"

王菊珍一愣，伤心地看着丈夫云有志："你怎么同意独生儿子入赘江家。"又看着云齐，"我一番心血培养儿子，是为别人作嫁衣替别人家服务，我还那么辛苦做什么。"

眼泪，夺眶而出。

"菊珍，你做旗袍的图纸是哪儿来的，告诉儿子。"云有志耐着性子问。

"哪儿来的？自己画的，依样画葫芦画出来的，我的设计师看见了江荟的旗袍展示，我还看到了江荟做的十八件走秀旗袍，没吃过猪肉，也见过猪跑。"

王菊珍一下子爆发了内心的厌烦，对着云有志大吼。

云有志终于失去了耐心，王菊珍做企业二十多年，跟各种人打交道把嘴皮子操练得油嘴滑舌，心肠也磨砺变硬了，老夫妻之间，看她跋扈听她狮吼也就算了，此时此刻她殃及子孙，还不见棺材不掉泪，不见兔子不撒鹰，他再不下狠手，得不到想要的证据，这个家真的会被她毁了。

"你宁可坐牢不肯把你的同伙检举出来，你不管家里的老小，那好吧，我好说歹说你不愿意说出真相，我也不为难孩子，我去法院检举你假冒注册商标和盗窃商业机密，然后去法院离婚，你想晚年在牢房里过，我成全你。"

云有志又对云齐作揖："儿子，对不起你们！你和江荟带着孩子们好好过，以后，孩子们都姓江，免得沾了云家的晦气。"

伤心的云有志对着儿子要下跪。

"爸，使不得。"云齐眼疾手快扶住父亲不让他下跪。

云有志老泪纵横，劝不动王菊珍真的伤心，以壮士断腕的决绝，用离婚来成全孙子们的未来。

老云！王菊珍惊呼了一声，云有志宁可失去家庭圆满，失去婚姻也要帮江荟讨回公道，她心里最后一点顽强也土崩瓦解，扑向云有志，她真正感到害怕，感到后悔，是失去云有志这个依靠。

"陪我去自首。"

二十六

许琼坐在丰城庄严的法院大厅，心潮起伏，她不甘心自己因为帮了别人而被起诉，接受庭审，她所做的事情，不应该由她一个人承担。

她从"珍菊服装厂"辞职，就是带着帮服装厂的使命，王菊珍跟她讲得很清楚，苏欣推荐她去帮"云相荟"看店，帮衬江荟的同时，不要忘记把她店里的新上的旗袍款拍照片给她："旗袍穿出去都看得见，有人见好看临摹很正常。"

近水楼台先得月，她答应把顾客的新旗袍拍个照片给王菊珍，跟王菊珍说自己也想学做旗袍时，得到了王厂长的赞许："年轻人好学是好事，但是学做旗袍关键是要有设计图，毕竟，旗袍的细节很讲究。"

许琼心领神会，记住了王厂长的话，设计图很重要。

王厂长善于走捷径，一件她从日本考察穿回来的旗袍，她拆了"云相荟"的原商标，换上"菊珍服装厂"的商标送去参加比赛，名利一起涌向她，高段位的打擦边球，许琼要学一学，可惜，无人能把旗袍的设计图画出来，没法进行生产，成为王厂长的一大憾事。

她拍下的照片，王厂长都喜欢，见她给的照片多了，王厂长给了酬劳，服装的照片每张一百元，设计图，每张要一千元。用王厂长的话说，这靠山吃山，靠水喝水，不吃不喝是傻子，任何东西都有价值标码。

神不知鬼不觉，两人合作愉快，只有天知地知你知我知。

短短两个月，许琼收到王菊珍付给她的报酬五千块钱，相当于她在江荟店铺做三个月的工资，许琼非常满意王菊珍的慷慨，也非常满意自己的机灵，从江荟那里拿工资，在王菊珍那里得奖金，双份收入，她为自己的小聪明得意，"云相荟"的生意好，每天有新的旗袍款式在店铺挂出，是个挖不尽的小金库，在"云相荟"招呼客户更加卖力，对江荟也特别用心。

唯一的遗憾，她接触不到"云相荟"的旗袍核心——设计图。

日子过得很舒坦，不知不觉，许琼给她爸买药也不用紧巴巴抠搜搜，不时买些菜回家，改善伙食，她爸的脸也不再紧绷，对女儿的孝顺报之以笑意相对，家里好吃的东西，也会偷偷给她留一份。

法院的传票寄到村里转交给许琼，家人才知道许琼闯了大祸，家里闹翻了天。

父亲骂她好人不做做贼人，一顿捶胸顿足之后，举起竹竿追着她打了一顿，嫌她丢人现眼，把她关在房间不让出门，整天守着许琼房门唉声叹气。

她的未婚夫嫌弃她手脚不干净，是个做贼的料，上门解除了婚约，生生对许琼说："我不能让孩子生下来就带着一副贼心贼胆。"讨回了订婚的礼金，离开前对她们家"呸"了好几下。

许琼嫂子更是不饶人进家门就指桑骂槐，不喊名字不说姓，一口一个害人精，内贼家贼当名字，饭桌上教育一双儿女要做勤劳的人，不做贼，诅咒贼人早死早清爽，免得害人。

许琼要冲上去跟嫂子论理，拿钱买鱼买肉时，一家四口挑大的肉夹，嫂子还不停把肉压在孩子饭碗里："小孩子长身体，多吃肉。"没见害到了谁。

许琼妈把她压住："少说两句不死人，理亏，捏牢鼻子不要响，往后夹着尾巴做人。"许琼叹了一口长气，离开了饭桌，这样的家庭环境，她无处替自己申冤，只有独自饮泣，连哭也很压抑，不敢出声。

碰巧，哥哥做木匠的家具厂丢了木板，老板硬栽赃许琼哥哥，说，妹妹是贼，哥哥也好不到哪儿去，把哥哥踢出家具厂。

贼人一家亲。附近的厂家都知道许琼的事，没有哪家老板敢用贼人的哥哥，许琼把全家人的颜面丢尽，也把全家人连累了，左邻右舍说三道四的吐沫星子差点把他们淹没，侄儿侄女回家哭天喊地，被同学欺负，说他们是小贼人。

许琼哥哥拿着扁担站在门口，说再这样下去，活不了了，许家门庭清廉，不留贼人，要把许琼赶出去。

许琼妈拉着儿子下跪求饶："赶她出去会害死她的，不如我先死了，眼不见为净。"一家人闹得鸡飞狗跳，不得安宁。

许琼找江荟认错，把五千元不义之财交给江荟，以求继续在店铺工作。

"姐，我痛改前非，一定认真工作来回报您的大恩大德。"

江荟没有看许琼，她低头裁剪案板上的布料，听许琼说完，她直起身："你还是走吧，你在，我心慌。"把结清的工资交给她，"以后要识得人心，不要被人利用。"

许琼拿着工资，低头流泪，软糯和气的江荟待她和善，但和善也是有底线的，善良里要设定底线，她想起父亲以前常说的话，她触碰到江荟的底线，再和善的人也会亮出锋芒。是自己不知好歹，不懂珍惜，给人量身高，每天擦干净店铺，拿的工资比别家的店员高，是江荟同情她孝顺父母，高看她三分，是自己把江荟的善心当做好欺负，自作孽，不可恕，当一回贼，一辈子被人当贼看待。

许琼又去求苏欣，求苏欣帮她找个收入高的活儿。

苏欣让她以后不要找她，也不要提她是苏欣的徒弟，她这个老师担当不起，忍不住数落她，当初推荐你，是因为你勤快，善良，知道你背叛老板，拆老板墙角的事情也敢做，这样狠毒，谁还敢要你做事。

苏欣当着许琼的面发誓，不再给她做任何推荐："我们是陌路人。"

许琼去找王菊珍，要回到厂里做缝纫工。厂门口的保安拦住不让她进去："放一个贼人进去，我们要被开除的。"

许琼处处碰壁，老老实实接受法院的庭审，候在法庭大厅，等候传讯进去，坐在大厅，她四处张望，希望看到熟人，进进出出法院大门的，都是有人陪着，即使是离婚的夫妻，在法院判决前，依然是夫妻，依然要同进这个大门。

许琼的目光扫到一个孤独老妇人的背影，微胖，佝偻着背，像王菊珍，可一头白发不像，王菊珍的头发很有噱头，总是焗油，焗深棕色的，洋气有派头，老妇人走路躲躲闪闪，怕被撞见的猥琐样子，不是王菊珍，王厂长何时这般窝囊。

非常后悔自己滋生贪念，触犯了法律，她不想就这样被绳之以法，毕竟，买卖是双方，她是卖方，得到的金额不多。

她别过头，深深地叹了口气，等了半个小时，没有遇到一个认识的，老天爷也在埋怨她做人不地道，她再一次把目光扫向孤独老妇人。

老妇人走上楼梯扭头的一刹那，许琼看清了，一张胖脸的侧面，竟然是王菊珍，得来全不费工夫，如猎犬发现了猎物，以猛虎下山之势扑过去，抓住这个害她的老妇人，许琼抬头看到了国徽，法院禁地，她不敢胡来，也许，她也是来法院参加庭审的，跟她是为了同一件事情。

许琼惊喜交加，刚要打招呼，不料，王菊珍躲闪着走到角落，推开楼梯的门，侧身进去，"嘎吱"一声，门关上。

许琼不知道王菊珍去几楼，她紧盯着二楼的走廊，王菊珍没有出现，那就是三楼，许琼的庭审法庭也在三楼。

她不慌不忙从电梯上去，在电梯的另一侧长椅子上坐下，守株待兔。

走楼梯的王菊珍是来交罚款的，假冒注册商标进行生产销售，被江荟拦截和制止，投资血本无归，她举报有功，因为量刑很轻，免于判刑坐牢，在云有志和儿子的帮助下，她筹集资金前来交款，儿子和丈夫送她到法院门口，在外面等着，叮嘱她低调行事，交了罚金赶紧出来。

她走楼梯，是看到许琼在大厅张望，赶忙侧过身，低下头，她不敢上电梯，靠墙走到楼梯口，推门进去，门关上，王菊珍闭眼，定神，蹦蹦乱跳的心脏慢慢安静下来。

悄悄推开三楼的楼梯门，她机智地左看右顾，没有熟人，许琼没有发现她，王菊珍拍了拍自己的心脏，安慰自己安全过关，迅速拐弯，去缴纳罚款。她站在三楼往下看，许琼不在大厅了。大概接受庭审了，王菊珍一喜，迈着沉重的脚步，绕过大柱子，直奔电梯口。

许琼如一只机智的小狐狸，一下子冲在王菊珍的面前。

"王厂长，逮住您了。"

许琼的突袭，话语不重，可这话听起来很不舒服，吓得王菊珍一跳，她连忙捂住心口，脸色发白。

"吓死人了。"

突然有个白发苍苍的老妇人在自己面前，许琼同样吓着了。

她眨了眨眼睛，是王菊珍，头发花白，神情憔悴，既没有往日的厂长威风，也没有企业家神韵，连走路都佝偻着背蹒跚而行，怕踩死脚下的蚂蚁，小心翼翼，与趾高，颐指气使的王厂长判若两人，捂住心口看着她，像个老年病人，似乎一不小心就要摔倒在地。

许琼依然不能放过王菊珍："王厂长，你是参加庭审的？"

"什么庭审，我来交罚款。"王菊珍的身体往后躲。

"你不用进法庭，你不需要接受法官的询问。王厂长，您帮帮我，跟法官说说，我也是受害者，我害怕。"

王菊珍逃脱庭审的事实结果，增加了许琼内心的恐惧，她一把抓住后退的王菊珍，如抓住了一根救命稻草，瘦死的骆驼比马大，王菊珍在丰城的知名度，他有个在政府部门的丈夫，有个幸福的家庭，他们帮她洗脱了罪责，她要王菊珍帮她，带她离开法院。

唯有王菊珍能帮她了，她们是同谋。这个念头一出，许琼的眼神变得狠厉。

"我犯的罪我受，我的投资血本无归，服装厂破产了，我罚款罚得掏空了家底，我自保都难，拿什么帮你。"

许琼如看到了救星，眼泪哗哗下："我去找你，没找到，王厂长，你陪我上法庭，你去跟法官讲清楚，我只是收了您五千元。"

许琼拉着王菊珍要进法庭，把王菊珍吓得魂飞魄散，她极力要推开许琼抓住她手臂的手，喃喃道："我不认识你，不认识，放开。"

"王厂长，你不帮我，没有人帮我，我也是没办法。"

满脸惊慌的王菊珍，连看一眼许琼的勇气都没有，始终低着头，花白的脑袋在跟许琼的身体拉锯中摇晃，如一丛孤独的荻花。她一边用力退到电梯门口，一边四处观察，不要碰到熟人，她如惊弓之鸟，她的人生如退潮的沙滩，潮水带走了一切，沙滩上什么都没有了，一览无遗。

她经不起惊吓，是一只惊弓的老鸟，再也扑腾不起来。

"王厂长，你是一棵大树，有能力庇护我，帮帮我，向法官说明情况，给我作证，我没有犯罪，我也没有出卖商业机密，是你让我拍的照片，我拿的是你的酬谢，不是买卖。"

"你不要提拍照，我没有让你拍照，是你自己偷拍卖给我，赚外快，你这样的小人，谁用谁倒霉。"

王菊珍挣脱了许琼的手，赶紧走几步，她要进入电梯，才能摆脱许琼的纠缠，她已经把自己折腾的两手空空，她再也不要去跟许琼有瓜葛。

许琼岂能让她走开，在王菊珍要进电梯的一瞬间，许琼把王菊珍一把拉出电梯，一摁按钮，电梯下去了，她把王菊珍拉到椅子上，把王菊珍摁在椅子上不能动弹，旁人看来，是两个人在亲热地聊天，只有王菊珍知道，她微胖的身子，被压迫得

227

只有喘气的份儿，动弹不得。

"王厂长，你嫉妒江荟，恨她，要搞垮江荟，你授意我拍照，引诱我盗窃江荟的商业机密，你才是商业机密罪的罪魁祸首，你还恶人先告状，把罪责推到我一个人头上，举报我盗窃商业机密换取利益，王厂长，你才是始作俑者，最大利益获得者。"

"你们婆媳俩，从没有在一条板凳上坐过，却为了共同的利益对付我，沆瀣一气，不是一家人不进一家门，江荟也不是什么好东西，给人生私生子，跟外地人私奔，……"

"砰"地一声，王菊珍的脑袋撞了许琼脑袋，阻止了许琼对江荟的人身攻击："不许你侮辱江荟，她生的孩子都是云家的种。"

许琼眼前闪了一片金星，又疼又气，她不敢高声骂，只有紧紧扣住王菊珍的手腕不放，一条腿压在王菊珍厚厚肉腿上，放了下来，铆足了劲把王菊珍往法庭的门口拉："跟我进法庭，我就在第三法庭，我要举报江荟，超生。"

王菊珍一听更来气了，自己假冒注册商标进行生产和销售，清空了家底交了罚款，厂子被封，她成了一无所有的失败者，再进法院被查超生，罪加一等，她赔上自己这条老命，还要陪上儿子的未来，丈夫的前程，爷儿俩在法院外等候她，不能被许琼纠缠住，她对着许琼猛烈挣脱，厉声喝道：

"放开我。"

许琼被王菊珍甩开，又立刻抓住她的衣衫。王菊珍不敢挣扎，撕破衣衫，露出一堆肥肉，更加难看。

"你得给我作证。"许琼的小脸冒着寒气，"作完证，我自然不再纠缠。"

"笑话，法院可以自由进出，你说进去就进去。"

王菊珍打死也不肯进去，一个拼死往前拉，一个拼命往后退。像一场两个人的拔河，第三法庭是裁判。

两个曾经站在利益链的各一端，昔日拿江荟的设计为自己谋利的亲密荡然不见，如两只斗鸡一下子竖起自己的羽毛发威，颇有点仇人相见分外眼红。

许琼一定要强拉王菊珍进第三法庭，要给自己洗刷罪名，盗窃商业机密王菊珍才是主谋，她顶多是从犯，如今她要接受庭审，或许还会判刑吃官司，王菊珍却毫发无损，她怎么能咽下这口气，王菊珍想轻松脱身，逃离法律的制裁，没门！

为了区区五千元要接受到法院庭审，有钱人把自己的过错摘得干净，把她推出去当替死羔羊，许琼怎么能甘心，法院太轻饶王菊珍，太便宜了王菊珍，遇见王菊珍，老天不让她绝望，她抓住王菊珍，必须把她当做拯救命运，改变她命运的转机，死也要和王菊珍拴在一根绳上，如两只蚂蚱，要快乐蹦跶，一起蹦跶，要完蛋谁也逃不了。

许琼心中的恨意只有对王菊珍发泄，可她人小力气不大，拉不动敦厚的王菊珍。

王菊珍被许琼牢牢地扣着她的手腕，两人的拉锯战中，她的身体一直在努力后退，企图挣脱许琼，屁股往后撅着，慢慢带动许琼离开第三法庭的大门。

一对闹离婚没离成的夫妻，吵着从第三法庭出门，男人动手推搡女人，把女的推倒在地，男人还抬脚在女人身上踢了几脚，吼道："让你不离，让你后悔。"地上的女人像杀猪似的嚎叫。

王菊珍趁着许琼一愣神的瞬间，挣脱了她往楼梯口跑去。

许琼一看王菊珍要逃，不肯给自己做垫背，她快步跑过去抓住了王菊珍。

王菊珍一只脚走下楼梯，一只脚还在上面，被许琼在背后一拉衣服，她一屁股坐在地上，一只脚扭伤了，她狼狈地顺势坐在地上痛哭，她这辈子何时受过这般侮辱和欺负，她不顾这里是法院，是禁止喧哗的庄严场所，她骂许琼，笨丫头，害人精。

上法庭的人，都是带着自己烦恼和不堪，带着满肚子的委屈来这里申诉的，自己的事情都够忙的，哪有心情管别人的喜怒哀乐，走廊里进出的人，对许琼和王菊珍的拉扯视而不见。

两个保安见有个头发花白的老妇人坐在地上哭，衣衫凌乱，朝王菊珍走来，把王菊珍扶起来。

许琼怕保安放走王菊珍，急了，强硬地拦住不让走："她是我的证人，她不能走，她走了没有人证明我的清白。"

保安让她们进法庭。

王菊珍连忙后退："我没有接到法院传票，不能进去。"许琼眼看王菊珍又要脱身，她抓住王菊珍。

"王厂长，你不能走，救救我，我还年轻，不能坐牢，一坐牢这辈子跳进黄浦江也洗不干净了。"许琼跪下，血红的眼睛死盯着王菊珍。

王菊珍见许琼情绪激动，神情怪异，死抓着她的手不放，可怜地看着保安："我不认识她，我是路过的。"

其中有个保安有经验，看两人肯定有牵扯，是不是证人只有问法官，就对另一个说了声，"我去问问。"

一会儿，保安回来，指着王菊珍说她不是证人，让她走，对许琼说，你要开庭了。两个保安强硬上前拉开许琼和王菊珍。

许琼见王菊珍不肯帮忙，她破釜沉舟，又扑上去抱紧王菊珍大喊：

"法官，法官，王菊珍才是盗窃商业机密的人。"

王菊珍一个激灵吓坏了，连忙摇头："我不是，我不是。"

许琼死抱着王菊珍不放，精神几近崩溃，大哭大喊："王厂长，求求你帮帮我，我害怕进去。"用膝盖代替双脚，拉着王菊珍的衣服跟在王菊珍的后面走了几步，此时的许琼已经快要崩溃了。

两个保安再次配合，把许琼抓起来，把她抓王菊珍衣服的手掰开，两个人把她带到第三法庭。

王菊珍看着挣扎不休的许琼，松了口气，强忍住扭疼的脚一颠一颠上了电梯，一番拉扯，把王菊珍这辈子的体面扯得粉碎，筋疲力尽，受到了前所未有的惊吓，这场惊吓不比她遭受的惩戒轻，她一撇一拐走出法院的大门，浑身发抖，她惧怕这个世界，惧怕所有的人，看到在法院门外的花坛边，等候她的云有志父子，她一只手按在心口，按住一颗怦怦乱跳的心，扭伤的脚疼得锥心，放慢了脚步，可是疼，钻心的疼，使她站住不走了，蹲下来嘤嘤地哭。

许琼癫疯的状态太可怕了，她孤身只影走进第三法庭，没有一个亲人在身边陪伴，失去亲情的照拂，失去家庭的支撑，这个姑娘不可预知的未来，要毁在她的手里。

王菊珍本来觉得交完罚款一身轻松，破财消灾，保留了颜面，谁知，许琼给她上了刻骨的一课，把她内心尚存的，侥幸逃过一劫的自鸣得意，敲打成齑粉——江荟才是她避免一场人生劳役的可爱之人。

自己这几年又对江荟做了什么。王菊珍认识到自己罪孽深重，她没脸在江荟面前出现，没脸见一对双胞胎出生，连祈求江荟原谅，给她道歉的勇气都失去了，想到许琼的疯狂，执拗，她真正体会到江荟的宝贵。

不计前嫌以大局为重，默默地力挽狂澜，努力去挽救王菊珍免于牢狱之灾，扭转了她的人生轨迹，王菊珍一向自以为是的高傲，在江荟的大度和远虑面前，是那么的可笑，愚蠢。

她没脸见人。她没脸留在丰城。

王菊珍想逃离丰城，逃离这个给她荣耀，也让她一败涂地的地方，她需要独自面对自己所作的孽，躲开眼前的繁杂，经受繁华人世间的孤独。

云有志和云齐站在法院门口，父子俩本来促膝谈心，做了一次深刻的沟通，也对王菊珍的未来做了安排，云有志答应儿子，陪着王菊珍含饴弄孙，颐养天年，一起过安逸平顺的生活。

两人看到王菊珍眼泪流个不停，走路颠簸不平，蹲了下来，不知道发生了什么，对视了一下一起连忙迎上去，一左一右搀扶着她。

王菊珍左看右看，法院门口只有他的男人和儿子在等候，她颤抖着嘴唇，颤抖着身体喃喃说道："许琼太可怕，太可怕了。"

云齐和父亲对视了一眼，不知许琼对王菊珍做了什么，她能够以人为镜，照见自己所做的一切的害人害己。

王菊珍惊恐的，颤抖的，毫无力气地向云齐忏悔："我错了，大错特错。"对云有志说，"我一刻也呆不下去，我要去找女儿。"

许琼在保安的催促下，擦干眼泪战战兢兢孤孤单单走进第三法庭。

法官依据许琼交出了王菊珍付给她的五千元赃款，依据事实经过，按照法律规定，许琼处以五倍罚金，共二万五千，限定一周内交付。

许琼欲哭无泪，这罚金相当于她在江荟店铺工作二年的全部收入，她才干了三个月，她拿什么去交罚金，很后悔自己的愚蠢和贪婪，不仅倒赔数倍，还被扣了一辈子无法摘除的盗贼帽子。

许琼把额头磕破了，没有人能谅解她，匍匐在地哭得稀里哗啦，几度晕厥在地，没有人搀扶，没人安慰，所有人对她的极度悲伤无视，精神陷入恍惚。她大病一场，老母亲照顾她一日三餐，她再次出现在人们面前，是个风一吹就倒的纸片人。

一年后，许琼去日本做合同制缝纫工，合同期满，她没有回国，而是嫁了一个死了老婆的日本农民，留在日本成为三个孩子的继母，小儿子的精神有障碍，轻微自闭，她生了个女儿，一边带孩子，一边做服装株式会社给她的外包工缝纫活。

二十七

待在康桥，王菊珍清闲中生出烦躁，美景和美事并不能治愈她内心的失败感，在举目无亲的康桥，她即便深藏内心的苍凉和失意，可午夜梦回，她总要在不同的噩梦里惊醒，江荟把她的服装厂牌子摘下来踩在脚下，狠狠踩，王菊珍从梦里醒来，心口隐隐作痛。

许婷张牙舞爪朝她扑来，要她作证，给她清誉，不然，不放过她，要去找她。

那个在梦里面容模糊的男孩，她听得见笑声，喊声，奔跑声，就是看不清他的脸，有一次梦里遇到，看到了背影，像云齐刚从乡下送到丰城读书时，清瘦的细高个，王菊珍喊他："小义，让奶奶看看你。"

转过来的那张脸，是江荟的。

王菊珍从梦里再一次惊醒，再也睡不着了，抓起一件外套，披了站在窗口，看雾中的康河，树木是湿漉漉的，就像她的心事。

离开丰城，她像丢了魂，不知如何安放自己。

云凤陪她到康河边，让母亲人人亲眼目睹康河的真面目，一条长满绿色水草，水质清澈的小河："像不像你小时候，村里的小河浜。"

王菊珍站在康河边，环顾四周，康河的两岸，几栋房子在静谧伫立在康河边，绿树草地，儿子和女儿在这样的环境下学习，她颇感欣慰，挣钱再辛苦，在两个勤奋的孩子面前不值得一提。

"盛彧说上了船才知道好玩。"王菊珍像个没有得到玩具的孩子，很执拗地等候云凤带她上船。

"盛彧从小在大城市长大，没见过小河浜才稀奇。我租条船，你自己划船玩一圈。"云凤说，"我要去查资料，论文还没完成。"

王菊珍看了云凤一眼："新场乡下的小河浜有诗人写诗赞美吗？有来自世界各地的留学生吗？"

"妈妈，兴许会有，你没看浦东的发展。"

云凤的冰箱上贴满便利贴，每张便利贴上写着她的学习时间，从早到晚安排得密不透风，见缝插针都困难。

王菊珍心疼女儿，说了句"小白眼狼！"亲昵的语调听起来尽是释然，和母亲对女儿的疼爱，挥挥手让女儿离开，自己躲避了丰城，躲避不了内心的自责，以及悔恨，云凤怎么能懂。

她一个人沿着康河边的草地漫步，她的心跟康河的柔波一样有涟漪，有激泄，当一个人安静下来的时候，往事如潮水般涌上心头。

她寄给江荟的奶粉，有没有把双胞胎养胖，该会笑了，看照片粉嘟嘟的，抱一抱，逗一逗，听他们咿咿呀呀，才是天伦之乐。

王菊珍想起苏欣，她对江荟的力挺和支持，来她厂里拿走了样品服装后，没有再跟她有任何联系，师妹是恨她的绝情。

江荟，王菊珍想起这个名字，嘴角露出苦涩的笑。

她看中了工业局副局长的女儿，在民政局工作。也看中了云有志战友的女儿，参军三年，在税务局工作。无论哪一个，对王菊珍的服装事业都是有帮助的，个体户经营者风光背后的酸甜苦辣，王菊珍尝够了，怎么肯让儿子跟个体户的江荟在一起，最起码，也要让江荟在她的羽翼呵护下。

这俩孩子，咋就那么倔。

王菊珍排斥江荟，各种为难，殊不知，人生的紧要关头肯拼命拉了她一把的偏偏是江荟，想到这点，王菊珍心里既欣喜又苦涩，臭丫头身上一股不服输的劲，像她年轻的时候。

冒着酷暑，推着三轮车去邮局拿退回来的邮包，差点被车撞的情景，王菊珍想起，心里发抖，要是江荟被撞，一对双胞胎受伤，那可怎么得了。

挽救她于危难的江荟，她没脸拒绝，也没脸去见她。如果时间可以让人淡忘过去的种种不幸，那就让时间把她的所做所行，从江荟的记忆里淡化，她再去面对。

从康河边散步回寓所，王菊珍给云有志打了个长途电话，向云有志诉苦："我像被流放了。"

云有志在电话那头打哈哈："耐心待着，这是最好的安排。哎，菊珍，你打的是国际长途，开心点，好好玩，不要再打电话回来。"

哼，谁都指望不上。王菊珍咕哝。

儿子在机场送机时叮嘱她，出去吃好玩好，多笑多看美景，钱不够跟儿子说，以后要给孙子孙女讲你在英国的故事。

云齐说得意味深长。

王菊珍感慨，以前，儿行千里母担忧，现在，老母远行儿子牵挂，她真的老了，轮到儿女替她担忧操心。

王菊珍从衣架上拿下风衣，看到那条去日本出过风头的青色旗袍开衩处，露出一抹明艳的宝蓝。

女儿买的裙子？还藏起来不告诉我。王菊珍满怀惊喜，伸手一撩旗袍的前襟，是一条崭新的宝蓝色绣花旗袍。

她把宝蓝色旗袍从衣架上拿下来，发现里面还有一袭旗袍，淡淡的咖色，桑蚕丝面料的无领长袖的睡裙。

江荟的作品，王菊珍撩起来一看缝纫工艺，果然。

臭丫头，让我穿你做的衣服，存心不让我好过。

她有一瞬间的恍惚，江荟心里始终有她，体贴她，懂她，王菊珍的眼睛有些模糊，有泪从眼眶里流出来，擦掉才清晰。

江才福画设计图，王菊珍见过，是中山装，长衫，女款春秋装，当初她极力邀请师傅去她厂里，请他做设计师。

师傅死了，王菊珍想把江荟带去服装厂学缝纫，师妹身上应该有师傅江才福的设计细胞，也许能成为服装设计师。

云齐执意由他照顾江荟，让江荟跟他一起工作，王菊珍才把江荟弄到招待所。

先入为主的错位喜欢，也错位了王菊珍和江荟之间的本来很有缘分的情义。

世间的事情往往不如人愿，往往不近人情，才让未来有了更多惊喜，以及惊吓，在惊喜和惊吓中成长。

王菊珍左手宝蓝色长旗袍，右手浅咖色桑蚕丝睡裙，都是她喜欢得不得了，又舍不得给自己置办的，江荟送给她了。

王菊珍把两件衣服抱在怀里，心中明镜似的，江荟更适合做她的儿媳妇，体贴，细致，勤奋，相互间有很多话题可以交流。

江荟和儿子一定不会让服装厂闲置，他们让旧厂换新颜，培训职工换新鲜血液，他们闹得越欢，她离开的价值越高，到了让孩子们发挥才华的时候，她应该高兴。

她往后岁月静好，现世安稳的背后，江荟在负重前行，打理她留下的一切杂乱无章。

浅咖啡是王菊珍近来最喜欢的颜色，淡淡的咖啡色，似淡淡的秋，韵味丰富，又如天高云阔，心头萦绕，这方端庄，淡雅，握在掌心，贴在心口，是丫头的体贴和温暖。

丫头，有心了。

王菊珍的心里也如晕开一片淡淡的咖啡色，如远山的高远，辽阔，也如异国的情调，香郁。她轻轻把睡裙换了个衣架单独挂起来。似挂着她轻盈的心，挂着她心头回味的甜。

她拎着宝蓝色旗袍的肩膀处，一抖，美丽耀眼，明媚的宝蓝色上，淡淡粉红的莲花，宝蓝色的旗袍左边肩膀上有一朵盛开的，右下摆，有花苞，有盛开的花朵，如怒放的生命，在蓝天下肆意烂漫，有着明媚的高洁。

精致的莲花图案还是苏绣，这袭真丝旗袍，比她在日本穿的那件还要华贵，王菊珍的心里似莲花朵朵开，她遐想过的华美就握在她手里。

满怀喜悦。意外之喜。欣喜若狂。

抚摸着柔软的丝绸，王菊珍的心也柔软了，心底的某个地方有些颤动，带来微微地疼，隐隐在心房散开。

一颗母亲的心在疼，是母亲疼爱孩子的疼。

反观自己，站在高高的地方俯视江荟，用各种手段来制约她，欺负她，不惜破坏她的名誉，以极端自私的方式，欲逼迫这个倔强的姑娘放弃尊严匍匐在自己面前。

王菊珍抚摸着苏绣，心潮起伏，她再一次被臭丫头的诚恳温柔戳中心底的柔软处，泛起泪光。你敬人一尺，人敬你一丈，人心才能换得人心。她不辜负丫头的美好心意，麻利换了宝蓝色绣化旗袍，捯饬了自己几下，对着镜子的自己打了一个响指，坤宝斜肩一背，潇洒地出门。

心门大开，有阳光照进来，王菊珍幸福的笑容，吸引了路人，对这个中年美妇频频回头，报以微笑。

王菊珍知道是旗袍的光芒给她增添了魅力，她的内心有一种叫母爱的情愫在涌动，挺立的背脊，优雅的举止，温和的注视，脱去干练泼辣的精明外衣，她也是温柔如水的母亲。

王菊珍路过一家餐厅，发现靠窗的餐桌，女儿云凤与一个金发小伙子面对面坐着谈得热络，她一晃神，女儿在谈恋爱？念头闪过她迅速退到窗边观察，距离太远，她依然看到两人很愉快，脸上带着幸福的光晕。

王菊珍扭头看到了店门就在背后，她转身走进了店里，在云凤背后的沙发上坐下，听着闺女一口流利的英语，声音柔美，伴着温柔的浅笑，而金发小伙子脸上的表情被王菊珍全收眼底，他看云凤的眼神专注，带着仰慕，有些缠绵悱恻。王菊珍不忍目睹。

金发女服务生拿着点餐单过来，微笑着让王菊珍点餐。

王菊珍优雅地点了点头，翻开点餐单傻眼了，全篇英文，翻了三页菜单没有一个汉字，也没图片。这，怎么点呀？有个图片提示，也可以有个参考。

她下意识地抬头想问云凤。

不，不，不，她是微服私访不能暴露身份，遂立刻改变了主意，观察四周，餐厅里很安静，客人专心吃着自己盘里的食物，动作优雅，左手拿叉右手拿刀，切下一小块肉，叉子一叉，往嘴里送，抿嘴细嚼慢咽，一副享受美食的高贵气质。

王菊珍只有假模假样地翻了一遍点餐单，最后，她的食指留在最长的一个英文单词——Matcha ice cream 上，指着这个长单词，看了看保持微笑的金发女服务生，赧然一笑。

最长的菜名，除了菜还有调料，还有复杂的加工过程。王菊珍想，就这个了。

金发女服务员给她一个莞尔的表情，对着王菊珍一点头，翩然而去。

不一会儿，金发女服务员把托盘放到她面前，又把一个小纸巾卷，放在她的盘子里。小纸巾卷松开，露出一副刀叉，一个金色小勺。

王菊珍心里一喜，看来自己蒙对了，有肉吃，不禁对金发女服务员报以热情的微笑。

不一会儿，一份装了巴掌大抹茶冰淇淋的小碟子，端到王菊珍面前。

诱人的绿色，奶油淡淡的清香扑鼻。王菊珍心里更加得意，这涂了奶油的肉，与众不同，看着很嫩滑，一定很好吃。

王菊珍在日本用过刀叉吃过西餐，她熟练地左手拿叉右手拿刀，把叉轻轻地压在绿色的肉上，小刀加了点力道，一刀下去，一块绿色的肉滑倒在小碟子里。

王菊珍一看叉子用力太轻，没叉住，左手就加了些力，叉子成功把绿色的肉叉住，这老外的肉烧得真嫩，真难得，一定要细细品味，她优雅地举起叉，把肉塞到嘴里。

绿色的肉冰冷甜腻，入口即化。王菊珍猛然醒悟，自己点的是冰砖，绿色冰砖，第一次尝到，怪不得不认识，绿色的冰砖多了绿色的植物清香味，奶味的浓郁却比她最爱的光明牌白冰砖差远了。

王菊珍有点忌冷，空着肚子吃一大口冰砖下去，兹刺了一下，她下意识的缩了下脖子，一口冷气直接掉到心窝，心口受刺激，有些憋闷。

她不敢发出大的声音，抬头一看，云凤和金发小伙子还在热聊，云凤沉浸在她轻柔缓慢的交流中，没有发现背后有人，倒是那个金发小伙子发现王菊珍频频观察他，对她也多看了几眼。

她缓了口气，低下头，放慢动作，慢慢吃自己点的冰砖。自己要的东西，忍住冷也要吃完，冰砖的冰凉刺激她的舌尖有点麻木。即便这样，王菊珍也不忘支棱起耳朵听女儿和金发小伙子的轻言谈笑，尽管她一个字也听不懂，女儿的声音也是声声入耳，与平时的她不同，王菊珍骄傲，姑娘在英国认真读书了，屏心静气地偷听也很愉快。

突然，王菊珍听见了云凤在轻声喊，妈妈。

金发小伙子也喊妈妈。

不好，被发现了，这下瞒不住了。

王菊珍难为情地把头低了下去，似乎在地上寻找一个洞，让自己藏身遁形。地板的瓷砖映出她羞红的老脸，她想抬头，跟云凤认错，她没有跟踪，只是偶遇。

偶遇而已。

没动静。

哦，金发小伙子不该喊她妈妈。也许两人都谈到了各自的"mama"吧。王菊珍镇定了，继续吃她的绿色冰砖，保持着优雅。

王菊珍悄悄抬头一看，两个人依然聊得开心，金发小伙子依然保持着一脸羡慕，两人依然说着妈妈这个音节，难道是双方在介绍父母的情况，王菊珍继续偷听。

一碟冰砖吃完，王菊珍想走，留下来被发现她偷听会很尴尬，可是她的腿不想动，她还想听下去，云凤用英语说妈妈，真好听，柔美极了，这才像小姑娘喊妈妈的样子，她平时喊妈妈，总是扯着嗓子大呼小叫没腔调，妈的尾音拖长了一点也不好听，如生了个钩子，一定要把妈钩划到面前的霸道。

怎么跟金发小伙子一起喊妈妈时，就这般入耳。

王菊珍确定，女儿在恋爱中，恋爱中的女人最娇美，最动人，也最傻，把最美好的都捧到对方面前，连喊声妈妈都像涂了糖似的。

金发女服务员准时出现，拿走王菊珍的空盘子空碟子。

王菊珍懂的，她该走了！可她还不想离开，女儿跟金发小伙子还没有聊完，她在离开不离开之间摇摆，听见邻桌的金发女郎指着面前的，仅剩一小块肉的盘子，跟金发女服务员说again。

王菊珍一喜，哦，again是肉的意思。她决定不离开，吃了again再走。

王菊珍面带微笑，优雅地跟金发服务员说，again，在金发女服务员惊愕的表情中，得意的，不失优雅地对女郎微微一笑，以示肯定。

金发女服务员微微点了点头。

Again，王菊珍觉得自己优雅极了，终于学会了一个词语，可以吃到肉了，真幸运。

很快，王菊珍就傻眼了，她的again怎么还是绿色冰砖，明明隔壁那桌的人说again是一盘肉，肉煎过的香辣味，王菊珍闻到就着迷。

同样的again，怎么差别那么大，这不是欺负人家不懂英国话吗？

王菊珍的优雅装不下去了，她不能再吃冰冷的东西，一块冰砖她辛苦吃完还能承受，再吃一块，她热血沸腾的心脏会被冰冷包围，后果，有点严重。

餐厅很安静，听不见咀嚼声，说话都很轻柔，环绕的立体声轻音乐也轻柔的如有微风吹过。

云凤聊天也一直保持着柔美的低声，偶尔提高几个音节，马上低下去。

王菊珍把自己劝住了，看在女儿是贴心小棉袄的份上，守着她，不让那个金发小伙子对女儿不利。

王菊珍的第二块冰砖吃得极其慢，她不用刀叉，用小金勺优雅地挖出极小的一坨，慢慢送到嘴里，抹茶清香和奶香混合的滋味，在她麻木的舌尖已经品不出味道，只是在嘴里一点一点慢慢融化，含着不至于太凉，甜腻腻的清香乳液咽进肚子不至于难受。

难以下咽。

王菊珍体会着英国冰砖难吃的程度，她有点愁眉苦脸。

王菊珍回想以前在丰城，吃光明冰砖时大快朵颐，吃的一个爽，像她吃英国冰砖那样优雅地吃光明冰砖，会被人笑话不说，冰砖的牛奶早就被炙热的温度融化流到手臂上滴在衣服上。

入乡随俗，她要有所改变，不能白来一趟。

她的心口有点疼，餐厅的热气和吃下去的冰砖，对她身体实施了内外夹攻，她还是不敌英国冰砖的冷，她想离开，到街上的阳光下暖一暖，可她站不起来，心口如被一只手捏了一把，又放开了，疼隐隐地散开。

她的心绞痛被英国冰砖给勾引出来了，真不合时宜。

"啊哟。"她疼得叫出声来，"凤儿，凤儿。"

金发小伙子先发现王菊珍的异样，眼神已经越过云凤，落在她背后的王菊珍身上。

云凤听见有人喊凤儿，一脸懵然。

金发小伙子指向云凤背面的王菊珍，说，凤儿。

云凤一个激灵，转身看到在沙发上蜷缩的熟悉背影，喊着妈，扑向那个穿着宝蓝色旗袍的优雅妈妈，她看到王菊珍面前的冰淇淋，她明白了。

　　她把王菊珍扶平躺在沙发上，对着金发小伙子说"hot water。"把王菊珍包里的东西叮铃当啷悉数倒在沙发上，抓起滚出来的一个小瓶，迅速拧开盖子，倒出两颗速效救心丸，塞到她嘴里。

　　金发小伙子拿了温开水过来，把吸管对着王菊珍的嘴，示意王菊珍喝口温水。

　　云凤轻轻揉着王菊珍的胸口："妈，闭上眼睛，慢慢呼吸，放松，放松，不着急。"

　　王菊珍的脸色恢复了，对扶她起身的云凤，嗔怪道："用英语喊声妈妈。"

　　云凤拍了一下额头，说了一句王菊珍听得懂的话：亲娘，你真能。这下，自己少不得要经受母亲的一番盘问。

　　哥哥云齐给她规划了留学最后两年里需要学习的东西。

　　一是接触英国一些优秀老企业的管理经验，发展趋势，并考察英国新兴企业的经营模式。

　　二是考察英国服装市场和棉纺织市场，关注欧洲时尚服饰动向，从一个管理者的角度了解学习，也要从一个消费者的角度去考察如何经营才能把企业做大做强。

　　"那个金发小伙子家里，经营了百年棉布生意，产品有上百种，我在跟他学习，哥嫂他们早就盯着我，回去继承您的事业，连服装厂也改了名：云凤制衣。"

　　"你有经营的能力，你会感到有趣，而且愿意花时间和精力去钻研，你只要对成功着迷，会喜欢，并越陷越深的。"

　　王菊珍抚摸着女儿乌黑的一头长发，目光里尽是疼爱，还有期待。

一群义愤填膺的退休老职工聚在"云凤制衣"门口，吵着要退休金。

江荟急忙到厂门口，让保安快点开门，扶着头发花白的老职工，招呼其他职工一起到改造后的食堂，安排大家坐下。坐下来的老职工们，看着装修一新的厂食堂，激愤的心没有安静下来，几个看着体弱的女职工，藏不住心事，有钱把食堂弄的那么好，为何不给他们发养老金，吵吵嚷嚷的声音，都朝着江荟而来。

"王菊珍逃到国外享福，连厂名都改了，是不想管我们这些跟她创业的老人，看不出，她是个只知道赚钱，没担当，不负责任的人。"

"当初叫满五十岁的职工从厂里退休，说我们是功臣会给我们养老金，说的花好稻好，结果空欢喜一场。"

"当初请我们来服装厂的时候，说好了给我们退休金，才跟她转制过来的，她不肯拿养老金赡养退休职工，后悔没有早点看穿王菊珍也是个贪婪的黑心人。"

"钱都到了她的口袋里，怎么舍得掏出来给大家，拿出来都是逆的。"

"当初转制了就回家，还能拿到田种，我们算工人乐，上交了原有的责任田，只按照人口保留了一份口粮田，我真后悔当初被她鼓动，相信她跟她来服装厂。"

女职工叽叽喳喳吵闹声中，混合着男职工粗暴的口语。江荟安静地给老职工们倒茶，听明白了老职工们聚众堵她的原因。

两年前服装厂效益不好，王菊珍让年过五十岁的老职工，拿着最低的工资回家，被劝回家的老职工，回到村里，见邻居种蔬菜，卖蔬菜挣的钱比他拿的最低工资高，把口粮田改为种蔬菜，钱是赚到了，可他们要买米吃。千算万算，算出失去土地后又失去工作岗位是多么的不划算，两头不着吃大亏，后悔离开服装厂，如同植物被连根拔起，失去了滋养的土壤，才后知后觉忙活了十几年，白忙了一场。

他们相约一起来服装厂找王菊珍，抱着搏一搏的心理，希望可以重新留在厂里做事，在服装厂门口，发现牌子都换了，里面在装修，老板换了别人，这下老职工们炸锅了，王菊珍抛弃他们了，也不会再管他们的养老问题。

打听下来才弄清楚，王菊珍破产，服装厂倒闭，接管服装厂的江荟，是王菊珍未过门的儿媳妇，换汤不换药，老职工似乎看到了希望，管她过门不过门，一家人不说两家话，儿媳妇给婆婆承担责任，也是天经地义。

他们抱团来找江荟讨个说法，让她兑现王菊珍当初承诺的养老金，可是看到江荟刚出月子就在厂里忙碌，一群老人心有不忍，几个老职工心里窝着火，拿王菊珍开骂，言语不堪入耳。

有人扬言，不解决，就去县里告王菊珍的状。

江荟的助手拿着当初的文件，来到食堂交给江荟，看到混乱嘈杂的场面，问江荟要不要叫保安？

江荟摆摆手，让助手跟食堂师傅按这里老职工人数买菜做饭，她要留老职工吃午饭。

面对一群情绪激动的老职工，江荟朝他们摆摆手，示意他们安静，她坐在老职工们中间，告诉他们："王厂长的儿子已经接受委托，在考虑你们的退休金，我们刚刚接手服装厂，有些事情还没有合理的办法解决，既然大家都来了，正好一起讨论下如何操作比较合理。"

老职人见江荟答应给养老金，七嘴八舌跟她说起，当初王菊珍独立经营服装厂挑选他们工人一起打天下，他们是为服装厂兴旺发达立下汗马功劳的，给江荟讲，他们当初加班开夜工，抢外贸订单的往事。

老职工们沉浸在自己奋斗的故事里。场面上的气氛一下子融洽了。

江荟趁着老职工互相交流的热烈气氛,她把服装厂恢复生产需要的岗位做了预告。

"这两年,你们离开服装厂是帮助服装厂渡过困难期,现在,服装厂仍在恢复阶段,离正常生产还有段时间,厂里安排一些岗位留给想要回来工作的老师傅,根据你自身的情况选择。新厂有几个岗位需要人员,后勤,仓库,还有厂区的绿化管理区,包括改建车间工地需要的搬运工人,考虑从老职工中返聘。"

"厂里办托儿所吗?卫生保健一起,我可以再干几年。"有个女职工提出建议,"我以前在厂里做保健室和托儿所的。"

"你想多了,私企哪能给职工带孩子。"有人低声嘀咕。

服装厂改制成企业后,私企都把属于后勤保障的托儿所,卫生室等相对轻松的岗位撤了,丰城唯有王菊珍在会计室存放了一个医药箱,半年添置药品一次,这份保障承袭了公有企业的暖心福利,一直令老职工称道。

"暂时还没考虑。"江荟笑眯眯地回答女职工,"以后会不会办,说不准。"

她把需要的岗位人数,跟老职工们做了介绍,一是食堂后勤有外聘的人员,你们肯来,她把两个岗位让出来。

二,仓库管理,打包,运送,需要加人手,可以加三个岗位。

三,厂区的绿化卫生以后要专人管理,需要四个岗位,暂时先用一个,剩下的三个人这段时间做建筑工,改建完成,就可以到岗。

四,需要一个能写会画的人,云老师要办个服装厂的陈列馆,把服装厂从建厂到改制的历史做个整理,有些机器已经放到老食堂大厅，需要整理资料，保管，需要两个岗位。

五，车间里需要一些辅助工作的岗位，缝纫车间需要修剪线头，熨烫车间要叠衣服岗位，一共需要六个岗位，具体工作车间主任每天会布置。

"才解决二十来个人，还有二十来人呢。"急性子的老职工老陈急了："我以前是电工，别的活不内行，厂里不需要电工吗？"

"陈师傅，厂里有一位电工在工地帮忙，你可以来代替他负责一段时间的厂里用电，改建结束他回到本岗位，你如果想留下来，我们再商量合适的岗位，你看行吗？"

江荟知道老陈脾气暴躁是个挑事的头，当初王菊珍就是差遣不动他，才借机会让他回家的，老头在家跟老婆常常吵架，家里待不住，几次来厂里探听情况。

247

老陈挑三拣四挑到的岗位是暂时的，他明白，他要是好好干，以后可以留下来做别的工作，要是还如以前那样吊儿郎当做了老混混，那就不客气，那里都不留闲人，他连连点头称可以，赞同江荟人性化的安排，他会好好做事，懂得感恩，态度极好，但他提出了关键的问题：养老金，毕竟年岁摆在这里。

江荟把云齐拟的一份打印资料，分发给老职工。她说："在市场经济大环境下，适者生存，王厂长当初也是尽自己的全力，给待岗工人最低生活保证，每人每月三百元，是她企业的最大负担，我保持这个基数，参照国家关于企业职工养老金的改革决定，做相关的改变。"

国务院颁布的《关于企业职工养老保险制度改革的决定》（国发〔1991〕33号），是关于1992年全国统一性的缴纳养老保险金，有单位开始统一缴纳一半，个人工资中缴纳一半，累积缴纳年限十五年以上，将来到了法定的退休年龄之后，可以领取养老金。

老职工们进入服装厂工作期间，还没有缴纳养老金这回事，没有缴纳就没有回报。

江荟翻看了有关企业以前工龄社保规定，"视同缴费"，对 1992 年 12 月 31 日前的工龄进行工龄审定，审定为连续工龄的可以作为养老保险的视同缴费年限，作为参考条件。

有一条江荟要跟大家解释，目前开始实行的养老保险费，是由企业和个人共同负担，实行社会统筹与个人账户相结合缴纳，按照在王厂长私企服装厂工作的工龄给老职工计算退休金以后，原来的生活补贴取消。

养老金不会低于生活补贴，这是其一，其二，返聘的老职工，他们拿生活补贴，你的工作厂里另付工资，你哪天不想干了，拿养老金。 我们接手服装厂后查阅了些资料，往后年轻人进厂实行新的养老金缴纳制度，根据个人所缴纳的养老金，厂里也缴纳相应的金额，到了退休年限进社会统筹安排。

厂里的老职工没有这个缴纳，就有企业管到底，养老金参照王厂长的基数，根据服装厂的效益增加，至于具体的数字，等商量后再给大家公示。

江荟可以管他们到老，基本的养老金有希望着落，老职工们的脸上，都露出了喜悦的笑容，物欲飞流，社会经济发生重大变革的时期，有人出面担当二十多人养老金，支出的是一笔不菲的开支。老职工们你看我，我看你，低声商量，有一笔帐大家心里算得很清楚：生活补贴是临时的，退休金是长期的，死了才结束。路是人走出来的，事情是人做的，江荟开了私营企业退休金的先河，让他们的养老有所保证。

掌声响起。老职工们点头称好。

1990 年，三百元支撑一家三口的生活确实辛苦，工人们眼看王菊珍平地高楼起，眼看她高楼夷为平地，从计划经济中走出来的老工人们对市场经济的瞬息万变感到惊慌，如今新厂长有担当，他们也好商量。

看着老职工们的情绪得到疏解，江荟说把会计喊过来，翻看了去年的全厂工人出勤和每月工资表，吩咐会计按照他手里的名单，根据去年的平均工资数，按照缴纳最长十年养老保险，计算下他们的基础养老金。

老工人们听到了自己可以按照缴纳十年养老保险金来核算他们的退休金，本来焦虑，悲伤，愤怒，担忧，各种情绪一扫而光，露出了轻松的笑容。

江荟让领取第一个月的退休金的老职工，十天后再来食堂集中，留用的老职工，接受新的岗位安排，明天正式报到开工。

"我们能拿多少退休金？"

江荟说道，云凤制衣，有专门的设计团队，有专门的布料供应基地，女装和婴幼儿服饰两大品牌的运转顺利，是大家的钱袋子。欢迎退休的老职工们，常来厂里相聚，以后这里要建成的展览馆，有他们曾经付出的汗水，建立的功绩，都将留在厂里，留给后辈敬仰。

老职工们对江荟的真情实意再次报以热烈的掌声，他们乐意接受了江荟的安排，老职工们离开的时候，有些依依不舍，无不遗憾地说："要是年轻几岁就好了。"

江荟双手合掌，真诚地送别各位长辈说："欢迎常回家看看！"

二十八

王菊珍和云有志一起去江荟家看孙子孙女。

老夫妻俩走到丰苑小区门口，王菊珍突然站住了，拉着云有志问："该喊桂淑兰师母还是亲家？"

"当然是亲家。"云有志肯定地告诉她，"或者喊淑兰，显得亲近。"

"还是亲家吧。"王菊珍诚恳地做了选择，明知这几年，是桂淑兰的辛苦付出，才有了云齐的圆满婚姻，叫她去亲近讨好曾经的师母桂淑兰，她抹不开自己的老脸。

开门小童是小义，他喊了一声"谁呀？"把门拉开，一看是爷爷，脸上立刻露出灿烂的笑，喊了爷爷上前牵着云有志的手，要拉他进屋里，看到王菊珍，一个陌生的奶奶，他跑进房间找桂淑兰。

"外婆，爷爷和一个不认识的奶奶来了。"

王菊珍站在门口傻了一般，挪不动腿了。

小义的出现如一贴强力胶，直接把她的目光黏在小义身上，跟云齐小时候一模一样，小号的云齐，比云齐活泼，还机灵，眼中有事，这般聪明的孩子，除了是她亲亲的大孙子，还能是谁。

"小义，大孙子，快请你奶奶进屋吧。"

云有志的话坚定地告诉王菊珍：你看到的是大孙子小义。

"大孙子。"王菊珍似乎才回味起，他就是江荟的第一个孩子，被她鄙视轻蔑的孩子，让江荟承受了难以承受的苦难，与江荟在山里呆了三年的孩子，想到这些，王菊珍就觉得无脸见江家人，尤其是大孙子，可大孙子，已经把她牢牢地禅定在江荟的家门口，奶孙俩第一次相见，王菊珍得到了一个背影，一个不冷不淡的小小背影。

是知道自己虐待他们母子，知道她嫌弃他们母子，小小少年才没有给她热情，王菊珍的心里被一支毛茸茸的羽毛撩拨了几下，不把这个孩子抓在手里，抱在怀里亲他几口王菊珍心里痒痒得难受。

"大孙子。"

桂淑兰看到站在门口的王菊珍，知道她趁着江荟和云齐不在家，专程上门看孙子孙女，她看破不说破，拿出两双拖鞋放地上迎他们进屋。

王菊珍把手里的大包小包塞给桂淑兰，尴尬地说，"江荟妈，这是给你和江澄的，你们辛苦了。"

王菊珍竟然眼圈发红，她假装看屋里的摆设四处找小义，她不着急看双胞胎婴儿，大孙子挠得她心痒难耐。

"两个小宝宝快要睡醒了，你们坐会儿。"

桂淑兰转身去厨房间端了两杯枸杞水放在茶几上，去了双胞胎的房间，她和保姆一人抱着一个宝宝出来了，给王菊珍夫妻俩。

"宝宝，看看爷爷奶奶。"

半岁多的小孙子云和宜觉得王菊珍抱着不舒服，小脸扭动了几下，嘤嘤地哭了。这下王菊珍不知道怎么哄才好，她抱着宝宝站起来，嘴里哼哼着摇晃着走几步。

保姆从王菊珍手里接过宝宝，哄他："和宜不认识奶奶没关系，下次就认识了，你吃的奶粉还是奶奶从英国买的呢。"

王菊珍不再对小孙子感兴趣，她的目光如探照灯，四处搜寻大孙子小义。

云有志抱的孙女云朵朵，小家伙圆溜溜的眼睛盯着爷爷，似乎要回忆这个人是谁，嘴巴还一撇一撇地发出喔喔的声音，要跟他说话，把云有志乐得笑出一脸的褶子，对王菊珍说："看，小孙女还记得我，跟我说话。"

王菊珍赔着笑，眼神里满满的都是失落，嘴里说着："我没带过小婴儿，不会带。"她的眼睛还在四处找寻小义。

桂淑兰假装看不懂王菊珍的焦躁，不会抱小婴儿只是借口，小义才是她一见钟情的大孙子，贵人多忘事，她忘记自己嫌弃过小义，给孩子弄出一场灾难，小义的心灵深处铭记着他在温州生活的记忆，那些难懂的温州话，还会从他嘴里蹦出来。每回听到，桂淑兰的心里就如被刀划了一下，疼，隐隐的。

桂淑兰去逗保姆抱着的云和宜。

"和宜，你看妹妹多乖，喜欢爷爷抱，你让奶奶抱抱你好不好？"

云和宜看王菊珍，以陌生的，不信任的目光，还嫌弃地转过头看别处。保姆把云和宜再递给王菊珍："阿宜头比较难弄。"

云和宜的眼睛不跟奶奶交流也不看她，开始游看屋顶和四周，他嘴里发出的声音，似乎在告诉别人有好玩的。

被小孙子冷落的王菊珍要跟云有志换个宝宝抱。

江有志欢喜地接过小孙子。

云朵朵到了王菊珍的手里，眼睛马上转向四周，也不看殷切期待的亲奶奶，小嘴巴一撇一撇地似乎在埋怨她。王菊珍心里很委屈，两个小孙孙都嫌弃她。

王菊珍的心里像有万马奔腾而过，她眼热的大孙子，不待见她能接受，她需要时间将她和大孙子之间的距离缩短，这两个小宝贝对她冷淡，她的心踩成一地碎片，连这么小的婴儿都嫌弃她，她的人品有多么的糟糕，瞧这奶奶当的。

王菊珍突然不自信起来。

小义从房间里跑出来，看到爷爷和陌生奶奶还在家里，他走到了云有志身边，亲昵依着他。

云有志放下云和宜，想一把举起小义，可是他没做好准备，举高失败，只得抱小义坐到他腿上："哥哥比弟弟重多了。"

小义仰起脸真诚地对爷爷说："我太重，你举不动的。"

"爷爷还没老。"云有志双手插在小义的胳肢窝，一把高高举起了小义。

小义被爷爷插在胳肢窝的手弄痒了，"咯咯咯"笑着蜷缩着身体。云有志把他一放下，立刻软趴在云有志的怀里，温顺的像只小猫。

王菊珍看爷孙俩的嬉戏眼里只有羡慕，她也想抱小义，可是她的手伸不出去，小义跟云有志亲密互动，爷孙两个的笑声在屋里回响，她只能笑着看，笑着喜欢。

她很后悔自己为何不早点来，在儿子说这个孩子是他的种的时候，在女儿告诉她，小义是哥哥的孩子的时候，她就该来认下这个孙子。她心里的执念一直阻碍她承认这个孩子，即使在英国，她也没有给这个孩子准备礼物。

这会儿，看着小义，往事在她脑海里重现，心里如打翻调味桶，五味杂陈，怪谁呢，自己的一意孤行给自己留下的遗憾，孩子若知道自己的奶奶曾经对他作孽，将来都不会待她如亲人，而大人记得，桂淑兰和江荟记得。

大人大量不计小人之过，不等于忘记那段过往。

王菊珍的脸上火辣辣的，她突然想起什么，把抱着的孙女给了桂淑兰，起身把包拿过来，掏出里面的两个大红包，一起塞给云有志怀里的小义。

"小义，爷爷和奶奶给你的。"

"拿着，爷爷奶奶的心意。"

云有志笑眯眯看着小义，他明白了王菊珍的灵机一动，等于把这大孙子认下了，他欣慰王菊珍终于开窍，他们愧对小义太多。

小义看着桂淑兰，看到外婆笑眯眯地嘱咐他："小义要谢谢爷爷奶奶。"他抱着两个大红包,对着云有志鞠躬,朗声说道"谢谢爷爷",又对王菊珍弯腰致谢,"奶奶,谢谢您。"

王菊珍顺势把小义抱在怀里,大孙子结结实实抱起来才是贴着心,想着自己对这么可爱的大孙子做下的蠢事,王菊珍的又心疼又后悔,希望自己可以把心掏出来给小义看,奶奶其实是很爱很爱你的,王菊珍的眼圈发红,注视心爱的大孙子的眼睛一丝都不肯移开,她渴望小义的认可。

小义看到了王菊珍的眼中的泪花,伸出手给奶奶抹去,脑袋倚在王菊珍的怀里,亲昵地说:"奶奶,您第一次见我就给我两个大红包,您对我太好了,我太开心了。"

王菊珍差点哭出来,连忙说:"是奶奶不好,奶奶太傻,你和弟弟妹妹一样,是奶奶的亲孙孙。"把小义搂在怀里,混杂着愧疚的感激之情,抱着失而复得的珍稀宝贝,喃喃道:

"小义,奶奶的大宝贝,大孙子,奶奶会加倍地疼你爱你!"

二十九

当初服装厂转为私企,王菊珍接受了全部机器设备和人员,使用十几年,有些设备已经淘汰。

云齐做服装企业文化展览版面,留用了服装厂淘汰的旧设备,他称这些设备是功臣,是从乡镇企业开源就置办的家业,老家当有它们那个年代的故事,保留下来,让后人了解创业的艰辛。

服装厂的一些车间要重新装修改建,江荟请来了齐鸿家的"北方棉纺织公司"管理人员和技术人员来指导,根据上海地区的气候情况,"北方棉纺织公司"设计的新产品,专门针对婴幼儿而设计的超纯柔棉布，储藏要求比较高，对江荟的原料仓库和成品仓库提出改造意见。

"北方棉纺织公司"是齐鸿家的家属企业，河北棉纺织业内的龙头企业，江荟把"北方棉纺织公司"作为自己服装生产原料的供应商，合作开始于齐鸿的模特队参加江荟的"中华杯丝绸之路服装大赛"的表演后。

路茹请江荟给幼儿园设计"六一"活动的演出服，齐鸿给江荟提供她家的优质棉布，小义班级在县"六一"节汇演中获得一等奖，二十套童装，布料优质，充满童趣，获得家长好评。路茹园长委托江荟为幼儿园的新生，每人设计制作两套夏季校服，指定用同样品质的布料。江荟对云齐提供的可爱英伦风童装加以改进，两套夏装图发到家长群，中班和大班的家长也要预定夏装，这套夏装成了路茹所在幼儿园的校服。

江荟在齐鸿的陪同下，考察过"北方棉纺织公司"，这次改建，重要的原因，她设计的幼儿系列产品，将全部采用"北方棉纺织公司"，经过绵柔处理的新材料，万事俱备只欠东风。

东风是江荟的"B-Y-Y"婴幼儿系列，江荟的设计灵感来自江才福的婴幼儿服饰设计图。

云齐将他整理的设计图交给江荟，复古风开始流行，建议双胞胎宝宝的衣服，可以参考外公一流的婴幼儿服饰设计。

江荟的眼前一亮，她的关注度在旗袍，对父亲的其他设计还未深入了解，云齐的话，拨开了她心头的一层薄雾，父亲再一次如一盏明灯，把她的内心照亮。

董颖跟她埋怨，妇产科的产妇还相信穿过的旧衣服软和，不伤婴儿柔嫩的肌肤，小小婴儿离开医院，被一套旧衣服裹着，没有一点回家喜悦感，和对小婴儿的尊重："给他们一个全新的开始，为何要舍不得，他们不需要昂贵的衣服，只要棉布质地柔和贴合他们的肌肤而已。"

母亲的呐喊，很容易引起同为母亲的共情。江荟听到了董颖的心声，她动心了，付诸于行动，与"北方棉纺织公司"联系，开发适合婴儿的超棉柔棉布。

董颖不许给她女儿穿旧衣服，她的富豪父母对董颖颇有意见："大家都这么养，传承了多少年，到你这里行不通了，你为何要特别。"

"因为我是母亲，我不能让自己的孩子与别人一样，因为我是医生，我不允许我的孩子去接触那些带着细菌的旧衣服，孩子来到世上，她需要一个爱她尊重她的环境，从一套得体的小衣服开始的。"

江荟非常赞同董颖的观点，频频点头，她的心里也萌生了要设计婴幼儿服饰的念头，她更清楚，适合婴幼儿的布料，比设计更重要。

父亲的婴幼儿服饰设计图，优质的棉布，给一对双胞胎设计属于他们的婴幼儿系列服饰，时机成熟。

先前投放市场的儿童版的"B-Y-Y"的产品，在产品上市后，由小义、赵佩佩和施小悦三个小萌娃的走秀组合，在丰城电视台播放高品质产品，代表丰城高层次消费人群的服饰理念，很快引来一阵追捧，江荟顺势推出婴幼儿产品，以满足大众消费。

江荟开辟出一片厂区，专门用于生产婴幼儿服饰，添置设备，重点升级改造，婴儿版"B-Y-Y"，在投放市场前，江荟邀请老康作"B-Y-Y"销售，首席。

老康名叫康帅，刘可章的丈夫，他的销售之路曲折又漫长，充满荆棘。

江荟第一次关注老康，是他来给住院的刘可章送饭，阴郁着脸，头发乱得像鸡窝，见到刘可章，似乎遇到债主，欠了他一大笔钱没还，没好脸色。刘可章对老康能送饭总是深表感谢，一番软声软语叮嘱他，少抽烟，少打牌，少熬夜。开始当着江荟的面，老康还能装一装："晓得了。"刘可章说多了，他不再搭理，放下饭，默默转身离开，对病中的老婆连一点温暖的话语都不肯给一句，冷漠以待。

老康对刘可章的态度，江荟看着也心寒。

刘可章说，体谅他，做销售，压力大，焦虑，一路过来没碰到个好机会。

最早，计划经济时代他是学徒，跟着师傅到处跑，吃香的，喝辣的，得逞了几年。九十年代企业改制，马铁厂合并到其他企业，销售人员过剩，老康自持在外面闯荡多年，手中有些人脉，想自己单干，实现收入自由，他买断工龄拿了三万工龄补偿金。

几年跑下来，老康工龄补偿金全部贴补进去，钱没赚到，赚了脾气，他从偶尔跟人搓搓小麻将解解闷，逐渐进入每天混日子模式，老康的中年人生陷入颓废低落，他稍微不顺眼就发脾气，称刘可章生病住院，是屋漏偏逢连夜雨，倒霉透顶。

老康嫌弃刘可章病了更加挑剔，他做啥都不满意。

刘可章说老康，没有人在耳边唠叨，更没人样。她宁可陪着江荟在医院多待几天，想好了出院就去离婚。偏偏两个人都不忍心伤了儿子，儿子读初中，最叛逆的时期，两人都不提"离婚"二字，敷衍日子。

云齐推荐老康到校办厂当电工。校办企业方兴未艾，老康眼看着校办厂平房变高楼，小车间变成了大公司，站在这时代的洪流中，他蠢蠢欲动，申请做了校办厂的销售，干老本行。

老康深刻了解校办企业的产品，主动下车间参与生产，对生产的过程详细把握，确实打开了一些门路，但是，市场经济迅速变化，限制了他的梦想，老康渐渐感到跟不上变化的节奏，唉声叹气，责难刘可章："你管辖区内那么多企业，就不能帮我去谋一个销售的差事。"

"热爱工作，钻研业务，这是一个职工的素养，销售既要懂业务，又要懂人心，你不虚心学习，给你产品，你也推销不了。"

刘可章第一次触动老康的销售短板，找江荟，让老康试试推销"B-Y-Y"："还是老样子，让他管仓库，不做事人要废了。"

江荟让老康试销售，承诺把投放广告的资金用来投放市场，给顾客当福利，问老康，敢不敢开拓属于他的销售新市场。

老康答应"试试"。

刘可章替老康捏了一把汗，也替江荟捏了一把汗。

街头的母婴店开始悄然兴起，丰城就有好几家母婴店代销各个母婴产品，奶粉分段销售，婴幼儿服装，玩具，也是按照月份推开，市场开始争抢母婴产品的经营利润。

老康跟江荟说，我避开母婴店，跑乡镇的医院妇产科，那里才是婴幼儿的第一战场，并设想把"B-Y-Y"的系列服装拆开，当礼物送给新生儿试穿。

根据老康的设想，江荟给试用装设计了特制的迷你礼物袋，配套小卡片，作为推销的赠品，两双袜子加一款洗脸毛巾，或一套内衣加小帽子，每一份试用赠品附上这套婴幼儿服饰的产品介绍，顾客质量评分卡上有老康的联系电话。

老康联系以前的销售朋友，用自己成功的方式，让其他老销售员也尝试，有人想加盟，有人想代言，老康把带有不同想法的销售，带到"云相荟"，由江荟做培训，让老康担任"W-Y-Y"的销售的总监，其他销售人员建立地区销售点，建立了三级销售网络。

"B-Y-Y"婴幼儿服饰质优价廉的纯棉原料，经过软化处理，更加体贴婴幼儿娇嫩的皮肤，自主设计，自主生产，直销给顾客，中间省略了不少环节，价格优惠占有优势，准妈妈心里自然能掂量出这个产品的价值。

老康的订单每月递增，他的工资加上销售的提成，成了"云相荟"月工资最高的职工，他第一次觉得做销售不仅仅是买卖，是对一个产品深入了解后的分享，对顾客的贴心爱护，每个人真心喜欢高品质的物品，只有好东西才分享的思想转变。

他跟刘可章感慨："销售也要与时俱进，市场经济时代，销售，是与别人分享美好。"

"江荟怀着一个妈妈的心态做这个系列，她能把握的这个群体的心里所想，颇为用心地做成精品，被你捡到了宝。"刘可章说话的时候，老康点头赞同，两人终于对同一件事产生共识、共鸣。

江荟生下的龙凤胎是兄妹，哥哥云和宜，妹妹云朵朵，出生后一直穿妈妈为他们定制的"B-Y-Y"品牌产品，成为最小的时装模特。

老康在苏州举办了一次"B--Y--Y"系列展示会，把"B--Y--Y"婴幼儿系列作品全部展出，小义、施小悦、赵佩佩三个大宝宝，推着双胞胎小童车里的云和宜和云朵朵出现在会场，一起演绎"B-Y-Y"系列。

老康忙前忙后，与各地经销商谈笑风生，一改过去的颓废，整个人散发出一种成熟，自信，从容的风度。

刘可章称赞，为自己的服装站台的孩子，替妈妈的服装品牌做宣传的孩子，都是亮仔。

江荟说："老康才是最靓的爷，姐，你真会打扮他，一套浅灰西装，就让老唐精神抖擞，精致，不张扬。"

刘可章笑而不答，伸了个懒腰，惬意地靠在沙发里。

三十

建筑工人连根从三米高的脚手架摔下来，急送丰城中心医院急救室。

江荟的心沉到了湖底，服装厂改建过程一直很顺利，工程进入尾声，一两天里收拾脚手架清空场地，活计算圆满完成，突然蹿出个意外事故，她只能在心里暗暗祈祷，人不要有事。

带着满心祈祷，她心急火燎赶往急救室，一路念叨：不要死人。横空出现的意外，只要想到会死人，江荟的头皮发麻心里发抖，好事多磨，还要经历多少次磨难。

见躺在治疗台上的连根，脸上被泥土糊了一脸，双眼紧闭，还晕着，衣服上零零碎碎洒了血迹，小腿绑了石膏。

江荟忙问："连师傅人怎么样？"

"轻微脑震荡，晕眩，不敢睁眼睛。"送连根来医院的建筑工人跟江荟讲了出事的过程。

"昨夜下雨，脚手架有点湿，工头说年轻人腿脚灵活，派了最年轻的连根上去，偏偏出事了，工地开工他就来了，做事一直很稳当，谁知，他竟一头栽在绿化带的泥土里，鼻子碰出血了，上半个身体趴绿化带泥地上，腿掼在大理石地砖上受的伤。这个倒霉蛋，她妈太能吵，这下麻烦了。"

工人跟连根熟悉，是他带连根来的工地，他通知了家属，挠着头皮很懊恼。

江荟找清洁工借了塑料盆，去洗漱间弄了半盆温水，董颖拿了纱布给她，把连根脸上的泥土擦干净，半盆泥水后，江荟看到连根一张年轻、苍白的脸，清秀文弱，分明是个年轻书生。

江荟的擦拭刺激了连根，他微微张开了眼睛，见到江老板，头和身体一动，摔伤的腿钻心的疼，连根颓然躺回病床。

"连根，听得见我的声音吗？"工人问。

"听得见。"连根回答的声音，带着疲惫的沙哑，他微微动了动身体，一条腿很沉重："骨折了？"

"连根，我办理住院，一会儿把你送到病房。安心养伤，别担心，我来负责。"江荟安慰面露愁云的连根，对两个工人说，"你们轮流照顾连师傅。"

江荟问连根："连师傅结婚了吗？家里还有什么人？"

"他结婚了，两个儿子，一个五岁，一个三岁。大儿子有严重兔唇，李翠不想要。连根妈说好不容易盼来个带把的，抱回家用羊奶喂，隔年李翠又生了个儿子，连根妈小孙子带了半年，把大孙子也还给李翠，自己跟着村里的老人住到农场，种蔬菜挣钱。"

工人替连根回答。

"连师傅老婆做什么的？"

"李翠做会计，厂里很照顾她，半年产假让她在家里做账，月头月底到单位去几天了，带两孩子李翠忙不过来，辞了工作。连根一人养全家，负担挺重的。本来，孩子送幼儿园，连根把她妈叫回来帮着接送孩子，李翠找工作上班去，老太太整天粗心大意，还差点把小孙子弄丢，连根夫妻为此也常拌嘴，虽然说夫妻吵架，床头吵床尾和，可经不起他妈折腾，连根心烦气躁，哪能不出事。"

工人实话实说，连根是全责，又要停工又要治疗，赚的钱差不多付住院费，他不时看着倒霉的连根，眼中慈悲。

床上的连根皱着眉头不说话。

说话间，医生拿着连根的检查报告来找家属。

江荟上前询问连根的情况，说连根师傅的事她管。

"病人轻微脑震荡，小腿骨折，要卧床躺两个月，你去缴费办住院手续。"

江荟安排熟悉连根的师傅留下来照顾连根，先把他送到病房。

病房外，一个老女人哭哭啼啼哭喊着"连根"，朝连根的病房走来。

连根把被子往上一拉，把自己藏在被窝里，他厌烦的亲妈来了。

"我的儿呀，不让你去工地做事你偏去，不听话，搭上性命谁负责呀，我的苦命儿呀。"

哭声进了病房。

一个满脸肥肉身板结实的老妇人喊"连根"，四处张望，看不到连根，朝后面跟着的俊俏女人说："不在这个病房。"哭声喊声停了，转身出去。

俊俏的年轻女人没有跟着老妇人离开，径直走到连根床前，看着他高高吊起的小腿，蹙着眉头瘪着嘴，仿佛自己的小腿也很疼，女人轻轻抚摸着连根腿上绑的石膏，轻声细语道："疼不疼？那么不小心呢。心疼死我了。"

连根没好气地回答："腿断了，你说疼不疼？"

"儿呀，怎么把自己藏起来了，让妈看看你伤哪儿了？疼吗？"

见儿媳妇找到了连根，老妇人三步并作两步走到连根床前，拨开儿媳妇，一把拉开连根蒙着脑袋的被子，见儿子眉清目秀的，她尖锐的眼神扫了病房一眼。

江荟低头恭敬地站在病床边。

老妇人大概看出江荟是老板，带着戾气命令："连根在你家摔伤，你要对我们全家负责到底。治疗费，营养费，误工费还有陪护费，一分不能少。"

江荟微笑着告诉她："当然。"又看了李翠一眼，"我有话跟你说。"

两人来到病房外的僻静处，江荟把连根摔倒的情况告诉她："你放心，连师傅住院期间费用我负责，请护工照顾，还是你来照顾，我同样付工钱。"

李翠低头看着脚尖："请护工吧。"然后看了一眼病房又说，"他妈不会胡搅蛮缠挑剔护工。"

连根妈抹着眼泪来找江荟。

"江老板，护工照顾我不放心，我要自己照顾儿子。"说着又哭又说，"连根可怜，一个人挣钱要养四张嘴，这下他干不动了，全家老小都得挨饿。"

江荟看了李翠一眼。

李翠转身走进病房。

江荟对连根妈说："大妈，病房里嘈杂，晚上睡不踏实，会累着你。"

连根妈的脸往旁边一扭："照顾儿子，我当然比护工用心，你看我的身体这么结实，我熬得起夜，我心疼儿子。"

连根妈拉着江荟的手，拍着胸脯说："老板，我心里疼呀，他一个人躺在这里，我照顾他才踏实。"

连根妈把嘴靠在江荟的耳朵旁，挤眉弄眼地悄声告诉江荟：儿子听我的话，别人伺候，他脾气大，不好对付，一言不和就吵架，昨晚又吵了半夜，说完，自顾自说："娶妻不贤，家门不幸。"

江荟看了连根妈一眼，惹事精妈妈。

"大妈，你不能老是像老母鸡护着小鸡似的护儿子，连师傅成家了，有些事让他们小夫妻自己安排。"

"这怎么行？成家也是我儿子，那儿都得需要我撑一把，生儿子要我带，没钱了问我要，我又要带孩子，又要赚钱，我没长三头六臂，只能取一头。自己身上掉的肉，心疼自知。"

连根妈很自豪，这样的事儿妈整天在耳边唠叨，谁受得了。

江荟安慰连根妈："大妈，你的担心我明白，我要听听连师傅的意思，尊重病人的意愿，他同意，你就留下。"

连根妈挥手让江荟去病房。

连根拒绝了。

"儿子，我把你从小养到大，哪点不顺你的心。"连根妈的脸色变了，横了李翠一眼，满怀期待，脸上闪着光，小心提醒连根，"两个孩子需要亲妈。"

连根冷着脸，侧着头，不看亲妈一眼，眼睛看着病床外的天空，宣布"三不要"："我住院二个月，你不要来探望，不要来伺候；不要跟亲戚报消息；不要在孩子面前瞎说八道。"

连根妈望着绝情的儿子，朝江荟悄悄作揖，求江荟留下她，苍老的，满是皱纹的脸上，尽是无奈的哀求。

江荟微笑，摇头。

连根见他妈还小动作不断，不让她留下来不死心，转过头看着他妈做最后地警告，咬牙切齿："你回去，想做什么做什么，留在我面前，我总有一天会死在你前头。"

连根的怨恨加诅咒，把他妈震住了，一行老泪潸然落下，她呆呆地站着，扶着椅子，拉长了脸，隔着眼泪看儿子，不明白自己一心维护的儿子为何如此憎恨她，对她讨厌至极，她找不到答案，只有把恼恨的目光转向李翠。

李翠低头看着病房的地板，没有去接婆婆的目光，她懒得搭理婆婆。

一看所有人都讨好不上，连根妈叹了口气抹着眼泪离开了病房，她哭着来哭着去，与进门时的嚎不一样的是，离开时她流下真正伤心的老泪。

"大妈你放心，我会安排人照顾连师傅。"

江荟送连根妈到电梯门口，看她步履沉重，蹒跚而行走进电梯，扶着电梯壁，身体缩着，肩膀一抽一动，不肯转身的后背，孤单又可怜。

江荟再回到病房，李翠问："老板，你厂里要人哇，我不怕吃苦。"

江荟问她："你有会计证吗？"

"有，中级会计师。"李翠很自信，"我从立信会计专科毕业时，就考出了。"

江荟恍然，面前这个受过高等教育的女人，专业能力强，有追求，有担当，是个被家务和琐碎事耽误的女人，有机会进入她的事业圈，将是不可多得的助手。

"李翠，先把连根师傅照顾好。家里还有孩子呢。"

"打算好，把孩子接出来。"

李翠抬头看了看挂药水的瓶子，给连根掖了掖被子，对连根说："我去租个房子，两个儿子从家里接出来，留在丰城另谋出路，方便照顾你，不然，我们永无出头之日。"

李翠决然的神情，江荟熟悉，女人的觉醒需要勇气，智慧，胆识，这些李翠都具备，她有能力靠自己的努力改变现状，江荟问她："连师傅有什么技能？"

"连根学的是电脑，单位不好找，自己创业又没钱，只能跟着村里的建筑队到处打散工。"

李翠脸上的苦涩，江荟也熟悉，只有经历过困顿，经历过艰难，经历过无路可走的绝望，才立志破茧而出，解开生活的难题，李翠，与她相似，也是一个不怕孤单前行的勇者，她要给她机会，成全她的梦想。

"不怕老板笑话，我就不信活人让尿憋死，方法肯定会比苦难多，连根说，吃饱了饭才有力气想其他。"

江荟心里一亮，决定留下这对宝藏夫妻。

九十年代初持有中专文凭是可以在事业单位谋一份稳定的工作，风吹雨打都不怕。而连根所学的电脑专业，随着电脑都开始普及，已经从冷门转为抢手，办公自动化，电脑管理，成了时髦的名词，这方面的人才需求量猛增。

连根的电脑技能，正好帮她处理办公资料，有了熟练的助手，办公自动化，云齐下班回家不要忙，他可以多一些时间陪三个孩子，他太喜欢和孩子们在一起。

"服装厂需要一个会计，李翠，你愿意来吗？"

"求之不得。我搬好家，就可以上班。"

"找到房子告诉我，我派人帮你搬家。连师傅，等你的腿痊愈，你们夫妻一起来我的公司上班，我需要一个助手。"

连根看着江荟，不好意思地说："谢谢！可是，我不会应酬。"

"不用应酬，发挥好你的电脑技术，我们很需要像你这样的专业人员。"江荟笑着看李翠，"你遇到个诚实好男人。"

李翠笑着对连根说："看吧，世上还是好人多，你不要总是怨天尤人发脾气，机会总是青睐有准备的人，以后我们一起上班。"

江荟跟云齐谈起了有志青年李翠和连根，也说起了李山的二舅妈，宅心仁厚的葛翠玲在她留在李家的三年，对她生活上的关心，生意上的帮助，以及用她的医学知识帮助江荟驱寒祛湿，指导江荟学会保养身体健康，如亲人般的爱护。

云齐说，帮助过江荟母子的，都是他的亲人。

江荟拿出葛翠玲的来信，说，她坚持了二十多年的医疗服务点撤走了，她从乡医院退休后租了村里空置的小学校，办了养老公寓。李妈半年前摔伤了腿，落下残疾，行动不便，不能出去做生意，老夫妻俩把房子租出去做民宿，一起住到老年公寓。

"云齐，我想去趟永嘉，给二舅妈的养老公寓献点爱心，住在里面的老人都是疼爱小义的，去看看李爸李妈，祭奠李山。"

"我们把李妈李爸接来，带他们去大医院检查，会有办法治疗。"云齐说，"没有李山就没有你和小义，没有我们的幸福生活，李山的父母就是我们的父母。让小义明白，李山爸爸是个英雄的爸爸，有情有义的爸爸。"

云齐的话说到了江荟心里，小义时不时流露出来的温州话，虽然他马上改，可是，三年的山里生活，在他幼小的心灵烙印，也意味着，小义自始至终把自己和弟弟妹妹看作是不一样的，他有意无意讨好弟弟妹妹，还会看云齐的脸色，每当这个时候，云齐的心里会暗淡，江荟心痛父子俩。

小义的童年记忆，难道真的要用一生去弥补，云齐想让小义早一点明白，他是爸爸和妈妈的第一个孩子，是他们最珍贵的孩子。

江荟和云齐的永嘉行没有成功，江澄病了。

三十一

江澄发高烧住院，连续几天不退烧。

医院一番检查，医生告诉云齐和江荟，江澄高烧引发心脏功能衰竭，容易并发肺血管障碍，是唐氏症宝宝生长过程中绕不开的担忧，如果弄得不好，会有生命危险。要他们仔细照顾。

云齐问医生有什么好的措施？

"退烧了，慢慢调养，适当的增强体质，渐循渐进。"

"如果不退烧呢？"

桂淑兰盯着医生问。

医生没有回答。

桂淑兰难受极了，她再一次感到，在儿女遇到灾难时无能为力，只能干着急，她看不下去儿子烧得昏昏沉沉的可怜样，跑到庙里去给江澄祈愿，江荟滞留山里的三年，桂淑兰每逢初一和月半，带着江澄去庙里，做义工，她跪在菩萨面前，渴求菩萨保佑，让正值二十出头的青年江澄，享受家庭生活快乐，继续享受一个舅舅的荣耀，有三个孩子让他照顾，希望江澄在她的有生之年，长久地陪在她身边。

桂淑兰又回家祭拜祖宗，喊江才福，你儿子有大难，你要保佑他，你不能看着不管。她朝家族里的祖宗神仙磕头请求，保佑江澄度过厄难，平安如愿。

她想替儿子做些好事行个善，善行有好报。

老宅里的家具上挂了蜘蛛网，缺少烟火气的家里灰扑扑的，桂淑兰顾不得这些，她搬出樟木箱，把里面的毛衣和毛裤，悉数抱出来装进一个蛇皮袋，有儿子的、小义的、江荟的，毛衣毛裤没有穿过。

她又翻出了以前在针织厂里捡的，一股一股整理好的开司米毛线，带着樟脑丸的清香，没有蛀洞，她整理出来装了满满两个蛇皮袋。

江荟回老宅接姆妈，看到三个鼓鼓囊囊的蛇皮袋，踢了踢，问姆妈翻到了什么宝贝。

桂淑兰眼圈红着说："毛衣裤，舍不得穿，小了。"

"现在没有人穿旧毛衣，放在垃圾桶边，有人需要会拿去。"

桂淑兰摇头，红着眼圈说："小区居委里有人在织毛线坐垫、靠垫，新的毛线织成小毯子，送到养老院给老人用，这些毛衣都是新的，拆了洗干净给居委会，算是江澄的善心。"

江荟的眼圈也红了，将保存多年的毛线合理处理，姆妈需要做些事情来安放内心极度的不安，她抱了抱神情慌乱的姆妈，把她凌乱的白发用发卡夹住。

她一个手拎一个蛇皮袋，放到车子后备箱。

桂淑兰锁上门，抬头看看对门屋顶的瓦松，那年，瓦松开花的时候，云齐在他家门口暂停，观望，她也观察云齐，暗自独想，这个人，很面善，记不起在哪儿见过。云齐给江家带来了希望。

瓦松又到了开花的时节，儿子江澄也会等到希望，抱起蛇皮袋，她依依不舍离开了家。

水墩镇整条东街，仅剩几户人家的老房子还在，仅剩数得清的老人住在老房子里，一些空置的老房子，被外来人租住，他们在镇东的几个家具厂里做木工，维持着古镇的热闹和烟火。越来越寂静的古镇，越来越老去的古镇，桂淑兰红着眼圈，心中越发不安。

江荟的车子离开了水墩镇，桂淑兰依然回头，看低垂的老街，黑瓦的老房子，以及隐约的几棵老树，冒出屋顶的褐色枝条。心中的萧条，如这小镇的寒冷。

江澄退烧，悠悠醒来，是一个礼拜之后。

董颖每天上班前来看一下，带点江澄喜欢的橘红糕，云片糕来，每天带一点，捏捏他的瘦小的脸，江澄，姐姐要去上班，你开开心心吃甜甜的小点心。

江澄无力地微笑，连躲过董姐姐捏脸的手，都没有力气，过了十八岁成人节，他觉得自己是个大人，是个男子汉，可在董姐姐面前，他依然被当作八岁，依然被疼爱，被爱护。

江荟每天只能来陪他一会儿，鼓励他，喂他吃最爱的饺子，跟他讲老二老三的情况，告诉他，宝宝等着他们舅舅回家呢，多吃点东西，增加营养增强抵抗力。

江荟来医院，看了弟弟还要去看在骨科的连根，她怕弟弟难受，跟弟弟请假："姐姐的一个工人摔断了腿在骨科治疗，姐姐去关心他，好不好？"

江澄点头。

李翠和两个儿子每天带着煲的汤来医院陪连根。

李翠听病人家属说，吃啥补啥，骨折的病人多吃点骨髓，喝点骨头汤，她每天跑菜场给连根煲各种骨头汤，笑盈盈地拿来，一个月过去了，连根的脸色由苍白转为红润。

两个儿子特别懂事，看爸爸躺在病床上，脚吊着怕爸爸难受，爬到病床上去抚摸连根腿上的石膏，问连根："爸爸，这样你还痒不痒？"

江荟看到母子仨围在连根的床边，阳光透过玻璃窗照在一家大小的身上，乐融融，暖融融。

江荟夸连根有眼光有福气，李翠善良能干又会照顾人，是个贤妻良母。

连根的脸更加红了，他不善言辞只用点头用笑来回答别人的善意，他看向李翠的眼光温柔迷人，是个会疼爱老婆的男人，他的笑里足见他对眼前现状的满足，对未来生活的期待。

李翠告诉江荟，婆婆也是苦命人，中年丧夫，她怕儿子娶了媳妇忘了娘，拼死拉着儿子，高调跟儿媳妇唱对台戏，不知正好对上了连根的逆鳞，连根看到老妈一个人的艰难，才对李翠倍加珍惜，母子俩走在一条岔道上，她可怜婆婆，等他们安顿好，接她来丰城，一起住。

"男人疼老婆应该的，儿子对媳妇好，媳妇才会对老人好，你不让儿子爱自己的老婆，儿媳妇怎么会对你好。"江荟笑道，"连师傅，这个道理你以后要跟大妈讲明白，终成眷属的不是两个人，而是两家人，自古以来姻亲带着血缘，成为夫妻的两个人，对双方家人都要珍视。"

连根看着李翠笑了："我就听不得别人说我老婆不好，听到一个不字就跟人急，我妈说，我只能憋在心里折磨自己，我太难了。"

江荟对连根竖起大拇指夸他，真男人！

李翠白了连根一眼："瞧你的出息样，你妈说，你也顶回去，不用憋着，憋着，家就要憋散了，凡事，放到桌面上，没有摊不开的道理。"

连根的两个孩子很懂事，知道爸爸受伤了，看爸爸时让护工阿姨坐下休息，他们争着抢着给爸爸端水端饭照顾爸爸，一个给爸爸捏肩膀，一个给爸爸揉绑着石膏的小腿，扶着爸爸的拐杖，陪爸爸上厕所，两个贴心的小跟班。

"给他们讲家里面对的困难，他们都懂，我现在不敢碎碎念了，怕给孩子心里留下我们家很穷的阴影。"

李翠说的时候，脸上浮现的忧虑，让江荟联想到自己在山里的日子，她总是想起，李爸李妈对小义的宠爱，是他面对困难的底气和力量，小义后来的察言观色，是环境改变人。

"让小孩知道家里的情况，有孩子的思考，其实，我们是跟着孩子学做父母的，他们教会我们很多，在一起成长。"

李翠点头："我们尽早上班，尽早步入正常的生活。"

江澄出院，住到他的二居室。

坐在朝南的大房间，江澄坐在床上就可看到外面的绿化，细嫩绿色小草，带着绒毛似的柔软，把枯草压在身后，小义带他去小区绿化带散步，指着路旁的一排粉红樱花，惊喜地喊江澄："舅舅，樱花开了。"

江澄喜欢粉色的花，像双胞胎粉嘟嘟的脸，樱花很美，比他做的盘扣美，他握了握自己的拳头，捏不紧，手没有力气，做樱花盘扣，要用力气的，他问桂淑兰要笔要纸，他要画樱花。

"江澄，歇着吧，过几天画。"

"好，歇会儿。"江澄仰起头，对姆妈说。

桂淑兰有一瞬间的发呆，儿子知道花会谢的，他知不知道人也会谢的。桂淑兰被自己冒出来的念头吓了一跳。

小义放学来看舅舅，江澄苍白的脸上浮现温和的微笑，看着小义在窗前的小桌子上写完作业，他把画的樱花给小义看。

"舅舅画的是樱花，外婆，舅舅会画画了。"

三代人一起看着江澄笔下的粉色樱花盘扣图，听江澄争辩："是樱花盘扣。"

桂淑兰的眼眶微微湿润，病了一场，江澄像是真的清醒了。这一盼，她盼了十八年。

吃过晚饭，小义牵着江澄进房间，照顾江澄躺下，把床头柜上的灯拧到最低一档，看着台灯微微的光，趴在江澄身边："舅舅，你睡吧，我明天放学了来看你。"

江澄开心地点头，等小义轻轻地把大门拉上，他问桂淑兰："姆妈，我们分家了？"

桂淑兰摇头："姆妈带你回家住，晚上听不见宝宝哭闹，可以睡得安稳，你有精力了，白天我们去陪阿宜和朵朵。"

江澄腼腆一笑，他的心事姆妈都知道，两个小毛头很会哭，晚上总要把他吵醒，他睡不着，很难受，才病倒的，他想好好睡觉。

桂淑兰把床头灯关了，回到她的床上，在黑暗里睁着眼睛一时睡不着。

江澄心脏衰竭，意味着他的生命长度有了限制，桂淑兰要延长寿命照顾孩子们，她希望江澄也能延长寿命，他的幸福生活才刚刚开始，江澄，你要突破医药界给唐氏宝宝认定的生命长度，再过个二十年，陪着江荟和她的孩子们，长长久久，无忧无虑，团聚在愈加美好的人间。

云齐和江荟的婚礼定在 1992 年 5 月 10 号，母亲节。

云齐在带着江澄做了一段时间的锻炼，考虑教江澄结婚礼仪，他代替父亲，带着长辈的祝福，气宇轩昂地挽着姐姐走过红地毯，把她交到云哥哥的手里。

云齐内心希望早一点看到江荟穿上为自己设计的婚纱，开启新的幸福旅途。

桂淑兰担心云齐教早了江澄会忘记的，陌生的环境和人群，是江澄的智能所限制，不能勇敢面对的，她担心第一次到大的场面，江澄会怯场。

江澄不同意姆妈的建议："我可以记住，我不怕人多。"坚持要提前彩排，他会记住婚礼的仪式，记住姐姐最美。

五一节放假，全家人放下了手里的事情，彩排，云齐扛回来一卷大红的地毯回来，从门口铺到客厅最南边。

"江澄，云哥哥站在那一头，你和姐姐从这边走到云哥哥面前，行吗？"

江澄点头，他的记忆中，父亲很模糊，姐姐和姆妈是他生命里最重要的人，小义来了，也陪在他的身边不离不弃，照顾他，爱护他，云哥哥住到家里，他学云哥哥，给姐姐坚实的依靠。

江澄一身靛蓝的西装，白衬衣，客厅里顿时帅气四射，他稳步走向云齐，问，姐姐穿婚纱了吗？

"不急，江澄。"

云齐把江澄西服的最后一个扣子解开，在西装口袋塞了一块折叠的白手帕，把枣红的领结，端正夹在江澄的白衬衫上，拍拍江澄的肩膀，看着镜子："特别的帅！"

江澄的脸一红，红领结，衬出江澄消瘦苍白的脸带着喜气，他露出招牌式的微笑，稳重，帅气，他喜欢自己像云哥哥一样。

桂淑兰难得露出了微笑，把梳子递给儿子："鸡窝头啥时候能整理整理，过两天姆妈带你去理发。"

云齐招呼他："来，把头发弄帅点。"

"舅舅，不要紧张，自然点。"

小义开始走解放军的正步，被江澄拉住："不要闹。"他只有哄江澄，"舅舅，快去挽着妈妈。"又指挥云齐，"爸爸，你快站到新郎官的位置。"

江荟穿的婚纱，是独创，父亲的婚纱设计图上的长披纱拖地，她做了微调，她把秀禾服和主婚纱结合在一起，创新缝制的婚纱最新款。

洁白的秀禾服，是重磅真丝长款旗袍，外面的婚纱有长拖尾，采用的桑蚕丝布料，很轻盈飘逸。脱下婚纱，秀禾就是一件长礼服，一服两用，既别致又不浪费，不需要换装，就像是破茧而出，飒爽又甜美。

江荟挽着弟弟，与他对视，甜甜地笑着，对弟弟说："谢谢你！"

江澄微笑着没有说话，一只手放在身后，挺着胸，像个绅士，看云哥哥的节拍，带姐姐慢慢往前走，他目光坚定，脚步稳健。

小义急忙把弟弟妹妹的童车推出来，推在妈妈和舅舅的前面："舅舅，让我先出场。"

桂淑兰在后面喊："小义，推着弟弟妹妹慢慢走，服装厂的食堂内有服装展，还有展示的机器设备。"

"晓得来。"小义和弟弟妹妹站在爸爸身边，等候舅舅和妈妈，正式的婚礼上，他带着弟弟妹妹与爷爷奶奶一起，等候迎接爸爸妈妈走向婚礼台。

周日早上，桂淑兰做了早饭，没有见小义和江澄起床的吵闹声，她推门，看见两人还在自己的小床静静地安睡，她退出了，坐在沙发上，给双胞胎织毛衣。

开门声很响，小义站在房门口，浑身发抖，小脸挂着泪。

桂淑兰手里的毛衣无声地滑落在地上，她扑到儿子床前，睡着的江澄，白皙，帅气的胖脸，冰冷。

三十二

去温州的火车上，小义一直依偎在云齐身边，听云齐给他讲留学的故事，讲李山勇救落水女子的故事。

"天寒地冻，大家都躲在家里避寒，李山爸爸挑着货郎担，穿街走巷卖豆腐，看到有人不慎落水，他扔下货郎担，脱了棉袄，在冰冷的河水里，救起落水女子，他把脱下的棉袄披在落水女子的身上，护送她回家。李山爸爸的伟大，不顾自己在冰冷的河水里，生命受到危险，他值得我们敬爱。"

"李山爸爸还带我去了山里，那是个美丽的地方，我回到上海后，梦里总是会出现山里的景色。"小义的脸上带着向往。

"李山爸爸不仅仅救了美人，还救了个小宝贝。"

"小宝贝也落水了，他会不会冻坏。"小义一脸关切。

"不会，小宝贝当时在妈妈的肚子里，妈妈把他保护得很好，给他全世界最伟大的母爱。猜猜，小宝贝是谁？"

小义看爸爸，看妈妈，问云齐："我认识他吗？"

"认识，你还认识他的妈妈，爸爸。"

"小宝贝的爸爸他为何没有照顾好小宝贝的妈妈，他去哪儿了？"小义突然问。

"小宝贝的爸爸远渡重洋，去了英国求学，他想通过自己的拼搏，改变命运，他没有陪在小宝贝和他妈妈身边，是他最大的遗憾，他会加倍地爱护小宝贝和他的妈妈，小义，你喜欢这样的爸爸吗？"

云齐问的时候，眼眸里都是期待。

"爸爸也是从英国回来的，小宝贝是爸爸的孩子吗？"

"猜对了，小宝贝是爸爸和妈妈的孩子，他的名字叫小义。"

云齐注视小义的目光坚定，柔和："小义，你和弟弟妹妹一样，是爸爸和妈妈的孩子，你出生的时候，爸爸没有照顾好你和妈妈，没有和妈妈一起陪伴你长大，但爸爸爱你，很爱很爱。"

云齐向小义伸手，拉着他的小手，认真地说："儿子，你一直陪伴着妈妈，替爸爸照顾了妈妈，照顾舅舅，是我们家的男子汉，儿子，你很棒！爸爸感谢你。"

小义看了江荟一眼，看到妈妈朝他竖起大拇指，他露出灿烂的微笑："奶奶也说，我和弟弟妹妹一样，是爸爸妈妈的孩子，是她的亲孙孙，爸爸，全家人都爱我，李山爸爸是给了我第二次生命的人，是恩人，阿奶，和阿爷，是我的亲人。"

"是的，我们会每年进山里看阿爷阿奶，看我们的亲人。"

小义很意外故事的起源，也深信这个故事的真实，他靠在云齐身上："爸爸，你和李山爸爸都是好人。"

云齐听到儿子的评价，激动地把儿子搂紧，儿子心里把他放在与李山同样的高度，是真正接纳他，教会他不要轻易对孩子下结论，三年的山里生活，在小义的心里是一段幸福的记忆，说起山里，说起李家，小义的脸上带着迷人的笑，眼睛里闪着光，幸福感十足，云齐觉得自己该向儿子学习，小义有一段与别人不一样的幼年生活经历，属于小义的精神财富，感恩生命里所有的遇见，珍惜生命所有的遇见。

小义一手牵着云齐，一手牵着江荟，一家三口走在通往李家村的山路上，他还记得这条路，一路上跟熟悉的老人打招呼，自豪地向云齐夸赞他曾经在这里玩耍，摘花，追小鸟。

"爸爸，山里的暑天，很凉快，满山遍野的花，怎么摘都摘不完，每天会开出新的花朵，吸引蜜蜂来采蜜。我太喜欢这里了。"

走在熟悉的山道，小义像一只自由的小鸟，一会儿跑到父母前头，回头催江荟和云齐："爸爸，妈妈你们快一点。"一会儿摘了紫色，黄色的小花，跑过来给江荟，"阿奶最喜欢这个花，我要摘点。"

江荟看到儿子又在山道上奔跑，对这里的一切记忆都恢复了，记忆犹新，带着欢喜和鼓舞，笑着说："真的难以相信，三四岁的孩子，可以记录下那么多，记忆保持这么久。"

"一生难忘，儿子跟我说起和你在被窝里读绘画本，听你讲故事，听山里的风呼啦呼啦地响，眼中有神采，我们总是按照自己的理解，去看待孩子心中的快乐，是做父母的我们肤浅，确切地说，是我肤浅了。"

云齐看着远山，近水，郁郁葱葱的山林，林海中隐隐露出的屋宇一角，深深地松了一口气："美丽的永嘉，淳朴的李爸李妈，给了小义深厚的爱，爱是源源不断潺潺的幸福源泉。"

"妈妈，舅奶奶的医疗服务站，我去看看老奶奶们。"小义以百米冲刺的速度跑到服务站。

服务站成了一个小杂货店，清冷的小店里摆放着清冷的山货的架子，没有舅奶奶，没有老人们，有位年轻的姑娘看到小义远远跑来，在门口立定，问他要买什么？

"不买。"

小义扭头就走，心情沮丧，他把踩到的一个小石头，踢到很远，他最熟悉最喜欢的，梦里常常出现的地方成了一个陌生的小店，他在这里吃过的东西，回到丰城再也没有见过，连梦里也变得模糊不清，他很想看清，很想再次品尝。

"妈妈，舅奶奶不在这里。一个奶奶也没有。"小义情绪低落。

"爸爸带你去看舅奶奶，和山里的老人们。"云齐上前牵着儿子的手，问他还记得阿奶带你去看广播操的小学校吗？

"记得，我听见音乐声就吵着要去，下雨天，阿奶也带我去，操场上不做操，我看着雨水在操场上流出一条条的小溪流，阿奶撑着伞陪着我。"回忆，让小义的笑容回到了脸上。

"小学校里建成了养老院，舅奶奶把老人们都接过去了，阿奶和阿爷也在养老院。"

"爸爸，我去找阿爷和阿奶。"

小义往前一指，他看到了养老院的大门，拼命朝前跑，边跑边喊："阿奶，阿爷，舅奶奶。"

李家村养老院大门口，葛翠玲看到朝她飞奔而来的小义，伸出双手迎向他，一把把小义拥抱住："乖乖，小义，快跟舅奶奶一样高了，舅奶奶抱不动了。"

"我要找阿爷和阿奶。"小义挣扎着要往里走。

"阿荟，欢迎回家！云老师，欢迎您来！走，找阿奶和阿爷去。"

"感谢舅妈，对江荟母子的爱护。"云齐伸手握着葛翠玲的双手。

"爸没有出去做生意？"江荟问。

"阿姐一瘸一拐的，脑子也开始糊涂，他不放心，整天守着，我在他们的房间边上搭了个窝棚，让他做豆腐，每天在养老院门口设个小摊，你爸闲不住。"

葛翠玲牵着小义，把三人带到最东边的一间房间，房间东墙的小木棚里，大磨盘如时间老人，安静地注视着江荟，仿佛在说，你来了。

江荟上前抚摸着大磨盘，她的人生站立起来的好伙伴。

"我带小义到处跑没摔着碰着，现在哪儿也去不成了。"屋里传出李妈的抱怨声，她拄着个拐杖，走到门口，看了一眼突然出现的几个陌生人，低头自言自语，"也不知道他还记不记得在山里的日子，三四岁的孩子，恐怕早忘了。"

小义要喊，被江荟捂住嘴。

"小义可不是个好忘记的孩子，他会记得，大一点，他能来了，会来看你。"

"老头子总是哄我，小义小伙子了，来看我，老不见他，想他了。"

李爸在房间里编竹筐，满头白发。

"老说要去看看他，你总不让，现在，去不成了，长多高了，比你高，梦里见他蹿个子，跟竹笋拔节似的，啪啪响，猛长。"

李妈的自言自语都是围绕小义，她抬头，看了一眼房间门口的人，走近小义，摇头，说不是，转身走回房间。

小义忍不住了，喊："阿奶。"

"啊呀，老头，谁家孩子？认识吗？"李妈迷茫地看着江荟和云齐，问云齐："小义，你真的长高了？老头，你看呀，那么高，没骗你。"

李妈很自豪，上前拉坐在小凳子上的李爸。

"来了。"李爸朝云齐点头，起身看小义，一比划："长到阿爷胸口高了。"江荟上前扶他："爸"，李爸笑呵呵地竖起大拇指，"听说生意不错，做大了。"

"阿爷！"小义牵着李妈的手，眼眶里噙满眼泪，望着李爸，悲伤笼罩了他的小脸，"阿奶不认得我了。"

"小义，我们带阿奶去看医生，会认得你的。"云齐摸着儿子的头顶，安慰儿子，看着李妈茫然地看他，看小义，他也很心酸，朝李妈喊了一声，"妈。"朝她鞠躬。

"荟儿，荟儿没来。"李妈问李爸。

李爸上前扶着她，指着小义告诉她："小义来了，你看，还有荟儿，小义的爸爸，都来了。"

"都来了，都来了。"李妈的嘴瘪着，很委屈地伸手给江荟，"荟儿。"

"妈。"江荟上前抱住她，"妈，我和小义都来了，我们带你去上海。"

山路上，小义牵着云齐一路沉默，走到李山的墓碑，上前一个大大的拥抱："李山爸爸，我带爸爸妈妈来看你。我想你。"小脸贴在墓碑上，像倚在李山怀里撒娇似的。

"李山爸爸，爸爸说，我们接阿奶和阿爷去上海看病，我会照顾阿奶的。"说完，从墓碑上下来，跪在墓前，连磕十几个响头，把小额头也磕红了，哽咽着，"李山爸爸，你和舅舅是好朋友，舅舅也去了天上，你碰到他，要好好照顾他。"

江荟把小义扶起来，替他擦去眼泪："李山爸爸会照顾舅舅的。"

云齐把一包中华香烟放在墓台，恭恭敬敬地抽出一支，点燃，吸了一口，放在墓台。香烟袅袅而上。云齐合掌举过头顶，跪下。

"李哥，你的大恩大德我一辈子铭记在心，小义和江荟很好，我们记着您，会照顾好李爸李妈，您放心。"

他拉着江荟和小义三个人一起给李山跪下磕了三个头，一家三口手拉着手一起站起来，对着墓碑上含笑的李山，在他的温和注视下，深深地鞠躬。

小义不断回头，看着满山郁郁葱葱中，渐渐望不见的李山的墓碑，他站住不动了，远远地朝着墓碑合掌弯腰："拜托了！"

云齐摸着儿子的头，牵着江荟的手，缓缓说道："以后，我们带着弟弟妹妹，一起来认识李山爸爸。"

小义点头，两串泪珠还是从他充满担忧的眼睛里滚落下来，泪中带笑，仰头看着爸爸，倚在云齐的身边，父子俩相依着下山，融入满山绿茵。

云齐收到了两个消息，纺织学院聘请江荟担任"旗袍设计和缝纫"的讲师，江荟与服装学院的教授们，对中华传统服装——旗袍，做开发研究，要把旗袍这支服装奇葩传承，光大。江荟可通过参加全国成人考试，考进纺织大学的函授大专班，也可参加纺织学院的"三结合"成人自学考，考试合格同样可获得纺织大学颁发的学历证书，圆江荟的大学梦。

江荟有点不敢相信自己的幸运，走进高等学院学习，云齐再一次为她劈山开路成全她的梦想，这个男人与她相知相守，不忘初心，把她的梦想融进了他的事业，江荟挽着云齐，头靠在云齐的肩上。

"云老师，你的云空间还有多少锦囊妙计？"

云齐摸着江荟的头，迎着江荟又敬又爱，又带着宠溺的目光，抬头看着永嘉的山林，神秘一笑："很多，只要你想到，我就要办到，我是你的男人，实现梦想的事情，我和你一起完成。"

云齐朴实无华的语言，就如他无声的行动，时刻为她出谋划策的勤勉，扣动了江荟的心弦，站在永嘉，环顾她青山绿树，她不需要像个苦行僧，以一颗孤勇之心要挑战命运，替自己讨生活，前行的路上，她心爱的，亲爱的人，陪着她一起在美好的人间，去攀登属于他们的高峰，他所有的甜言蜜语，山盟海誓，眷眷深情，正在成为他陪伴江荟一步一步实现梦想的踏实行动，未来，有云齐陪伴，一起面对未来的挑战，江荟心里盛开幸福的花如海一样壮阔。

与云齐一起站在永嘉，迎接他们新的征程，何其幸福，江荟朝云齐展颜一笑，舒心的一笑，和云齐的目光交织，是憧憬，是深情，是缱绻，是眷属间的深情。

青山葱郁，满眼是起伏的绿，波澜的绿，惬意。

2020 年 6 月 29 日初稿
2023 年 11 月 9 日完稿

后记

　　我从小喜欢看书，尤其喜欢看中外小说，渐渐的，心中也播下一个梦，希望有一天，自己也能把发生在身边的故事，生活中遇到各色各样的人，把他们热爱生活，刻苦学习，努力改变命运的故事，以小说的形式写出来，为更多人了解。心中有目标，多年来我坚持练笔，写小说，短篇，中篇，偶尔也写散文，写诗歌，讴歌生活，把从方方面面涌现出来的美好记诸笔端，越写，生活的美好在心灵的积淀也越发深厚，先出版了散文集《恰好春暖花开》。

　　上个世纪六十年代是特殊的时期，六零后经历过三年自然灾害，在不重视知识的动荡时期，读书成了无用，无书可读，高考制度恢复，让广大六零后看到了希望，并自觉通过努力，成为一个有知识有文化的人的心愿，他们敢于突破自己，勇于创新，勤于奋斗的六零后，他们珍惜面临的机会和挑战，他们通过不同的方式，努力去实现用知识改变人生，以勤奋工作的改变现状的人生信念，拼搏与奋斗过程，将他们的个人命运与时代发展紧密相连，时代成全了六零后的人生辉煌，他们也创造为后人为这个伟大的时代创造了灿烂业绩，留下脍炙人口的精彩故事，激励着后人，他们是励志的一代，也是幸运的一代。

《眷属》通过一对年轻人,艰难创业过程,刻苦求知经历,讲述人生唯有奋斗过,努力过,挣扎过,达到人生的理想高度,人生才是充实和完美的,赞美六零后的拼搏的人生。

初稿 21 万字,是我人生的第一部长篇小说,历时三年半,可谓历经艰难,仅仅小说开篇的存稿就有三十个,不断开篇,不断推倒,我阅读大量的经典小说,理解经典小说写作要素,吸取经典小说的写作优点,从经典中提炼学习精华,提高自己的写作能力。我也向身边的作家老师们学习,向我们奉贤区作协的老师学习,从他们笔耕不辍,文采丰蕴的写作中,得到启发和鼓励,从他们兢兢业业热爱写作的坚韧中,得到鼓舞,形成 16 万的《眷属》,在此一并感谢作协的老师们,写作路上与你们同行,是我的幸运。

感谢唐根华老师,感谢上海文艺出版社的编辑徐如麒老师、特约编审姚海洪老师,为《眷属》顺利出版而辛勤付出,你们的指导和鼓励,是我坚持写好故事,坚持歌颂美好生活的动力。

感谢我的家人理解我,支持我写作。孩子在工作家务中挤出时间帮我校对文本,提出建议,让我老有所乐,满怀信心,顺利完成《眷属》写作和修改。深深感谢。

瞿玉洁

2024 年 2 月 4 日